「投壜通信」の詩人たち——〈詩の危機〉からホロコーストへ

「投壜通信」の詩人たち

——〈詩の危機〉からホロコーストへ

細見和之
Kazuyuki Hosomi

Edgar Allan Poe
Stéphane Mallarmé
Paul Valéry
Thomas Stearns Eliot
יצחק קאצענעלסאן
Paul Celan

岩波書店

はじめに

投壜通信とは、手紙を壜に詰めて、固い栓をして海に投じるあの振る舞いだが、私たちがたとえば小学生のときに海辺で行なったかもしれないような、牧歌的な行為ではない。出発点にあるポーからしてそうであるように、何よりもそれは、難破船の船乗りが、船が沈没してゆくぎりぎりの瞬間に家族や恋人や知人たちに宛てて行なってきたかもしれない、伝説的な振る舞いである。もちろん、その壜がどこかの岸辺にたどり着き、誰かがそれを拾いあげ、宛名にきちんと届けてくれる……などという可能性は、万にひとつもないだろう。しかし、やがて自分が海の藻屑と化してゆくことが明らかなとき、私たちにほかにいったい何ができるだろう？

本書はエドガー・ポーからパウル・ツェランまで、このような「投壜通信」というイメージを縦軸にして、それぞれの詩作を中心にしてたどったものだ。ポーとツェランのほかにさらに名前を挙げると、ステファヌ・マラルメ、ポール・ヴァレリー、T・S・エリオット、イツハク・カツェネルソンに各章をあてて考察している。

ポーが自分の作品の構成としてしばしば用いていた投壜通信という形式が、ツェランにいたっておよそ文学的営み、さらにいえばそもそも「詩を書くこと」の本質として理解されるにいたる過程、それが、本書で私がたどってゆく大きな筋道となっている。けっして文学史的な記述ではないが、本書の目次を一瞥して、ランボーがいないぞ、リルケはどうした、といった批判も当然ながらあるかと思う。すぐには納得してもらえないかもしれないが、私なりにこれはある種の必然性をもった詩人の流れなのである。

ポーが文学的な活動を開始したのは一八三〇年代初頭、ツェランが自死という形でその生を終えるのは一九七〇年のことである。その間、時間的には約一四〇年ということになる。欧米で産業革命が本格的に展開し、いまや日常語と化した「グローバリゼーション」が実現し、ナショナリズムの勃興からついには第一次世界大戦、第二次世界大戦にいたる時代である。おびただしい死者が生み出されるとともに、ナチス支配下のヨーロッパではホロコーストが生じ、第二次世界大戦の終結時には、日本に対して二発の原子爆弾が投下された。

皮肉なことに、それは同時に「文学」が人類史上、最大の活況を呈した時代だった。もちろん主流は小説だったが、苛酷きわまりない現実のなかで、詩もまた書き継がれていった。ただし詩は、小説と比較するなら、けっして多くの読者を獲得してきたとは思えない。しかし、だからこそ「詩」はいっそう「投壜通信」の様相を呈してきたといえる。一方で、小説と比べて、詩は現実とは縁遠いものというイメージが強いかもしれない。小説と異なって詩は、まさしく現実離れした夢や愛を美しく綴ったものではないのか。

そういうイメージに対して、詩をあくまで現実との関わりにおいて考察すること、それが本書のいわば横軸である。まさしく現実離れした夢や愛を美しく綴った(すくなくとも綴ろうとした)「美的仮象」としてのポーの詩からしてそうなのだ。その詩と現実の関係は、一九世紀後半からの反ユダヤ主義の高まりから、ついにはホロコーストにまでいたってしまう。そのなかでは、「純粋な文学者」の代表のように見なされているヴァレリーが、またT・S・エリオットが、危険な反ユダヤ主義の流れに深く足を浸していた……。とくにヴァレリーとエリオットの反ユダヤ主義との関わりは、日本ではまだまだ十分問われていないと思える。ここでの私の記述はまだ粗雑な部分を残しているかもしれないが、問題提起としての役割はそれなりに果たせたつもりでいる。

本書で取り上げる詩人の多くは世界的に著名でいまさら紹介するまでもないが、イツハク・カツェネルソンだけは無名に等しいだろう。カツェネルソンは一八八六年、ベラルーシのミンスク近郊の村でユダヤ人の両親のもとに生まれ、ポーランドの工業都市ウッチで、戯曲家、詩人として活躍していた。一九三九年九月、ドイツ軍のポーランド急襲とともに彼はワルシャワに逃れ、そのままワルシャワ・ゲットーで暮らし、戯曲と詩を書きつづけ、最後はアウシュヴィッツで殺戮される。ゲットー以前にはヘブライ語での作品も多く書いていたカツェネルソンだが、ゲットー期には、東ヨーロッパのユダヤ人の日常語だったイディッシュ語を中心に、詩と戯曲を執筆することになる。作品としてはやはりイディッシュ語で綴られた最後の大作『滅ぼされたユダヤの民の歌』が世界的に知られている。この作品は、私自身訳者のひとりとしてみすず書房から刊行されているが、日本では依然として未知の詩人にとどまっているだろう。なかなか形にできないでいるが、この二〇年あまり、私がいちばん時間をかけて研究してきたのが、このカツェネルソンなのである。

本書で取り上げる詩人の言葉は、英語（ポーとエリオット）、フランス語（マラルメとヴァレリー）、イディッシュ語（カツェネルソン）、ドイツ語（ツェラン）と多岐にわたる。ひとりの研究者ないし書き手が取り組むのは、いささか無謀な試みだったかもしれない。私が一応学習してきた順番でいうと、英語、ドイツ語、フランス語、イディッシュ語となる。カツェネルソンについてさらに研究するために、数年前からヘブライ語の学習をはじめて、いますこしずつカツェネルソンのヘブライ語作品の翻訳を雑誌に掲載しているが、本書にはまだヘブライ語学習の成果を組み込むことはできていない。したがって、本書はあくまで途上にある。しかし、たんなる学習や研究の成果ではなく、むしろこれまで私自身が生きてきた証のようなものを、私はここに籠めたつもりである。

四つの言語にまたがる本書が、果たして、どこで誰にどのように読まれるのか分からない。その意味では、この本自体もまた投壜通信のひとつである。

「投壜通信」の詩人たち

目次

第一章

エドガー・ポーと美的仮象

私がエドガー・ポーの作品を最初に読んだのがいつだったか、さすがにもう判然としない。しかし、私の幼児期にはすでに、エドガー・ポーは日本の読書界に十分浸透していたはずだ。どの出版社の世界文学全集にも、ポーの短篇は必ず何篇か収録されていただろう。すくなくとも、私がいまも所持している集英社版『世界文学全集』(一九七六年)では第一四巻がメルヴィルとポーで構成されていて、ポーの作品としては「リジーア」「アシャー館の崩壊」「ウィリアム・ウィルソン」「群集の人」「モルグ街の殺人」「メエルシュトレエムの底へ」「赤死病の仮面」「黄金虫」「黒猫」「落し穴と振子」「盗まれた手紙」の一一篇が収録されている。「リジーア」は現在では「ライジーア」と表記されるのが一般的だが、じつにオーソドックスな形で代表作が集められている。この世界文学全集の構成のとおりに、ポーを文字どおりメルヴィルと並ぶアメリカ合州国の生んだ世界的文豪と見なすこと、それはごく自然なことと思われる。

とはいえ、ポーの生前はもとよりその死後においても、合州国におけるポーの評価はけっして高くなかった。ピューリタニズムの伝統のなかで、ポーの非道徳的な怪奇趣味(と思えるもの)が嫌悪されたのも大きな理由だが、それにくわえて、ポーの物語を真剣な鑑賞の対象とするのを拒ませる根拠が、ポー自身の側にもあった。

東京創元新社から刊行された大部な『ポオ全集』全三巻(一九六三年)を一読すれば明らかなように、上記のようないわゆる「名作」に比して、いささか安易であったり、作りものめいていたりする「ほら話」のたぐいがあまりに多いのだ。それは彼のいわゆる「名作」にも、眉に唾をつけて読むような態度を強いる。その結果、彼の死後四〇年ほどして、合州国で書かれたもっとも優れた図書について一般から募るアンケートが合州国でなされたとき、ポーの作品は一〇位以内はおろか、三〇位以内にもひとつとしてランクされることはなかった、という。[1] しかも、ポーの作品は一般読者に受けがよくなかったというだけでなく、専門的な作家・批評家のあいだでも、敵意に満ちた悪評に曝されていたのであり、むしろ忘却の彼方に沈められていても何ら不思議でないぐらいだったのだ。

その状況を決定的に覆したのは、フランスにおけるポーの受容だった。[2] とりわけボードレールは、よく知られているように、ポーをまたとない自らの精神的血縁と感じ、ポーの翻訳に文字どおり心血を注いだ。ボードレールは一八四七年に「黒猫」のフランス語訳にはじめて接して以来、翌年から一八六五年、死の二年前にあたる晩年の時期まで、じつに約一七年間にわたって、全五冊に達する膨大な翻訳を果たしたのだった。二十五、六歳でポーの作品と出会ってから、三六歳での『悪の華』の初版刊行をあいだに挟んで、その早すぎる最晩年にいたるまで、ポー翻訳の仕事はつねにボードレールとともにあった。このふたりの「出会い」は、文学史上めったにない出来事としていまも歴史に刻まれている。

その際、ボードレールが翻訳したのは、ポー晩年の『ユリイカ』、唯一の長篇小説『アーサー・ゴードン・ピムの冒険』、数すくない詩論のひとつ「詩作の哲学」とあわせて翻訳された「大鴉」をのぞけば、基本的にすべて短篇小説であって、「大鴉」以外、狭義の詩はすべて除外されていた。とはいえ、けっしてそれは、ポーの詩作品に対するボードレールの評価が低かったからではない。まずポーの精神を読者に伝えたいという希望にくわえて、ポーの詩、とりわけその韻律を翻訳することは不可能だという思いが、ボードレールには強かったのだ。

ポーの詩(韻文)をフランス語に翻訳するという困難な仕事はボードレール以降、マラルメによって引き継がれてゆく。一八歳に満たない時期にボードレール訳をつうじてポーの作品に接したマラルメは、そのころからポーの詩の翻訳に力を注ぎ、『エドガー・ポー詩集』を刊行するほか、「大鴉」の豪華翻訳版も出版する。さらに、そのマラルメの弟子にあたるヴァレリーが今度は若い日に『ユリイカ』を中心にして、ポーの「分析的精神」をレオナルド・ダ・ヴィンチと並ぶ自らの思想的源泉として決定的に受容し展開してゆく……。

要するに、ボードレール、マラルメ、ヴァレリーというフランスのじつに正統的な詩人の系譜においてポーが決定的に深く受容されたこと、そのことが、長年にわたる本国での冷淡な扱いにもかかわらず、ポーを合州国の世界的文豪のひとりへといわば格上げしていったのである。なぜそのようなねじれた現象が生じたのか。そこには、およそ芸術の本質である「美的仮象」をめぐって、とても重要な問題が伏在しているように思われる。その点を、母語と外国語の差異という問題をもふくめて以下で考察してみたい。

一　英語圏での評価とフランス語圏での評価の違い

ボードレールはポーを一読、これぞ我が精神的血縁と感じた旨、さきに記したが、あらためて彼の強い言葉を引いておこう。以下は、リヨン在住の学者で批評家のアルマン・フレースに宛てられた書簡の一節である。相手が『悪の華』について優れた書評を書きながら、ポーとボードレールの「類似」についてはかならずしも理解を示してくれないことにふれて、ボードレールが、自分とポーの類似点についてあらためて説いたものである。

さらに奇怪で、ほとんど信じられないようなあることを、指摘してさし上げられます。一八四六年か四七年に、私はエドガー・ポーの小篇いくつかを知りました。私は異様な情動をおぼえました。彼の全作品は死後はじめて単一の版にまとめられたようなしだいですから、私はパリ在住のアメリカ人たちと関係をつけて、ポーの編集した新聞のそろいを借りるという、しんぼう強いことをやったのです。そうしてみて私は、これはよければ信じていただきたいことですが、私が考えるには考えていたが、ぼんやりと混乱した、整頓のつかない形で考えていた詩やら短篇小説で、ポーがうまくまとめて完璧に仕上げることのできたものが、いくつもあるのを見出しました。これが、私の熱狂と、長く忍耐強い仕事との始まりでした。(3)

また、一八六四年六月二〇日ごろ、ブリュッセルで美術批評家テオフィル・トレに宛てられた書簡のつぎの一節も、ボードレールとポーの関係をよく示したものとして引かれる。ここではボードレールは、トレが当時悪評に曝されていたボードレールの友人マネの絵画を高く評価しつつも、マネの「闘牛」をベラスケスとゴヤの模作、「キリスト教と天使たち」をグレコの模作と批判したことに対して、精神的に類似した者のあいだでは結果として思いもかけぬ同質の表現がなされることがありうるということを指摘して、その例証として自分とポーの関係を説いている。ボードレールはトレに以下のように述べている。

なぜ私が、これほど辛抱づよくポーを訳してきたか、ご存じでしょうか。彼が私に似ていたからです。初めてポーのある本を開いた時、私は、私の夢見てきた主題というだけではなく、私が考えてきた文句がそっくりそのまま、二十年前ポーによって書かれている《〔ママ〕》を見て、驚愕と、有頂天になるまでの歓喜の念とをおぼえたのです[4]。

いずれも、ポーとの同一化と呼ぶべき事態を如実に表わした文面である。自分が漠然と思い描いていた詩や物語をみごとに実現していたのみならず、自分が現に考えていた「文句」をすでに二〇年前にポーが書いていた(!)。これでは「よく似ている」どころか、自分のまさしく「分身」のような受けとめ方である。まるで超常現象の記述のようだが、そのことが相手には伝わりにくい奇怪な話であることを、最低限は冷静に踏まえたうえで、ボードレールはこれらの言葉を記している。

それにしても、ボードレールのポー評価が対象との自己同一化にもとづく熱狂的なものであればあるだけ、そこには疑念が生じることにもなる。優れたポー研究者である八木敏雄が二〇世紀前半の代表的なポー論を編集した『エドガー・アラン・ポー』(冬樹社、一九七六年)には、この点に関わる、T・S・エリオットの論考「ポーからヴァレリーへ」の貴重な翻訳が収録されている。これは『ハドソン・レヴュー』に、一九四九年、おりしもポー没後一〇〇年という記念すべき年に発表されたもので、結果として英語圏におけるポー再評価の大きなきっかけにもなったもの、と八木は紹介している。

エリオットはここで、ポーの詩と詩論がフランスでは圧倒的な影響力をおよぼしながら、英語圏ではまったく影響をおよぼしていない、という問題を出発点にすえる。そこから、できるだけ、ボードレール、マラルメ、ヴァレリーという「三人のフランス詩人」の眼をとおしてポーを考えてみたい、という。英語を母語とする読者が見落としていたものがポーのなかにあるのかもしれない、とさしあたり謙虚な態度をエリオットはとってみせる。しかし、エリオットのポーに対する評価は基本的にかなり辛辣である。彼はポーの作品が不人気な理由をこう説明している。少々長くなるが、ポーの作品が英語圏の詩人、批評家にどのように受けとめられていたかを集約的に示したものとしてエリオットの言葉は貴重だろう。

私の見解はまた、なぜポーの作品が多くの読者に、その成長の特定の段階で、つまり少年期からまさに脱却しようとする人生の一時期において、強く訴えかけるかを説明するはずである。ポーの生きいきした好奇心が選びとる形態は前思春期の精神状態にある者が喜ぶようなそれである——自然や力学や超自然の驚異、暗号文やその解読、謎に迷宮、機械仕掛けのチェス・プレイヤーに奇想天外な空想的飛翔などの。彼の好奇心の多様性と熱っぽさは読者を喜ばせ、魅了する。しかし最後には、その異常性と一貫性の欠如が読者を厭きさせる。欠けているのは、成熟した人間に威厳を与える一貫する人生観なのである。〔……〕欠けているのは知力ではなく、人間全体としての成熟、さまざまな情緒の成長と調整をまってはじめてもたらされる知性の成熟である。(5)

いかにも保守的な知識人の大御所へとみごとに「知性の成熟」を遂げていたエリオットらしい、ポーの弱点に対する厳しい指摘である。要するに、ポーの作品はことごとく、思春期以前の読者には最適でも、いい大人になって読み返すような代物ではない、ということである。しかし、そんないかにも青臭いポーを、どうしてボードレール、マラルメ、ヴァレリーといった、こちらはエリオットもけっして否定しないであろう詩人たちがあれほど熱をあげて崇拝したのか。

　その点を確認するうえで、エリオットはこれまた皮肉なことに、これら三人の詩人たちはほんとうに英語が読めたのか、と相当の疑いをもって問い返している。確かに、ボードレールは最初にポーの「催眠術の啓示」を訳したとき、英語の読解に苦労するとともに、文法的な間違いをしていたようだ。その後の四年間、ボードレールは自らの母を教師として、英語力の向上に努め、最初のポーの翻訳集の出版に漕ぎ着けるのである。一方、マラルメは中学生に英語を教えることを職業としていたが、英語教師としての彼の評価はけっして高くなかった。エリオット自身が書いているところによれば、ヴァレリーは英国に滞在していたときですら、英語を話すことはなかった……。つまり、ポー評価の落差の一因には、ポーに決定的な影響を受けた三人の詩人の英語力不足という事態が介在していた可能性を、エリオットは皮肉に指摘しているのだ。

　実際エリオットは、ポーの詩のなかでもいちばんよく知られている「大鴉」の詩句の用法に照らして、それがいかに「不完全」な作品であるかを説いている。エリオットによれば、ポーは言葉の「音」を重視することによって、「意味」をないがしろにしている。たんに韻律を整えるためにだけ選ばれた言葉は、その「意味」の次元において、あまりに不自然なぎこちなさを保持している。英語を母語とする者にとっては、その違和感は抑え難く、その結果「『大鴉』はポーの最良の詩どころではない」[6]とエリオットは述べている。

　ただし、エリオットはこの論考において、三人のフランス詩人のポー受容を全否定しているのではない。一方で彼は、ボードレール、マラルメ、ヴァレリーと続く詩人たちによるポー受容をつうじて、

「ポーの重要性、全体として見た彼の作品の重要性を、よりいっそう確信するようになった」(7)と述べている。とはいえ、その肝心の「全体として見た彼の作品の重要性」がここで明示的に語られているのではない。強いていえば、マラルメ、ヴァレリーへと継承されてゆく「純粋詩」という理念に出発点をあたえた、ということになるだろうか。とはいえ、その「純粋詩」の理解もエリオット独自といえば独自、大雑把といえば大雑把である。ともあれ、きわめて長期にわたる詩の変遷という、文化人類学的な視点で、エリオットはここで「純粋詩」を位置づけている。

エリオットによれば、最初期の段階では、詩の聴き手の意識は主題に集中していて、その語られ方、文体には関心を寄せていない。やがて第二段階では、聴き手は読者へと変貌を遂げ、主題を楽しみながらも、その語られ方、文体にも興味を持つようになる。さらに第三段階にいたると、文体への関心にのみ意識が集中し、主題への関心は後景に退く。エリオットが「純粋詩」として想定しているのはこの第三段階である。ポーからヴァレリーにいたる系譜において彼が最終的に確認しようとしているのは、この「純粋詩」へといたる大きな――ほとんど人類史的な――流れであり、しかもそれが詩としては実現不可能である、ということだ。エリオットにとって「詩」は右の第一段階にも、第三段階にもじつは存在していない。第二段階、すなわち、読者が主題への関心を楽しみながら、その語られ方、文体にも興味を持っている、というあり方においてのみ「詩」は存在しているのである。

ある意味では、きわめてまっとうな考え方かもしれない。「詩」というジャンルを超えて、およそ「芸術表現」がどこで成立するかを確認するためにも、このようなエリオットの視座には大枠として重要なものがある。しかし、こういう方向では「美的仮象」としての芸術作品という理解が抜け落ちてしまうのではないか。ボードレール、マラルメ、ヴァレリーの眼を射たポーのいちばんの魅力はその美的仮象の輝きにこそあったのではないか。その点をベンヤミンの翻訳論をも組み込んで、節をあらためて考えたい。

二　翻訳と美的仮象

私は繰り返し「美的仮象」という言葉を用いてきたが、私がそこで念頭に置いているのは、とりあえずアドルノの美学理論である。アドルノにとって芸術作品は、現実の秩序とはあくまで別の次元に存在している。それは現実にとっては役に立たない、無用の存在である。その意味において、芸術作品は現実に対して「仮象」(にせもの)である。しかし、その当の現実を耐え難い苦しみとして受けとめている者にとっては、それはまさしくユートピア的な「別世界」として積極的な意味を有している。アドルノはスタンダールの言葉を引いて、芸術を「幸福の約束」と繰り返し語っているが、そこにもこの消極的と積極的の二重の意味合いがこだましている。約束は約束であって、あくまで現実ではない。しかし、その約束はやはりこの現実とは別の現実を指し示しているのだ。

とりわけポーからボードレールをへてマラルメにいたる一九世紀は、産業社会の飛躍的な発展とともに、新たな苦しみを人間にあたえることになった。イギリスの歴史家ホブズボームがいうように、フランス革命にはじまった政治革命の流れは、産業革命の力強い渦のなかで圧殺されていった。それによって、現実社会に対する反抗の意志は、しばしば芸術の世界へとそのはけ口を求めていった。芸術革命が社会革命の代償となるわけではないと心得つつも、芸術革命のうちに社会革命の先取りをもとめたり、芸術革命と社会革命の同盟という夢が紡がれていったりもした。その典型がボードレールでありワーグナーだ。「美的仮象」はその中心に位置している。だからこそ、すくなくともその後半生において、ボードレールが平等社会を口をきわめて呪い、精神の貴族性の復活を希求しつづけていたにもかかわらず、「ボードレール左派」という立場が十分に成り立ちうるのだ。

しかし、そのような「美的仮象」という観点に立てば、ポーの作品ほどそれにふさわしいものはないのではないか。もちろん、「モルグ街の殺人事件」や「盗まれた手紙」など、探偵小説のジャンルを開拓した作品の系譜は、さしあたり、それとは無縁と思える。しかし、ポーがしばしばその詩において主題とした天上の物語には、この現実とは決定的に異質な「美的仮象」が何とか「この世の言語」で紡がれようとしている。しかし、そのような「天上の世界」が「この世の言語」でほんとうに描きうるのか。これは、現実の彼方をこの現実のただなかにおいて描く試みという根本に立てば、「美的仮象」あるいは芸術作品一般が抱えている根本的なパラドクスそのものだ。

このパラドクスを考えるうえで、ベンヤミンの翻訳論を参照することが、ここで私たちにはぜひとも必要となる。

ベンヤミンの翻訳論が集中的に記された論考「翻訳者の使命」は、ボードレール『悪の華』の「パリ風景」――これは第二版で立てられた章――に収められた詩篇を、ベンヤミン自身が翻訳・出版する際に、「序文」として書かれたものである。(8) ベンヤミンの他の多くの論考と同様、きわめて難解な文章だが、いちばん肝心な主張は、翻訳は原語を理解できない読者のためになされる二次的な作業ではない、ということである。

通常はまさしく逆に考えられているだろう。フランス語を読めないドイツ語ネイティブのために、ボードレールのドイツ語訳は存在している。そのドイツ語訳をとおした理解は、原語での理解に遠くおよばない不完全なものでしかないが、それでもあるに越したことはない……。その程度が一般的な翻訳の位置づけであるだろう。それに対してベンヤミンは、翻訳は原作から何かを差し引くのではなく、何かをそれに付加する行為だと考える。あるいは、そうでなければおよそ翻訳者の「使命」など存在しないと考える。その際の翻訳者の「使命」とは何か。端的にいうと、原作をその原語という牢獄から解き放つこと、『悪の華』ならばそれをフランス語という牢獄から解き放つこと、である。

それにしても、ボードレールにとって、あるいは『悪の華』という作品にとって、フランス語が牢獄である、とはどういうことか。幼少期からどれだけ親しんだ、まさしく自分の思考・感性と一体化した母語であっても、それはあくまで「この世の言語」である。この世の言語でこの世の彼方を語ることは原理的にできないのだ。あるいは、もっと分かりやすくいえば、どんなユートピア的な社会改革を志そうと、それを語る言葉はいかにも手垢に塗れた、この社会の言語でしかない。どのような「美的仮象」も現存の社会形態、その言語形態から完全に逃れることはできない。翻訳という作業は、まさしくそのような手垢に塗れたこの世の言語という牢獄から、原作を解き放つ。そして、そのような「解放的」な仕事こそが翻訳者の「使命」なのだ。

けれどももちろん、その翻訳は結局のところ、もうひとつの手垢に塗れた「この世の言語」である、たとえば「ドイツ語」へと、原作を文字どおり移し入れることにしかならない。これでは原作は、フランス語という牢獄からドイツ語という新たな牢獄に入れ替えられただけの話になってしまう。しかし、別の牢獄に移し替えられた以上、一瞬であれ原作は、牢獄の外の空気を吸ったのだ。そして、いまや原作は、新たな牢獄をはっきりと牢獄として意識している。これはフランス語の牢獄に捕らわれているときには生じなかった事態である。もはや原作はもう一度フランス語の牢獄に戻されることを希求したりはしないだろう。できるならば、フランス語であれ、ドイツ語であれ、「この世の言語」から解き放たれることを願うだろう。いまや原作がもとめているのは、「この世の言語」を超えた、天上の言語、「純粋言語」によって記述されることである。ベンヤミンの考える翻訳者の「使命」とは、そのような純粋言語のイメージを、はかない虹のようにしてでも、一瞬青空に浮かび上がらせることなのだ。

このような視点で、ボードレールが、マラルメが、ヴァレリーが、おそらく彼らが不得手であった英語をつうじてポーの作品に接した場面を、もう一度考えてみよう。彼らはネイティブ感覚では理解できないポーの作品の言葉を、自分の頭のなかで懸命にフランス語に翻訳しつつ、結果としてポーの原作を英語という牢獄から解き放ったのではないだろうか。この点について、じつはエリオット自身、さきの論考でちらっとこのように記している。

あまりよく知らない言葉で何かを読む場合、読み手がそこにないものを見出す可能性はたしかにある。また読み手が天才である場合には、幸運な偶然によって、外国語の詩が読み手自身の精神の深みから何かを汲み出すこともあるだろうが、それを読み手は自分が読んだもののせいにするのである。(9)

ここでエリオットがじつに素朴に生じうる事態、いわゆる「深読み」として生じうる事態として通りすがりに書いていること、そこにこそ私たちは十分に視点を集中させねばならない。エリオット自身はおそらく何ら深い思いもなく「そこにないもの」とか「幸運な偶然」とか安直に語って済ませているものを、ポーと三人の詩人の関係において、私たちは深く思考しなければならないのだ。

たとえば、ボードレールがポーを読んだとき、彼はそれをまず頭のなかでフランス語に、しかも、自分の使えるかぎりの最良のフランス語に翻訳しつつ、理解しようとしただろう。それでいて彼は、その自分のフランス語が所詮、原語の響きにはとうていかなわないものと了解していただろう。同様のことはマラルメにおいても生じたはずだ。その原語に対する劣等性という意識がフランス語を、通常のフランス語を超えていわば駆動させた。その結果、彼らの翻訳はきわめて優れたものとなった。実際、エリオットをはじめ英語ネイティブの批評家は、ボードレールやマラルメの翻訳はポーの原作よりはるかに優れている、などといく分皮肉に評している。しかし、これもまた奇妙な話である。フランス語ネイティブでないエリオットらに、ボードレールやマラルメのフランス語訳がポーの原作より優れているなどと判定する資格が果たしてあるのだろうか。要するに、よほど完璧なバイリンガルでもないかぎり、ネイティブ言語という牢獄を逃れることはできないはずなのだ――それにしても「完璧なバイリンガル」などということが定義上、ありうるのだろうか。

肝心なのは、ボードレールやマラルメの場合には、ポーを翻訳する際に、それがフランス語という牢獄に移し入れることだという感覚が、意識的・無意識的に働いていたということである。ポーの原作をフランス語の牢獄に捕らえることに終わらせないように、彼らはむしろフランス語を酷使し、その牢獄を激しく揺すぶった。それによって彼らは、その翻訳の過程において、ポーの原作が希求している「天上の言葉」を、一瞬浮かび上がらせたのだ。エリオットが何の意識もなく記していた「そこにないもの」とはこの「天上の言葉」にほかならず、「幸運な偶然」とは、実際には偶然どころか、ボードレールとマラルメによる、知力を尽くして果たされた、フランス語の酷使、牢獄の揺すぶりのことなのだ。

とはいえ、このことをもふたたびボードレールとマラルメ、さらにはヴァレリーが、たんにポーの作品を「深読み」した結果と済ませてはならない。あるいは、これをたんなる「深読み」として済ませてしまうならば、たんにポーの作品の善し悪しを超えて、極端にいえば、およそ芸術的価値の実質はそのほとんどが失われてしまうことになるのではないだろうか。

ポーはその詩論のなかで繰り返し「星を求める蛾の願い」と記している(10)。これをポーのロマン主義的な心情の吐露などと片づけてはならない。それはロマン主義を超えた象徴主義の核心にある願望であって、象徴主義とはたんなる表現の置き換えではない。それは語りえぬことに「この世の言語」でたどり着こうとする、蝶ならぬ蛾の尽きせぬ願望であり、いまにいたるまで私たちは、この願望によって、自らの詩のつぎの一行を記しているのだ。

三　ポーにおける天上の言葉と地上の言語

ポーの作品を全体として読むと、狭義の「詩」で用いられている言葉と、短篇やエッセイで用いられている言葉が基本的に異なっていることに気づく。少々長くなるが、英詩のアンソロジーにもしばしば収録されているという、最晩年の「アナベル・リイ」を全行、『ポオ全集』第三巻に収録されている、福永武彦訳で引用してみる。

今は多くの多くの年を経た、

海のほとりの或る王国に、
一人の少女が住んでいてその名を
　アナベル・リイと呼ばれていた。——
そしてこの少女、心の想いはただ私を愛し、
　愛されること、この私に。

彼女は子供だった、私は子供だった、
　海のほとりのこの王国で、
それでも私らは愛し合った、愛よりももっと大きな愛で——
　私と、そして私のアナベル・リイとは——
天に住む翼の生えた熾天使たちも私らから
　偸《ぬす》みたくなるほどの愛をもって。

そしてこれがそのわけだった、遠いむかし、
　海のほとりのこの王国で、
雲間を吹きおろす一陣の風が夜の間に
　私のアナベル・リイを凍らせたのは。
そのために身分高い彼女の一族が駆けつけて
　彼女を私から連れ去った、

彼女を墓のなかに閉じこめるために、
　海のほとりのこの王国で。

天使らは天国で私らの半ばも幸福ではなく
　彼女と私とをそねんでいた。——
そうだった！——それがわけだった(誰も知るように、
　海のほとりのこの王国で)
雲間を吹きおろす一陣の風が凍らせて、
　私の美しいアナベル・リイを殺したのは。

しかし私らの愛ははるかにもっと強かった、
　私らより齢《よわい》を重ねた人たちの愛よりも——
　私らよりはるかに賢い人たちの愛よりも——
そしていと高い天国にいる天使らの一人として、
　また海の底深く住む悪霊どもの一人として、
決して私の魂を引き離すことはできはしない、
　かの美しいアナベル・リイの魂から。——

なぜならば月の光はかならず私にもたらしてくれる、

かの美しいアナベル・リイの夢を。
そして満天の星ののぼる時、私はかならず見る、
かの美しいアナベル・リイのきらめく眼を。
このように、夜もすがら、私は憩う、その傍らに、
わが愛する——わが愛する——わが命、わが花嫁の、
海のほとりの彼女の墓に、
鳴りひびく海のほとり、その墓に。(11)

ポーというと怪奇でグロテスク、それでいてとびきり鋭利でもある短篇の名手という一般的なイメージからすると、これはおよそ対極的なバラッド(物語詩)と思われるに違いない。さきに記したとおり、一八四九年に書かれた最晩年の詩であり、この「アナベル・リイ」という少女の姿には、三年前に肺結核で亡くなった妻ヴァージニアへのポーの痛切な思いが込められているとされる。とはいえ、このようになめらかに歌うような調子はポーの詩のなかでけっして例外ではない。むしろ、ポーの詩の基調をなしているものだ。

怪奇でグロテスクな物語、それと対照的ないかにもロマンティックな韻文——。とはいえ、以前の亡くなった妻ライジーアが新たな妻ロウィーナに変貌しつつロウィーナを呪い殺す「ライジーア」の、あの奇怪で美しくもグロテスクな物語と、この「アナベル・リイ」とは、愛し合う者の魂の深い結びつきという主題の一点に立てば、じつは同じことを描いているのではないだろうか——「ライジーア」が書かれたのは一八三八年で、結婚後二年、ヴァージニアはまだ一五歳ぐらいの(!)元気な少女

だったが。その同じ主題を「天上の言葉」で描こうとしたものが「アナベル・リイ」であり、「地上の言語」で描いたものが「ライジーア」と呼べるのではないか。

それにしてもポーとても所詮、使いこなせるのは「地上の言語」だけのはずである。そこからエリオットが「大鴉」にそくして具体的に指摘していた、音感の重視による意味の不整合という問題が生じることにもなる。音感による天上への上昇がいわば意味の重力によってたえず地上へと引き戻されるのである。この作品においても、全篇を貫いているのはまさしく「アナベル・リイ」というその名前の美しい音感である。しかし、このなめらかな調べからなるこの詩においても、「地上の言語」の宿命は、ポーに困難を強いている。たとえば、第五連、冒頭の三行「しかし私らの愛ははるかにもっと強かった、／私らより齢《よわい》を重ねた人たちの愛よりも――／私らよりはるかに賢い人たちの愛よりも――」と訳されている箇所は、原文では以下のとおりである。

But our love it was stronger by far than the love
　Of those who were older than we —
　Of many far wiser than we —(12)

かけがえのないふたりの「愛」を名指そうにも、この地上にはまさしく「愛 love」というじつにありきたりな言葉以外には存在しないのだ。だからこそ、一行目だけをとれば文字どおりそうなるように「愛よりもはるかに強い愛」と、いわばその地上の言葉を反復的に用いるほかないのである。表現としてみれば、これはあまりに稚拙で、いわゆる「筆舌に尽くし難い」という言葉と同様、表現者が基本的に用いてはならないはずのものだ。とはいえ、これはある意味で天上の言葉に忠実な振る舞いである。仮にもっと的確な言葉が見出されるとすれば、その言葉は地上のものでありながら天上のものであると、いわば僭称することになるからだ。「愛よりもはるかに強い愛」――それは、この世には不在の天上の言葉に対する、ぎこちないこの世の言語による忠実な「翻訳＝痕跡」なのだ。

とはいえ、結局のところ、ポーが生涯に綴った「詩」の数はけっして多くはない。もちろん、詩では食えなかったという現実の事情も大きかっただろう。しかし、音感だけを頼りにしつつ、たえず意味という重力に引き戻されながら、あくまで地上の言語を用いて「詩」を綴ることは、ポーにとってはおぼつかない試みだっただろう。ポーが生涯の大半をかけて行なったのは、地上の言語に徹して、「グロテクスでアラベスクな物語」をできるだけ完璧な形でタペストリーのように織ることだった。

その点からすると、ポーの物語の多くが死と腐敗と崩壊の美学に彩られているのは、あまりに当然のことである。それは**この地上の**物語なのだから。ポーの物語はその意味において、ロマン主義的であるよりはベンヤミンのいう意味においてきわめてバロック的である。ガストン・バシュラールが指摘しているように、ポーの文学の根源的イメージのひとつは水、しかも暗く澱んだ、沼沢の水である。(13) それは天上の澄んだ青空の、この地上における現象形態にほかならない。この世に現に悪魔的な存在が徘徊しているということのみが天上には天使のような存在がいるかもしれない、ということのかすかな約束であり、地上における死と腐敗、寄るべない崩壊こそが、天上における永生の、逆説的な証拠となるのだ。

ボードレールとマラルメ、さらにはヴァレリーがポーを読んだとき、彼らはポーの詩と物語の関係をこのような形で読んだのだと私は思う。つまり、地上の言語で緊密に織りなされた「グロテスクでアラベスクな物語」を、天上の言葉の地上の言語による忠実な翻訳＝痕跡として読んだということである。それを彼らができうるかぎりのフランス語に再翻訳したところにポーの「詩」が「美的仮象」として浮かび上がる。いわば巨大なマイナスの数字を絶対値として受けとめ、それをプラスに反転させたところに、ポーの「詩」を置くという発想である。これはたんなる「深読み」を超えた、かけがえのない文学的共同作業と呼ぶべきものだ。

英語ネイティブでなかった彼らは、ポーの「詩」を、エリオットのような英語ネイティブの者と比べれば不完全にしか味わうことができなかった。これはいってみれば、モーツァルトの音楽を多少とも歪んだ再生装置で聴くようなものである。しかし、完璧な再生装置で聴くモーツァルトよりも、歪んだ再生装置で聴くモーツァルトのほうがいっそう天上的な響きを聴き手の胸に反響させるということがあるのだ。まして、そのような完璧な再生装置がそもそもこの世に存在しないとすればどうだろうか。そのときこそモーツァルトの音楽は、いっそう天上的な響きを聴取者の頭蓋に響かせるだろう。ふたたびいうと、ポーとボードレール、マラルメ、ヴァレリーのあいだに生じたのは、そのような出来事だったのだと思われるのだ。

四　『ユリイカ』の意味するもの

ポー自身、「マルジナリア」における断片的な記述を別にして、いくつかのまとまった「詩論」を書いている。ポーはそれらの詩論のなかで、カント的な真、善、美の三分法を前提として、詩はもっぱら「美」を原理とすると述べている。彼がいちばん嫌ったのは、詩作品に道徳的な「教訓」を持ち込む態度だった。そういう彼の詩論を代表するものに「詩作の哲学」がある。[14] これは、ポーを詩人としても一躍有名にしたあの「大鴉」執筆の舞台裏を、自ら理詰めで明かした形の文章になっている。いわく、まずその読み手に対する「効果」という点で長さを一〇〇行程度に決めた（その際彼は、ミルトン『失楽園』は長すぎて駄目だと、いささか冒瀆的な言葉まで吐いている）。テーマは「美」としたが、その美は同時に「憂愁」に満たされたものとした。さらに、一語をリフレインさせるのが有効と考え、響きからそのもっともふさわしい一語を nevermore とした。それを繰り返し発するのにいちばん的確なのはオウムだが、ここでは詩の憂鬱な調子にもっとぴったりなものとして「鴉」を選んだ、云々。

いまではこの「詩作の哲学」での制作舞台裏の開陳は、多くのひとびとによって一種の「ほら話」と見なされている。確かに、ごく常識的に読めば、すべて跡づけの話であって、現に書いてしまった作品「大鴉」をあとから整合的に説明したものとしか思えない。こんな書き方で果たして読者がこの話を真に受けるとポーが見なしていたかどうかも分からない。つぎの章で見るかぎり、むしろポーは誰も真に受けはしないだろうと思っていたようでもある。

とはいえ、ポーがたんにこれを戯れとして書いたとも私には思えないのだ。ここにもまた、天上の言葉と地上の言語の翻訳関係が見られるのではないだろうか。詩はたんに天才が霊感に導かれて書くものではなく、徹底的に意識化され、一語一語が方法的な吟味をへて書かれるものでなければならない。ここでポーが示唆しているそのような詩学は、マラルメ、ヴァレリーに確かに深甚な影響をあたえることになるのだ。一般には、彼らがポーの制作話をそのまま真に受けたとは思われていないかもしれない。あとの章で見るとおり、私はむしろマラルメとヴァレリーはかなり真に受けていたと思うのだが、最低限、そんなふうに詩が書ければという彼らの夢の萌芽にはなったはずだ。

さらに、音感だけを頼りに天上の言葉を手探りするだけでなく、分析的な知性をいわば梯子として天上の言葉へ上昇すること、ポーはそういう可能性をここで垣間見ているのではないだろうか。「詩」と分析知性のいわば合作によって、天上と地上を結ぶという発想である。その点からすると、「モルグ街の殺人事件」や「盗まれた手紙」などに見られるいわゆるデュパンものも、地上で完璧な推理の網を織り上げることとして、逆に天上世界と無縁でなくなってくるのではないか。この地上世界でいわば裏地を分析的推理で完璧に織り込めば、天上からその表面を見れば天上の言葉での織物となっている、そういう図柄を構成しうるのではないか、という考え方だ。

さらに、作品「大鴉」と詩論「詩作の哲学」の関係が興味深いのは、ポーが晩年に心血を注いで書き上げた『ユリイカ』にそれを引き寄せて考えることができるからだ。つまり、「大鴉」と「詩作の哲学」の関係をそれこそ宇宙大に拡張すれば、神の作品としてのこの宇宙、そしてそれを観察と推論と直観をつうじて解き明かす『ユリイカ』の試み、というような関係として捉えることができるのではないか、と思えるのである。

ポーは以前から宇宙論に関わる物語や断章を書いていたが、『ユリイカ』はそれらの試みをはるかに凌駕する規模のもので、しかも唯一の長篇小説『アーサー・ゴードン・ピムの冒険』をのぞけば、彼が生涯で書き上げたいちばん息の長い文章となっている。ここでポーは、「物質的宇宙ならびに精神的宇宙についての論考」と副題して、ニュートン物理学とラプラスの星雲説を大きな背景としつつ、当時の最新の宇宙物理学の成果を踏まえて、単一の「原始粒子」から拡散と収縮を繰り返す宇宙という壮大なヴィジョンを描き出しているのだった。

ポーはこの原稿を一八四七年の一年間をつうじて書き継ぎ、一八四八年二月三日、ニューヨークで六〇人あまりの聴衆を前に二時間半にわたって読み上げ、一八四八年七月、五〇〇部の小部数で刊行することになる。ポーがボルチモアで客死を遂げるのは、翌年の一〇月七日である。妻ヴァージニアを失い、経済的に困窮をきわめ、健康を著しくそこないながら、これだけの仕事を果たしたポーの姿は鬼気迫るとしか、私には評しようがない。このあたりの成立事情は、八木敏雄訳『ユリイカ』(岩波文庫)の「解説」で、訳者によって懇切丁寧に述べられている。

ただし、ここでもポーは持ち前のほら話的性格を自らつけくわえている。冒頭のほうで彼は、この論文の全体はちょうど千年後の二八四八年に書かれ、壜に詰められて漂着した「手紙」の紹介である、という荒唐無稽な設定をあえてしているのである。誰も信じようのないこのような設定は、ポーが繰り返し描いている「天の邪鬼」的な性質の現れとしかいいようがない。しかし、これを逆手にとって、この『ユリイカ』もただの与太話、冗長なおしゃべりとしてしまってはならないのだ。

哲学史的に冷めた目でみれば、ここで描かれている宇宙論はプロティノスの流出論とスピノザの汎神論を重ね合わせたものといえるかもしれない。実際、ポーは最後の原注で「**神**はすべてに宿り、すべては**神**となる」と記している。これなど、宇宙のすべてを神の様態変化と見なすスピノザの哲学そのものだ(ただし、スピノザの名前はここではいっさい登場しない)。とはいえ、ポーはそのスピノザ的汎神論を決定的にダイナミックにするとともに、たんに物の見方としてではなく、最新の宇宙物理学の知見をもとに、客観的事実として論証しようとしているのである。一九世紀の思想の展開として見れば、その先には、ニーチェの「永劫回帰」とブランキの『天体による永遠』が確実に待ち受けている。とはいえ、ポーのダイナミックな宇宙像と比べると、ブランキのそれすらきわめてスタティックに見えるのだ。

このポーの宇宙論は、岩波文庫版の「解説」で訳者がやはり縷々述べているように、ラプラス-ニュートンの宇宙論をはるかに超えて、ビッグバンにもとづく宇宙膨張説や、やがては巨大なブラックホールに呑み込まれてゆく宇宙という現在の宇宙イメージに近い印象を、私のような宇宙論の素人は抱いてしまう。しかもポーは、現在の宇宙は拡散の時期から収縮の時期に向かっていると見なしているのだった。以下は『ユリイカ』の後半からである。

実際のところ、強力な望遠鏡で「星雲」を観測するにあたって、ひとたびこの「崩壊」なる観念をいだくと、いたるところにこの観念の確証を見出さざるをえなくなろう。星々が殺到しているように見える方向には、かならず核が見つかるし、そういう核が単なる遠近法上の現象と見あやまたれることはありえない――星団は中心に近いところほど実際に稠密で――中心から遠ざかるほどまばらである。手短に言えば、すべてのものが崩壊を起こしていれば、そう見えるであろう姿をしているのだ。[15]

このように、現在、宇宙総体は「漸進的崩壊の過程」にあるというのが、ポーの確信するところなのである。

さらに重要なのは、ポーがここにおいてそれまでの自らの「詩学」を一見大きく変容させたと思えることである。ポーは『ユリイカ』の「序」にこう記している。以下はその全文である。

私を愛し、私が愛する数少ない人たちに――考えるより、むしろ感じる性《さが》の人たちに――夢みる人たちに、現実に劣らず夢を信じる人たちに私はこの真理の書をささげます――本書に真理の語り手としての資格があるからではなく、その真理に充溢《じゅういつ》する美のゆえに――真理をして真たらしめる美のゆえに。そのような人たちに、私はこの仕事をもっぱら芸術作品《アート・プロダクト》として、言うなれば一篇の物語《ロマンス》として、またもしあまりに過大な要求でないとするならば、一篇の詩として提供いたします。

私がここに提唱するものは真であります――それゆえに不滅です。よしや踏みにじられて死ぬことがあろうとも、それは「ふたたび永遠のいのちによみがえる」でありましょう。

ともあれ、私の死後、この作品がもっぱら詩としてのみ評価されんことを切望してやみません。[16]

さきに「詩作の哲学」にそくして確認したとおり、それまでの詩論においてポーはもっぱら「美」を詩の原理としていた。それと比べると、ここではむしろ「真」に力点が置かれているように思われる。あるいは、ぎりぎりのところ、真と美の一体化（「真理に充溢する美」）が前面に出されているように思われる。そもそも「詩作の哲学」でポーは、実際に「大鴉」を書いたあとの跡づけであるにしろ、一〇〇行程度を詩の理想としていたのに対して、『ユリイカ』は原文で四万語におよぶ長大な論考である。さらにそれをポーは「散文詩 prose poem」として受け取ってほしいと語っているのだ。ここには一見彼の詩論における大きな断絶が存在しているように思われる。ポーが「詩」においていちばん重視していた音感ないし音楽性も、当然ながらここではほとんど捨ておかれている。

とはいえ、ここまで私が記してきた趣旨からすれば、『ユリイカ』を「散文詩」として提示するポーの態度は、むしろきわめて一貫しているのではないだろうか。韻文が天上の言葉を模倣しようとする不可能な試みだとすれば、散文‐詩とは、いったんまさしく地上の言語に徹することによって、大きな迂回をへて「詩」に到達しようとする試みだからだ。「大鴉」と「詩作の哲学」が実作とその事後的な分析推理の合作として、天上の言葉を浮き彫りにしようとする試みだとすれば、それは確かに『ユリイカ』への端緒となるものだったに違いない。この点でも「詩作の哲学」は、ポーの歩みにとって『ユリイカ』にいたるだいじな蝶番の位置を占めている。

勘違いしてはいけないが、『ユリイカ』がもっぱら「詩」として読まれることをポーが望んでいたからといって、それは、一詩人の夢想として割り引いて理解してほしいという願望ではない。さきの「序」に書かれていたとおり、何より真理と美を兼ねそなえた作品として読んでほしいということである。いや、ポーにとっては、『ユリイカ』という一篇の長大な散文詩のみならず、神の作品である宇宙そのものがそのような真理と美を兼ねそなえているのだった。そして、『ユリイカ』はその宇宙そのものの体現している真理と美を、ポーの想像力をつうじて文字の形でなぞったものにほかならない。

『ユリイカ』の執筆はポーに恐るべき精神的・肉体的負担を強いた。岩波文庫『ユリイカ』の「解説」には、ポーが死のちょうど三ヶ月まえ、一九四九年七月七日に、妻ヴァージニアの母、マライア・クレムに宛てた手紙が引用されている。そこには以下のように記されている(ポーとクレムのあいだには、まことに深い精神的な結びつきがあった)。

私は死なねばならないのです。『ユリイカ』をなしおえてしまったので、私はもう生きてゆく意欲がありません。もう何もなしとげられそうにありません……(17)

心身ともに憔悴しきった最晩年のポーの姿が彷彿するとともに、それでも『ユリイカ』を書き上げた大きな達成感を同時に感じさせる文面だろう。とはいえ、『ユリイカ』を仕上げてから、ポーは何の創作も行なわなかったのではない。さきに全文を引用したあの「アナベル・リイ」は、『ユリイカ』とこの手紙のあいだに作られたのだ。

つまり、私たちは「アナベル・リイ」という韻文詩と『ユリイカ』という長大な散文詩のあいだに、ふたたび翻訳関係を見ることができるのではないだろうか。びっしりと並ぶ『ユリイカ』の散文のまにまに「アナベル・リイ」のあの響きをかすかにであれ聴き取ること、そして逆に、「アナベル・リイ」の行間にびっしりと書き込まれた『ユリイカ』の「真理に充溢する美」を克明に読み取ること——。もしもそんなことが可能であれば、そしてそれによって「美的仮象」がそこに幻のようにして立ち現れてくるのであれば、私たちはそれをマラルメにならって「絶対の書」と呼ぶことができるに違いない。

最後にもう一点だいじなことを確認しておきたい。

ポーが『ユリイカ』を、千年後の二八四八年に書かれ、壜に詰められて漂着した「手紙」の紹介である、という荒唐無稽な設定にしていることにふれた。ポーの最初期の作品に、よく知られた「壜のなかの手記」がある。『ボルティモア・サタディ・ヴィジター』誌の懸賞小説に応募して、ポーがはじめて賞金を獲得した短篇である。「ピュロン的懐疑」の持ち主である「私」が航海中に嵐に遭遇し、難破したのち、もうひとつの巨大な帆船と出会う。嵐のなかでも泰然としているその船に「私」は乗り移るのだが、それは幽霊船の様相を呈していて、やがてその大きな船も地球の内部の空洞へといいたる大渦に呑み込まれてゆく……。

このような、刻々と迫る危機的な状況を描いた一人称での物語は、通常、その一人称の語り手が最終的には救われたことが前提になっている。なぜなら、最後に生きのびたのでなければ、「私」の語りは存在しようがないからだ。しかし、「壜のなかの手記」という構成は、おそらくは最終的に海の藻屑と化したであろう語り手が「私」という一人称で最後まで語りつづけることを可能にする。この文学形式をポーが先行する作品から借りた形跡はないようだ。ただし、このような物語形式はポーが発明したものとは必ずしも呼べないだろう。およそ「手紙」というものが存在し、「壜」というものが存在しはじめたときから、このような語りの可能性はひとびとの脳裡に浮かんでいたというべきだろう。にもかかわらず、奇しくもポーが最初期の作品と晩年の大作『ユリイカ』で「投壜通信」という方法をとっていることは見逃せない（ポーの他の作品、たとえばやはり最晩年に発表された「メロンタ・タウタ」も、二八四八年という未来から放たれた「投壜通信」という体裁をとっている）。

そして、難破船から放たれた投壜通信というこのイメージは、本書の以下の記述において、マラルメをへて、最後のパウル・ツェランにいたるまで、陰に陽に、貫かれているものなのである――カツェネルソンにおけるように、作者の死のまえに、壜に詰めて地中に埋められていた作品という痛切な現実的形態も帯びながら。本書においてポーからたどるこの文学形式は、ホロコーストをへて、ツェランにおいてはたんに文学の一形式ではなく、およそ文学の本質そのものと語られるにいたるのだ。その過程で、「美的仮象」はマラルメにおいて「絶対の書」というヴィジョンを描き出しながら、現実そのものによって打ち砕かれる。その一方で、その破片からの回復がやはりツェランをつうじて図られてゆく……。私たちもまた、その瓦礫のただなかでの修復過程に身を置いているのである。

第二章

ステファヌ・マラルメと「絶対の書」

サルトル：マラルメとジュネには〔……〕、わたしは心から共感を抱いている。
　彼らはどちらも、意識的にアンガジェしています。
――マラルメが？
サルトル：というのがわたしの考えです(1)。

お前はフランス語圏の詩人で誰が好きかと聞かれれば、私はためらうことなくマラルメと答える。ボードレールでもランボーでもなく、なぜよりにもよってマラルメなのか。まずは、高校の終わりだったか、大学に入学した直後だったか、西脇順三郎訳で読んだ、以下の「乾杯の辞」の印象にかなり深いものがあったのだ(2)。

何もない、この泡、純白な詩
コップを象徴するだけの。
遠くにあんな一群の
人魚が沢山投身するさかさまに。

私達は航海している、私のいろいろの
友達よ、私はすでに船尾にいるが
君達は豪奢な船首となり
雷と冬の波浪を切り開く。

何か美しい酔いが私を招く
その動揺をも恐れなく
直立しこの乾杯を捧げるようにと

孤独へも暗礁へも星へも
また私達の帆の純白な労苦を
値したどんなものへも。

一八九三年二月、マラルメは雑誌『プリューム』の主宰するパーティで、まさしくグラスを手にして立って、文字どおり「乾杯の辞」としてこの詩を朗読したのだった。彼はそのパーティで座長を務めた。それは事実上彼を讃えるための宴だった。当時、五〇歳に達していたマラルメは、ようやくフランスの詩壇で「象徴派」の頭目と見なされるようになっていたのだ。没後に刊行された『マラルメ詩集』では「挨拶」というタイトルにあらためて巻頭に収められ、詩集を紐解く読者に対する文字どおりの「挨拶」ともなった作品である。シャンパンの入ったグラスを掲げ、その泡立ちに人魚たちの投身するさまを思い浮かべると、たちどころにその場は船上の光景となって、真っ白な帆がまだ詩句の書き込まれていない、途方もない労苦を強いる白紙の紙になぞらえられる……。難解な詩の、それこそ「象徴」のようなマラルメであっても、この作品は多くの読者に理解可能ではないだろうか。

とはいえ、マラルメの多くの詩が難解きわまりないことは事実だ。実際、私が最初に西脇順三郎訳で読んだ、六〇篇あまりの詩のうち、私なりに感銘を受けたのは、右の「乾杯の辞」と「海の微風」くらいではなかったかと思う。しかし、この二篇の印象は、それだけでもマラルメという存在を、二〇歳に満たない私の胸に刻みつけるのに十分だった。

それ以降、マラルメは気になる存在だった。とくに、私が研究対象ともしているヴァルター・ベンヤミンは、しばしばマラルメを参照している。ベンヤミンがまとまった批評を残しているのはフランス語圏の詩人ではボードレールについてだが、ボードレールがあくまで鑑賞・批評の対象であったのに対して、マラルメはベンヤミンにとって、いわばともに思考する相手だった。とくにマラルメの言語論はベンヤミンにとってかなり重要なインスピレーションの源となっていた。

それでもマラルメは私にとって遠い存在であることに変わりなかった。二〇〇四年に筑摩書房から刊行されたジャン゠リュック・ステンメッツの大部な『マラルメ伝』に接して、ようやくマラルメに対する私の敬愛は一挙に深まることになった。全篇をとおしてそこに描き出されているのは、神秘の雲の彼方に鎮座する狷介なマラルメではなく、徹頭徹尾等身大のマラルメだった。とりわけ、死の間際、喉の痙攣に襲われて呼吸困難におちいって、死を覚悟したマラルメが膨大な覚書の「焼却」を指示した、妻と娘に宛てた遺言のつぎの一節は、私には鮮烈だった。

可哀相にすっかり落ち込んでいるお前たち、真摯な芸術家の生涯というものを余すところなく尊重するすべを、あんなにまで知っていた、かけがえのない二人よ、信じてほしい、それはとても美しいものになるはずだったということを。(3)

これを書いた翌日、マラルメはふたたび喉の痙攣に襲われて死去したのだった。あくまで芸術至上主義者であっても、たんに理解不可能なまでに難解な詩を書くマラルメではなく、人生の最後の最後に、このような文面を残したマラルメ。それが私にとってのマラルメである。

しかもマラルメは、ポー受容から自分の詩作を決定的にはじめるとともに、モダニズム詩の極北というべき『賽のひと振り』を書き上げただけでなく、「絶対の書」という観念を育むにいたる。『賽のひと振り』を貫いているのはまさしく難破船のイメージであって、それはポーの「壜のなかの手記」のモティーフを、一九世紀の終わりという文明史的な位置で壮大な作品として展開したものだ。しかも、その壮大さは、けっして文字数などによるのではないのだ。その一方で、ひたすら「絶対の書」に思いをこらす芸術至上主義者でありながら、ドレフュス事件に際しては熱烈にゾラを支持する電報をしたためたのがマラルメである。マラルメの死後、ヴァレリーが明確に反ドレフュス派に与するのとは大きな違いである。この師弟のあいだに走っている深い断絶を確認することも、本書においては重要なポイントとなる。

一　マリーという異邦人

当該の詩をネイティブ感覚で読み取れないこと、聞き取れないことは、前章で確認したように、けっして否定的なことばかりを意味していない。むしろそれは、ネイティブ言語を超えて読み手を駆動してゆくような力の源泉ともなりうるのだった。実際、マラルメもベンヤミンも、非ネイティブが抱く不安定な齟齬感を、「純粋言語」をもとめる原動力へと転化していった。それはマラルメの場合、そのポー受容において顕著に見られることだが、マラルメは生涯、フランス語をネイティブ言語とするのではないドイツ出身の女性とともにいた。ほかでもない、彼より七歳年上の妻マリーである。このマリーとの関係には、マラルメの体質が如実に現れている。

マラルメは二〇歳のとき、故郷のサンスで、「愁いをおびた」、「上品で悲しげな一人の娘[4]」に目をとめる。当時、彼女はマラルメの父の家と隣接したリベラ・デ・プレール家に住み込みの家庭教師として働いていた。マラルメは何度か声をかけることも試みたようだが、一八六二年六月、その女性にとうとう熱烈なラブレターを送る。『マラルメ全集 Ⅳ』の最初のほうに、このころのマリー宛の三通の手紙が収められている。一八六二年六月二八日付の手紙(これがマリー宛の書簡として最初に収められているものである)の冒頭には、こう記されている。

マドモアゼル、／例のドイツの婦人というのは、あれは、あなたがそうお考えになっている通り、この僕です、他でもなく僕がひとりであの手紙を書きました。／あんな策を弄したことを許して下さい。でも昨日《きのう》、一昨日《おととい》と、それとも知らず無意識にでしょうけれど、あなただって僕をうまくぺてんにお掛けでしたよ、それなりにかわいらしいぺてんに。／一昨日は僕はあなたのことをイギリスの人だとばかり思っていました。ですから、知っている限り最も立派な英語で、これ以上想像もできぬほど美しい手紙をあのときはもう書いていたのです。ところが、あなたと別れるときになって、自分が間違えていたことに気がついたので、全部破いてしまうしかありませんでした。／これが第一回目です。(5)

手紙の最初にマラルメが記していることがどういうことか、訳者は何の注釈も付していないし、ステンメッツの『マラルメ伝』もさすがにそこまで究明してくれていない。「ドイツの婦人」からの言づてのような形でマラルメが手紙をマリーに届けることがあったのだろうか。しかし、ここでとりわけ興味深いのは、ドイツ出身のマリーをマラルメが勝手に「イギリスの人」と思い込んでいた、という事実である。わずかながらの受け答えや、通りすがりに耳にした彼女のフランス語にネイティブとは異質な響きを感じ取って、マラルメは彼女を「イギリスの人」と思い込んだのだった。これをマラルメはまことに身勝手に一回目の「ぺてん」と書いているのだが、そもそもなぜマラルメはマリーを「イギリスの人」と思い込んだのか。(6)

ステンメッツの『マラルメ伝』では、マラルメがこの直前に一七歳のイギリス人、ヤップ・ハリエット(通称エッティ)とフォンテーヌブローで出会い、恋心を抱いたということを理由のひとつに挙げている。フォンテーヌブローはパリの南、サンスとパリのちょうど中間あたりに位置している。そこで、前年にサンス高等中学校に着任した詩人のエマニュエル・デ・ゼッサールが、マラルメをふくめて若い友人を集わせたのである。しかし、マラルメが密かに恋心を抱いたエッティは、そのとき一緒だったアンリ・カザリスと相思相愛の仲となる。マラルメはカザリスと生涯友情で結ばれることになるが、その時点では旧知のあいだというわけではなく、エッティと一緒に出会う直前に知人に紹介されてはじめて手紙を送ったぐらいの関係だった。しかし、たがいに詩を書く者として初対面から打ち解けたようで、その後、おたがいの恋愛状況を手紙で伝え合ったりしていたのだった。そのカザリスからエッティとの関係を教えられ、マラルメはエッティに代替する女性をマリーにもとめた、というわけである。しかし、ここでは、ほかでもない、エドガー・ポーとの関係をやはり考慮しておくべきではないだろうか。

マラルメがポーの作品と正確にいつ接したかを確定するのは難しいようだ。『マラルメ全集 II』の「別冊 解題・註解」で、松室三郎は「マラルメがポーの存在を知ったのは一八五七年、サンス高等中学校での上級生ウージェーヌ・ルフェビュールの手引による、と判断される(7)」と記している。ルフェビュールはサンス高等中学校の四年上級生だった。松室の「判断」はあくまで推定の域を出ないのだが、すくなくとも一八六〇年、マラルメが一八歳のときに自分用に作成したアンソロジー『落穂集』にはポーの詩九篇が、しかもそのうち八篇はマラルメ自身の逐語訳で書きとめられている。マラルメが原文で記していたのは「鐘」で、逐語訳で書き込んでいたのは以下の作品である。「ヘレン〔・ホイットマン〕に」、「ユーラルーム」、「天国のあるひとに」、「アナベル・リー」、「ユーラリー」、「円型闘技場」、「大鴉」、「レノア」。ポーの詩のなかでもよく知られた、比較的長篇の物語詩が中心である。

マラルメは高等中学校を卒業後、公証人事務所の職に就く。その仕事に馴染めないマラルメは、一八六二年二月からは英語の個人レッスンを受ける。ポーをもっと読めるようになるためだった。さきに、マラルメをポーへと導いた人物としてルフェビュールの名前が登場したが、マラルメとルフェビュールが書簡をとおしてポーへの熱い思いを伝え合うのは、一八六二年四月からである。それまでは、おたがいにポーの詩の翻訳を試みていながら、そのことを知らないでいたようだ。つまり、マラルメがマリーに熱をあげる時期とポーへの情熱をあらためて掻きたてられた時期はほぼ重なっているのである。

要するにマラルメは、マリーのうちにポーと同じネイティブ言語を話す「イギリスの人」を投影していた、ということがあったのではなかったか。実際、「愁いをおびた」、「上品で悲しげな一人の娘」というマラルメが受け取ったマリーの印象は、ステンメッツが伝えているエッティの姿(「何事にも当意即妙に応える、愛想のよい、理知的な十七歳の美しい女性」(8))とは対照的で、むしろポーの小説や詩の登場人物にこそふさわしく思える。マラルメは幼くして母を失くし、祖父母に育てられ、一五歳のときには最愛の妹マリアをも失っている。妹の名前とマリーの名前が同一だったこと(マリーの正式名称は「マリア」だった)もマラルメには印象深かったようだ。

マラルメの執拗なアタックは八月ごろには効を奏しはじめて、同年の一一月一一日には、ついにマリーはマラルメとともにロンドンに移住する。家庭の事情で大学への進学を諦めたマラルメは英語教師となることを決意していて、ロンドンへの移住には英語力を高めるという目的もあった。しかし、実際にはそれは逃避行に等しかった。サンスのような小さな町で、マラルメとマリーの関係は周囲から非難のまなざしを呼ばずにいなかったのだ。それにしても、さきに引用したようなラブレターではおよそ恋など成就しようにないと思える。ましてやマリーはマラルメより七歳年上なのである。マラルメの言葉はよほど魅力的だったのだろうか。

ここで、やはり考慮しておくべきは、マリーがフランス語のネイティブではなかったということだ。フランス語ネイティブが読む感覚、あるいは私たちが日本語訳で読む感覚とはよほど異なった言語感覚で、彼女はあのマラルメの手紙を読んだはずなのだ。そして、すでにわずかながらパリの文芸誌に書評や詩を掲載しはじめていたマラルメが難しいフランス語で語る文学談義にも、彼女は耳を傾けることになったはずだ。もちろん、たがいのネイティブ言語が異なるがゆえに成就しない恋も多いだろう。おそらく数としてはそちらが圧倒的に多いのかもしれない。しかし、マラルメとマリーの場合には、たがいのネイティブ言語が相違していることがかえってプラスに作用したのではなかったか。

ところが、実際にロンドンでふたりがはじめた生活は殺伐としたものだった。アパートの一室で、マラルメは読書と書きものを続け、マリーは刺繡や編み物をしている。ロンドンではマラルメも異邦人だが、まがりなりにも英語を解するマラルメと比べてマリーは二重の意味で異邦人である。もとよりふたりは結婚している身ではない。マリーのほうが次第に罪悪感に駆られてゆき、翌年、一八六三年一月にはマリーはロンドンを去ってパリへ向かう。マラルメは彼女をパリまで見送りつつ、友人カザリスにマリーを説得するよう懇願する。一方マリーはカザリスにドイツ語で手紙を送る。こうして、ドイツ語に堪能なカザリスがマラルメとマリーのあいだにたってふたりの仲を取り持とうと努力することになるのである(9)。

マリーはカザリスがドイツ語に訳した、元来はフランス語で語られたマラルメの意向を、マラルメはカザリスがフランス語に訳した、元来はドイツ語で語られたマリーの意向を、それぞれ決定的な局面で聞くことになったはずだ。そして、それぞれはその翻訳された言葉の向こうに、相手のネイティブ言語での「真意」を探ろうと努めたに違いないのだ。

途中、マリーのブリュッセルへの逃避行、マラルメの父の死去なども挟んで、とうとう一八六三年八月、マラルメとマリーは結婚式を挙げ、マラルメは英語の教員資格試験にかろうじて合格し（一〇人の出願者のうち九番の成績だったという）、同年一一月、トゥルノンの高等中学校の代用教員に任命される。マラルメにとってそれは、その後三〇年にわたって続く、苦しい教員生活のはじまりでもあった。

ところで、ここで私が綴っているマラルメの姿は、あの後年の「マラルメ」とは縁もゆかりもない、青臭いひとりの青年にすぎないのだろうか。マリーがフランス語ネイティブでないがゆえに、何とかそのメッキが剝がされずに済んだような、まるで世間知らずで不器用な若者。しかし、マラルメは自分の思い過ごしに、彼なりに忠実であったことも確かなのだ。いや、むしろ思い過ごしこそが彼を駆り立てたともいえるのだ。

「知っている限り最も立派な英語で、これ以上想像もできぬほど美しい手紙をあのときはもう書いていたのです」とマラルメはマリーへの手紙に記していた。彼が破り捨てたとすぐに記している、そんな「手紙」が実際に書かれていたとは、もちろんとても信じることはできない。しかし、そう書いたとたん、「これ以上想像もできぬほど美しい手紙」がまるで蜃気楼のように浮かび上がるという、いわば体質のようなものが、マラルメにはそなわっていたのではなかったか。それが彼をして、生涯にわたって「エロディアード」の加筆や改稿に向かわせ、ついにはあの『賽のひと振り』を書かせ、さらには「絶対の書」の構想にまで向かわせたのではなかったか。おそらく、およそ文学の根源にはそのような幻想が渦巻いているに違いないのだ。そのような「幻想」に忠実にしたがって、「〈地上世界〉のオルフェウス的解明」[10]に、サルトルの言葉を使えば、おのれの全存在をあげてアンガジェしていったマラルメ……。

マラルメのポーの読み方には、そんな彼の体質がいっそう顕著である。つづいて、マラルメのポー受容について確認しておきたいのだが、その前提としてまずはボードレールがポーを、とくにポーの

「詩作の哲学」をどのように受けとめていたのかを、前章での議論も受けて、見ておきたい。

二　ボードレールの「詩作の哲学」の受けとめ

ボードレールが『異常な物語集』というタイトルでポーの短篇の翻訳を上梓したのは、一八五六年、マラルメが一四歳のときだった。さらに翌年、ボードレールは詩集『悪の華』の初版を刊行し、すぐに「風俗壊乱」の疑いで起訴され、皮肉なことにかえって『悪の華』は世間に知られることになる。ボードレール訳による『異常な物語集』、ボードレール自身の『悪の華』、いずれもマラルメに決定的な影響をあたえる書物だが、マラルメがボードレールとポーを確かに読んだ痕跡が資料として確認できるのは、さきにも記した、マラルメが一八歳のときに自分用に作成したアンソロジー『落穂集』においてである。そこにマラルメは『悪の華』から二九篇の詩を、そしてポーの詩は九篇書き込んでいた(これもさきに記したとおり、うち八篇はマラルメによる逐語訳の形で、である)。

前章で見たとおり、ボードレールは『異常な物語集』(一八五六年)を皮切りに、『続・異常な物語集』(一八五七年)、『アーサー・ゴードン・ピムの冒険』(一八五八年)、『ユリイカ』(一八六三年)、『グロテスクでまじめな物語集』(一八六五年)とじつに精力的に翻訳を刊行しつづけたが、三度にわたる改訂をへて最終的に『グロテスクでまじめな物語集』に決定稿が収録された「大鴉」をのぞけば、ボードレールはポーの詩を訳すことはなかった。その事情を彼自身はこう記していた。

もしも私の仕事がフランスのような国において実りあるものとして続けられ得るとしたら、私には詩人エドガー・ポーと文芸批評家エドガー・ポーとを示す仕事が残されているだろう。詩を真に愛する人なら誰しも、この二つの責務の第一のものはほとんど遂行不可能であること、翻訳者としての私のきわめて献身的ながらきわめてつつましい能力をもってしては、律動《リズム》および脚韻という欠けざるを得ぬ逸楽を埋め合わせ得ぬことを、認めるであろう。推察の能力に大いにめぐまれた人々にとっては、〈短篇小説〉の中に挿入されている詩の断片、「リジイア」〔ライジーア〕の中の「征服者蛆虫」、「アッシャー家の崩壊」の中の「魔の宮殿」、そしてかくも謎めいて雄弁な詩「大鴉」だけで、純粋なる詩人の驚嘆すべき様相のすべてを垣間見るのに十分であろう。(11)

これは、一九三四年になってはじめて公表された「翻訳者の言葉」と題された短い文章の一節で、その文章は、ボードレールのポー翻訳の最終巻にあたる『グロテスクで真面目な物語集』(一八六五年)の巻末に据えて、ポー翻訳全体に対する「あとがき」とすることを意図していたものと推定されている。いくつかの短篇には詩の断片が、さらには「ライジーア」「アッシャー館の崩壊」には物語のなかにまとまった形で詩が挿入されているため、ボードレールもそれらを訳さざるをえなかった。しかし彼は、「大鴉」を例外として、詩のみとして書かれたものを訳すことは、ポー翻訳の全体をつうじて断念せざるをえなかった、ということになる。そして、まさしくこのボードレールが断念した仕事を、「独特の律動を持つ散文訳」(12)という形で、生涯をかけて果たしていったのがマラルメだった。

その際、ポーが「大鴉」創作の舞台裏を明かすという形で表向きは綴った、あの「詩作の哲学」を、ボードレールとマラルメがどう受けとめていたか、という問題が生じる。まず、ボードレールは『続・異常な物語集』の序文として付された「エドガー・ポーに関する新たな覚書」のなかで、ポーの詩論である「詩の原理」と「詩作の哲学」について語っている。

ここでボードレールは、ポーの文学やボードレール自身の文学を「デカダンスの文学！」と異口同音に口にして批判する連中をやり玉に挙げながら、文学をけっして道徳教化の道具としない、「想像力《イマジナシオン》」にもとづくポーの創作を讃える。彼によると想像力とはたんなる「空想《ファンテジー》」ではなく、「事物の内面的で密《ひそ》かな関係を、照応《コレスポンダンス》と類縁関係《アナロジー》を感知する、神々しいと言ってもいいような能力」である。この語り方は明らかに、ポーの創作原理とボードレール自身のそれを重ねたものである。そして、そういう「想像力」がいかんなく発揮されたものこそがポーの短篇小説である、とする。ボードレールは「ある一点にかけては、短篇小説は詩に対してすら優越性をもつものである(13)」とまで語っている。「ある一点」とは、詩がつねに「律動《リズム》」をつうじた美の発展を追求せざるをえないのに対して、短篇小説は律動を犠牲にして「真実」を追求しうるからである。

さらに、ボードレールはこの論考の第四節(最後の節)で、明示的にポーの「詩の原理」を引き合いに出して、やはりポーが詩において、美を第一の目標として道徳に対して圧倒的に優位に置いている点を称讃する。しかし、そのさき、「詩作の哲学」について語るところでははっきりと留保をおいた書き方をしている。大事なところなので、少々長く引用しておきたい。


多くの人々、わけても「大鴉」と題された特異な詩を読んだことのある人々は、わが詩人が一見したところ無邪気に、だが私として非難するわけには行かぬ軽微な不遜さをもって、彼の用いた構築の様態を事こまかに説明している論文〔「詩作の哲学」〕を私が分析して見せるならば、憤慨させられるかも知れない。〔……〕霊感《インスピレーション》というものの支持者たちはやはりそこに冒瀆的言辞、瀆聖の行為を見出さずにはおかぬであろう。私は、まさに彼らのためにこそこの論文は特別に書かれたのだと信ずる。ある作家たちが投げやりな態度を気取り、目を閉じて傑作をねらい、無秩序というものに満腔の信を抱き、天井に向けて投げられた活字が床に落ちて来て詩となるのを期待しているとするなら、その分だけエドガー・ポーは、――私の知る限り最も霊感《インスピレーション》に恵まれた人の一人でありつつ、――自発性を隠すことに、冷静と熟慮を装《よそお》うことに、気取りを示したのである。「私は自慢して良いと思うが――とポーは、面白い自尊心、私も悪趣味とは思わぬ自尊心をもって言う、――私の制作のいかなる点も偶然にゆだねられたことはなく、作品全体が一歩一歩と目的へ向って、さながら数学の問題の精密さと厳密な論理とをもって進んで行った。」こうした些事への配慮を奇怪と思ったりするのは、偶然を愛好する者たち、霊感《インスピレーション》の宿命論者たち、無韻詩の狂信者ぐらいなものだ、と私は言いたい。こと芸術に関して、些事などというものはない[14]。

引用中、略した箇所では、ポーが「詩作の哲学」で「大鴉」が理詰めで成立していった事情を、詩の長さ、「ネヴァーモア」という言葉の選択、「大鴉」の登場という設定にいたるまで、縷々説いている内容が要約されている。また、「 」で括られている箇所は、ポー「詩作の哲学」の前半からの引用である(ただし、必ずしも字義どおりではない)。

ともあれ、この文面を読めば、ボードレールが「詩作の哲学」でポーが説いていることをけっしてそのまま真に受けていなかったことは明らかだろう。真に受けていなかったどころか、なぜそんなでたらめをあえてしたかも、「霊感」一点ばりの連中や韻律にこだわって苦労している詩人を嘲笑する「無韻詩」の輩やらを懲らしめるため、という理解を示しているのである。最終的なボードレールの立場は、彼のいう「想像力」を駆使してその作品が透徹した美を達成しているかぎり、その過程で「霊感」が威力を発揮していようと、「論理」が威力を発揮していようと、そんなことは「些事への配慮」である、ということだろう。だが、芸術にはそもそも些事などないのだ、と自分で切り返すことによって、「詩作の哲学」を書いたポーを最後に無理に救うような収め方をここではしている。

いま見た「エドガー・ポーに関する新たな覚書」を序文として『続・異常な物語集』が刊行されて二年後、今度は一八五九年に「大鴉」の翻訳を雑誌『フランス評論』に発表した際、ボードレールはポーの「詩作の哲学」も合わせて翻訳した。そして、それらを「一詩篇の創成」という総タイトルで発表する際に付された「序言」で、もう一度ボードレールは「詩作の哲学」について論じている。趣旨は変わらないのだが、短文ながらこちらではもっぱら「大鴉」と「詩作の哲学」に話題が限定されている。こちらではこう書き出されている。

> 詩法は詩篇に基いて作られ、形成されると、われわれは聞かされたものだ。ここに一人の詩人があって、その詩篇は彼の詩法に基いて制作されたと称する。この詩人はたしかに偉大な天才に恵まれていたし、もしも霊感の語によって、精力《エネルギー》、知的な感激、そして自らの諸能力を目ざめさせておく能力を意味するとすれば、およそ何人《なんびと》にもまして多くの霊感を所有した。しかし彼はまた、他の何人《なんびと》にもまして労作を愛したのだ。〔……〕偶然と不可解は彼の二つの最大の敵であった。奇怪で面白い虚栄心からして彼は、自分が生来そうであったよりもはるかに霊感に恵まれることすくないふりをしたのだろうか？　自らの裡なる無根拠の能力を減じて、意志の方に分《ぶ》が良くなるようにしたのであろうか？　私としてはかなりそう信じてもいいような気持だ。ただし、他方、彼の天才が、

かくも熱烈かくも敏捷でありながらまた、分析、組合せ、計算に情熱的に夢中だったということを忘れてはならないのだが。(15)

読みようによっては、『続・異常な物語集』の「エドガー・ポーに関する新たな覚書」よりもこちらのほうがポーの主張を真に受けている印象を、読者は強く受けるかもしれない。ボードレールはこちらではポーの趣旨を汲んで「　」書きしてこう記しているのである。

彼の気に入りの公理はやはり次のようなものだった。「一篇の詩においても一巻の長篇小説においても、一篇の十四行詩《ソネット》においても一篇の短篇小説においても、すべてが結末を目ざして協力するのでなければならない。すぐれた作者は、第一行を書く時すでに、最終行を頭に置いている。」この感嘆すべき方法のおかげで、制作者はその作品を終りから始めることができ、好きな時に、任意の部分にとりかかることができるのだ。(16)

さきに記したとおり、ボードレールが引用のように書いている箇所はポーからの字義どおりの引用ではなく、ポーの趣旨をボードレールが要約した文面である。ここだけを読むと、まるでボードレールはいまやポーの「詩作の哲学」の主張をそのまま真に受けた、とも受け取られかねない。しかし、ボードレールはやはり冷静に、ここでもつぎのように書き添えることを忘れていない。

結局のところ、若干の山師《シャルラタヌリー》ぶりは天才には常に許されるところであるし、天才にまんざらつきづきしくないものでもない。それは、生来美しい女性の頬骨の上の紅白粉《べにおしろい》さながら、精神にとっては新たな風味を添えてくれるものだ。(17)

こうして「結局のところ」、ボードレールがやはりここでもけっしてポーの「詩作の哲学」をそのまま真に受けていなかったことは明瞭である。こちらでは「若干の山師《シャルラタヌリー》ぶり」、「頬骨の上の紅白粉《べにおしろい》」とまで語っているのだから。とはいえ、この「序言」のあとにポーの「大鴉」のフランス語訳が続き、さらに「さてそれでは、舞台裏を、仕事場《アトリエ》を、実験室を、内部のからくりを――「構成の原理」(18)「詩作の哲学」」を諸君がどう形容したいと思われるか、その好みによってであるが――見るとしよう」というボードレールの言葉を挟んで、最後にポーの「詩作の哲学」のフランス語訳が登場するという構成は、ポーの意図さえ超えていっそうドラマティックであったに違いない。このあたりには、ボードレールがポーとふたりして読者に対してトリックを楽しんでいる風情すらある。

では、まさしくポーの「詩作の哲学」に関するこれらのボードレールの翻訳と批評とを目にしていたであろう、若い日のマラルメのほうは、いったいどのように受けとめていたのか。

三　マラルメの「詩作の哲学」の受けとめ

何度か記したように、マラルメが最初にポーの作品と接したのがいつだったか、正確には分からない。さきに記したとおり、マラルメのポー受容に大きな刺激と影響をあたえたとされるルフェビュールとの文通がはじまるのは一八六二年四月からだが、彼らの交流が正確にはじまった時期も特定できない。同じサンス高等中学校に在籍していた時期があったとはいえ、ルフェビュールは四級上である。高等中学校時代に具体的な接触があったとしても、親密な関係にはなりようがなかったのではないか。

しかし、マラルメがポーの「詩作の哲学」にもとづいて自らの「詩学」を獲得したのが、一八六三年から一八六四年にかけて、つまり、マリーと結婚し、トゥルノンに英語教師として着任するにいたる時期だったことは確実視されている。その証拠とされるのが、一八六四年一月七日付で、詩篇「青空」を添えて、友人アンリ・カザリスに送られた、まるで熱に浮かされたような手紙である。労苦のすえに仕上がった自作「青空」について、間もなく二二歳になろうとしていたマラルメは、カザリスに息せき切ってこう書いた。

> 誓って言うが、ここには一語として、僕に数時間の探究を支払わせなかったような言葉はない。そして、第一の観念《イデー》を表現している第一番目の語も、それ自身、詩全体としての効果を目的としているほかに、更に、最後の語を準備する役も果たしているのだ。一つの不協和音もなく、たとい尊ぶべきものであろうと、ひとを楽しませる一つの装飾音もなく産み出される効果――これこそ僕が求めているものなのだ。〔……〕アンリ、われらの自惚れの強いエマニュエルが、天の川で一握りの星を摑んで、これを紙の上にばらまいて、運まかせに、予想もしなかった星座を勝手に構成させる、といった風の、あの文学創作の理論からは、なんと遥かに隔っていることか！　それに、エマニュエルの熱狂的な、霊感に酔った魂は、僕の創作方法を前にしては、さぞかし怖れて尻ごみすることだろう！　彼は持ち前のまったく見事な心情吐露ということで抒情詩人なのだから。けれども僕の方は、行けば行くほど、わが偉大な師匠エドガー・ポーが僕に衣鉢を伝えたあの厳正な理念《イデー》の数々

を、益々忠実に守るだろう。／未曾有の詩篇「大鴉」は、このようにして創作された。そして読者の魂は、〔この詩を、〕完全に詩人の意図した通りに享楽するのだ。(19)

ここで書かれていることが、ポーによって「詩作の哲学」で説かれていた詩作の方法・原理を忠実になぞったものであることは明らかだ。しかも、最初の語がすでにして最後の語を準備しているという主張、とりわけ「天の川で一握りの星を摑んで、これを紙の上にばらまいて、運まかせに、予想もしなかった星座を勝手に構成させる」という、詩人としては先輩格のエマニュエル・デ・ゼッサールの姿勢へのあてこすりとして登場する言葉は、ボードレールの「エドガー・ポーに関する新たな覚書」の一節を想い起こさせずにいない。そこでボードレールは同じ文脈で、霊感主義者を批判してこう書いていた。「目を閉じて傑作をねらい、無秩序というものに満腔の信を抱き、天井に向けて投げられた活字が床に落ちて来て詩となるのを期待している」輩と。

もちろん、ボードレールがきわめて世俗的かつリアリスティックに、天井に投げ上げられた活字というイメージで語っていたことを、若いマラルメが天上の星々と星座という関係に拡張しているところには、マラルメのまさしくボードレールのいう意味での「想像力」(照応と類似関係を捉える能力)が如実に働いていて興味深いし、読みようによっては、そこに、マラルメ最晩年のあの『賽のひと振り』にまで逆説的につうじるようなイメージがすでに見られることに、私は不思議な感興をおぼえもする。いずれにしろ、これらのことからして私たちは、マラルメがポーの「詩作の哲学」を字義どおりに受け取るうえで、ボードレールの解説と翻訳を十分通過していたと考えることができる。

しかし、ボードレールはその文面の端々に、彼自身はポーの「詩作の哲学」を眉唾ものであると受けとめていることを匂わせていた。それどころか、そんなことは前提としたうえで、ポーの「大鴉」と「詩作の哲学」の関係を臨場感あふれる一種のゲームとして味わうという感覚を示していた。ここでのマラルメにはそういう疑念も、あるいは手品と知ったうえであえて付き合う距離をとったゲーム感覚も、およそ感じることはできない。この点は、マラルメを絶対的な理知のひとと考えるような立場にとっては、躓きの石となるだろう。たとえば、『マラルメ全集 I』の「別冊 解題・註解」のなかで、松室三郎は、ポーが「詩作の哲学」で主張していることに関して、ボードレールが「霊感万能信者どもに対する愚弄であり挑発であることを冷静、かつあからさまに指摘していた」ということを確認したうえで、こう書いている。

マラルメは、この詩論〔「詩作の哲学」〕から作詩上の数々の訓《おし》えをひき出すべく、この「見事な嘘」の材料に用いられた個々の「もっともらしい格律」を一つ一つ切り離して改めて検討し直すことを始めたに違いない。(20)

つまり、マラルメはボードレールの疑念ないし距離感をしっかりと受けとめ、それを「見事な嘘」と見なしたうえで、「一つ一つ切り離して」もう一度冷静に検討したうえで、ポーの「もっともらしい格律」を自分なりに受け取りなおした、という理解である。松室自身、「～を始めたに違いない」と結んでいるように、マラルメがそのような手続きを踏んだことを実際に裏づける資料はない。松室の推定は、一見ポーをまっすぐに受容したマラルメの態度は、ボードレールが疑っているポーの理詰めの主張をマラルメがふたたび理詰めで再度了解したうえでの反応だった、ということである。松室自身、詩篇「青空」の註解で、私たちが見たカザリス宛書簡の全文をわざわざ引いているのだが、マラルメのさきのカザリス宛の書簡を読んで、松室のような理解が果たして可能だろうか。マラルメともあろうひとが、どんなに若い時期とはいえ、ボードレールの疑念さえも飛び越えて、ポーの主張を額面どおりに受けとるはずがない。そういう強い思い込みが松室にはあったのだろう。

理詰めのポーの主張をふたたびマラルメが理詰めで受容したのならば、そのマラルメの理詰め自体を問題にしなければならないだろう。松室がポーの「詩作の哲学」受容の差異から、マラルメのボードレールに対するある程度の離反がはじまるとしているのは、そのとおりだと思う。しかし、結果としてそうなるうえで、マラルメはよくも悪くもあまりに無防備であったのではなかったか。そして、そのことを、私たちはむしろ積極的に受けとめる必要があるのではないだろうか。ふたたびいうと、ちょうどマリーを「イギリスの人」と勝手に思い込んだときに働いていたのと同様の早とちりが、よくも悪くも、かなりの程度マラルメの文学の本質に横たわっていて、それがむしろ大きな駆動力を発揮したのではないだろうか。

四　詩篇「青空」と「詩作の哲学」

さきに引用したカザリス宛の書簡には、「青空」という詩が同封されていた。ひょんなことから、マラルメ自身は不在の場で、ボードレールの面前で読み上げられ、ボードレールそのひとが耳を傾けることにもなった作品であり、初期マラルメの集大成とも呼ばれる作品である。(21) 少々長くなるが、以下にその全行を私の訳で引用しておきたい。(22)

永遠の青空のもつ晴朗なるイロニー
花々のようにもの憂く美しいもの、それが詩人を
打ちひしぐ、苦悩の不毛な砂漠を横切りながら
自らの天分を呪っている無力な詩人を

逃げながら、瞳を閉じていても感じるのだ
打ちのめす悔恨の強さで、青空が私のからっぽの魂を
凝視しているのを。どこへ逃がれよう？　そしてどんな兇暴な夜を
襤褸よ、この胸締めつける侮蔑のうえに投げつけてやろう？

霧よ、立ちのぼれ！　お前の単調な灰を
靄の差し出す長いぼろ布を使って、空に撒き散らせ
やがて秋の鈍色の沼が呑み込むあの空に。
そして、物言わぬ、大いなる天蓋を築きあげろ！

そして、お前、親愛なる倦怠よ、忘却の河の池から出て来い、
泥土と青白い葦とを拾い集めながらやって来い、
鳥たちが邪まに穿った大きな青い穴を

疲れを知らぬひとつの手で塞ぐために。

さらに願う！　陰鬱な煙突が絶え間なく煙を吐き
そして、煤で出来た彷徨う監獄が、地平線で
黒い帯の恐怖のなかへと、死滅してゆく黄色い太陽を
消し去ってくれることを！

——**空**は死んだ。——私はお前の方へ駆け寄る！　おお、物質よ
与えよ、残酷なる**理想**と**罪**との忘却を、
人間という幸福な家畜どもが横たわる藁床を
分かち合いにやって来た、この殉教者に。

ほの暗い死の方へ、私は沈鬱なあくびを洩らしたいのだから
とどのつまり、私のからっぽの脳髄が、
壁際に転がる白粉《おしろい》の化粧壜さながら、
泣きじゃくる思念をもはや装う術を知らないかぎりは……

無駄だ！　**青空**が勝ち誇っている、私には聞こえる
鐘のなかで青空が歌っているのが聞こえる。わが魂よ、悪意に満ちた勝利で

私たちをもっと慄かせてやろうと、青空が声へと姿を変えて
祈りの時を告げる青い鐘の音《ね》となって、生きた金属のなかから鳴り響いている！
それは昔なじみの靄のなかを動きまわり、刺し貫く
お前の生まれもっての苦悩を、過たぬ短剣のように。
無益ででたらめな反抗を続けて、いったいどこへ逃がれよう？
私は取り憑かれているのだ。**青空！　青空！　青空！　青空！**

「倦怠」が大文字でアレゴリー化されて登場するところや、「忘却の河」という語彙などは、明らかにボードレールの影響下にあるが、詩人の宿命そのものをかなり抽象的な水準で歌っているところには、マラルメ独自な詩の誕生を思わせる。そのうえ、マラルメはすでに見たカザリス宛の書簡のさきで、この作品を、まさしくポーの「詩作の哲学」の流儀で自己解説している。マラルメにとってこの作品はポーから獲得したと彼が見なしている「詩学」にもとづく、決定的な作品だったのだ。マラルメが書簡のなかで指示している節番号が右の作品それ自体とはずれているため、カザリスに送られた「青空」は右のものとはすこし異なっていたとも考えられているが、カザリスに送られた作品の原稿そのものは発見されていない。とはいえ、マラルメの以下の趣旨は、この詩の最終稿と重ねても十分、汲み取ることができるだろう。

最初は幅を持たせて悠々と歌い出し、全体に深味を与えるために、第一節では僕は現われない。青

空が無能力者全般を苦しめるのだ。第二節で、取り憑いて離れぬ空を前にして僕が遁走するのを見て、読者は、僕がこの恐ろしい病魔に悩んでいるのではないかと思い始める。なお、この詩節の中で、「そしてまたどんな兇暴な夜を」という、不敬な大言壮語によって、濃霧の加護を祈るという奇怪な観念《イデー》を準備しておく。「〈親愛なる倦怠〉」に対する祈りは、僕の無能力を立証する。第三節では、僕は、自分の熱烈な祈願が成就するのを見る男のように、夢中になる。第四節は「空は死んだ！」という、解放された小学生のような、奇異な叫びによって始まる。そしてただちに、この見事な確信を身に具《よろ》いつつ、僕は〈物質〉に懇願する。これこそ正に〈無能力者〉の歓びなのだ。自分を蝕む苦悩に疲れ果てて、僕は大衆の普通の幸福を味わってお先真暗の死を根気よく待ちたくなる。……で、「私は欲する」と言ってみる。ところが、相手は亡霊だ、死んだ空は化けて出て来る。そしてそれが青い鐘の中で歌をうたうのを僕は聞くのだ。化けた空は、この濃霧に身を汚すこともなく、平気で勝ち誇って鳴り渡り、簡単に僕の躰を貫いてしまう。そこで僕は、身の程も省みず、また、自分の怯懦《きょうだ》に対する当然の懲罰をここに見ることもなく、無限の苦悩を僕は抱いているのだと絶叫する。僕はなおも遁れようとするが、自分の過ちを悟って、「私がとり憑かれているのだ」と白状する。「青空《アジュール》、……」という、最後の真摯で、しかも奇怪な叫びを正当に理由づけるためには、この痛ましい秘密漏洩が正に必要だったのだ(23)。

ここでマラルメが指示している作品の節番号が最終稿とずれていることはすでに指摘した。そして、後半に登場する「私は欲する」については、私の訳からは分かりにくくなっているが、七節目、一行目、「あくびを洩らしたい」のところで用いられている言葉である。いずれにしろ、さきに引いた

「青空」最終稿と重ねて、マラルメの趣旨に不分明なところはないだろう。マラルメの作品に対する自己解説としてもこれは貴重なものだ。

マラルメは、ポーが「大鴉」にそくして主張していた詩の長さについては考慮していないとはいえ、一語一語の発揮する「効果」については徹底的に意識的であることを、ポーと同様に説いている。読者が作者の意図どおりにその効果を受け取るように、計算し尽くしてすべての言葉を選んだ、ということである。マラルメはカザリスに、実際それが「青空」で達成されているかどうかを確認してもらうために、詩篇「青空」とともにこの手紙を送ったのでもあった。ポーの「大鴉」と同様に一種の物語詩だが、全篇にわたって詩人の苦しみが描かれているところは大きく異なる。本章の冒頭で引いた「乾杯の辞(挨拶)」もそうであったように、詩を書くことそのものをメタレベルで詩の内容にするというのが、最晩年の『賽のひと振り』にいたるまで、マラルメの作品の特徴となるのだ。

この作品では「青空 L'Azur」という言葉にマラルメのオブセッションが凝縮されているところが、何といっても印象的だろう。この詩「青空」を解説する際、その青空は「理想」の象徴であると、マラルメ研究者のあいだではしばしば自明のように語られている。確かに、第六節には「残酷なる理想」という言葉が登場する。理想と現実の闘いの狭間で、理想を放棄しようとしても放棄しきれない、その苦しみを描いている詩という理解である。しかし、ここでマラルメに「取り憑いている」青空は、「理想」という言葉では十分に語り尽くせないのではないだろうか。いや、「理想」という言葉でどうしても理解しようとするならば、そもそもその「理想」とは何か、という中身を明確にしなければならない。すくなくとも平和な社会というような「理想」でないことは確かだ。

ここでの「青空」というのは、純粋な存在それ自体、言葉も言葉と言葉との関係も必要としない、それ自体で充足した存在であり、そのかぎりで、言葉を用いる詩人を脅かす存在、しかしそれでいて、言葉を駆使することで詩人が到達しようとする境地そのもの、ということができるのではないか。その意味では「理想」よりもむしろ「現実」という言葉のほうがふさわしいほどだ。「理想」とは、そのような「現実」に言葉をつうじて到達することである。そのような純粋な存在＝境地から凝視されつつ、逃れようもなく言葉を綴りつづける人間、それがマラルメの描く詩人の姿なのだ。

それにしても、ポーの「詩作の哲学」を、ボードレールをはるかに超えて生真面目に受けとめて詩を綴ること、それが、途方もない難行苦行であったことはいうまでもないだろう。いってみれば、ポーが演じたみごとな手品をほんとうにトリックなしにやって見せようとするようなものだ。ナイフで掌を刺して無傷のままでいるトリックを実際にナイフを掌に突き刺して再現しようとするようなものだ。

マラルメが「青空」をカザリスに送ったのは一八六四年一月だったが、その年の一〇月には悲劇『エロディアード』に着手したことをマラルメはカザリスに告げる。しかし、あのポーの「詩作の哲学」の原理に忠実にそれを仕上げようとする生真面目な志向によって、マラルメの神経はすっかりすり減らされることになる。マラルメにとってほんとうに書くべき作品『エロディアード』はまるで妄執の塊と化す。それは、マラルメの生涯に取り憑いた、いわばもうひとつの「青空」だ。しかし、そのことによって、ポーの「詩作の哲学」の純然たる理念は書かれるべき『エロディアード』に委ねられ、もうすこし緩やかな理念にしたがって、他の詩篇が書かれることになる。逆にいうと、『エロディアード』以外の詩は、マラルメにとってどこかで二次的な作品という意味合いを帯びることにもなるのだ。

五 「詩作の哲学」とマラルメをめぐる後日譚

ところで、ポーの「詩作の哲学」とマラルメをめぐっては後日譚がある。一八八八年七月、マラルメの『エドガー・ポー詩集』がようやくブリュッセルのドマン書店で八五〇部の豪華限定版で刊行されたとき、マラルメは「『ポー詩集』評釈」を添える。あの個人アンソロジー『落穂集』にポーの八篇の逐語訳と一篇の原文を書き込んでから、じつに二八年以上の歳月が流れていた。とうとうその『エドガー・ポー詩集』の翻訳を刊行するに先立って、マラルメは、ある書簡をつうじて、「詩の哲学」についてポー自身、あれがたんなるトリックであったことを語っていた、という事実に接する。そこでマラルメは、「『ポー詩集』評釈」の「大鴉」についての項目に、こう書くことになるのである。

「一詩篇の創成」という表題のもとにボードレールによって翻訳され、ポーは「構成の原理」(「詩作の哲学」)と題していたこの論考をどう考えればよいのか。(最近公表された一書簡の言葉にこだわらねばならぬとしたら)これは理知の純然たる戯れである、とする以外に。以下にこれを抜萃することにする。『大鴉』について話し合っているうちに(と、スーザン・アーシャー・ワーヅ夫人はウィリアム・ギル氏に宛てて書き送っている)、ポー氏は私にこう断言しました、この作品の創作方法について自分が公にした例の詳しい報告には、事実通りのことは何ひとつ含まれてはいない。人々があの報告をあんな風に受け取ろうとは、自分は全く予期してもいなかった。批評家たちの註釈や穿鑿に示唆されて、詩はそういう風にも構成され得るのかもしれぬという考えが頭に浮かんだ、そこで自分は、単に気の利いた経験談としてあの報告を作成したまでのことで、それがあんなにも速かに、本気で書かれた宣言として受け取られるのを見ては、おかしくもあったし、驚きもした、[24]と。」

あの「青空」を添えたカザリス宛の書簡から数えると、およそ二五年まえに自分の「詩学」の礎ともなったポーの「詩作の哲学」について、ポー自身がそれを「単に気の利いた経験談」として書いたに過ぎないと語ったことを伝える思わぬ書簡――。それを丁寧に「註釈」のうちに書き写すマラルメ――。そこにはまるで自虐的な所作すら感じられる。ここでとうとうマラルメは、若い日から追い求めた、ポーに学んだあの「詩学」が幻影だったことを認めざるをえなかったのか。けっしてそうではないのだ。彼はこの「証言」を自ら書き写したあと、こう綴っているのである。

アメリカなどからはるばる突如としてやって来たこの斬新きわまる詩論〔ポーの「詩作の哲学」〕を擁護したり攻撃したりするのにわれわれの文学的活力から一時期いかほどのものが費やされたかを想い起こすならば、これは甚だ辛辣な暴露である。私の考えでは、これは多分間違いであろう。なぜなら、ここに示されている精妙な構成技法は、どの時代においても、文学の諸形式のうち、言葉の美を最優先させぬもの、就中、特に演劇においては、各部分を按配するのに用いられたのであるから。〔……〕異常さは挙げて、〈芸術〉と同じく齢を重ねた諸々の手法をこのように適用したその新しさの中にある。この特異な観点に瞞着《ミスティフィカシオン》というものがあるだろうか。否。ここで考えられていることは事実考えられたことなのである。そして、たとい制作後に(といっても、上に引用した以外には何の逸話的根拠もないのだが)書かれたにせよ、依然としてポーにふさわしく、真摯なこの数頁から、一つの驚くべき理念が現出する。すなわち、一切の偶然は近代的作品から追放されねばならぬ。かく装われている以外には存在し得ぬ。また、永遠の羽搏きは、その飛翔が貪り尽した空間を吟味する透徹した眼差を拒むものではない、と。[25]

ここでマラルメが綴っていることは、いわゆるハンスの言い訳の典型である。[26] まずワーヅ夫人の聞いた話は「間違いだろう」とマラルメは推測する。その理由として、文学、とくに演劇はポーが主張したことを昔から行なってきたから、と彼は語る。これは論理的には整合しない話である。つづいて、ポーの斬新さは、その昔から芸術が培ってきた意識的な手法を適用した「新しさ」にある、とこれもまた具体性に乏しい議論をマラルメは持ち込む。そして、そもそもポーの主張に「瞞着《ミスティフィカシオン》というもの」があったのか、という決定的な問いを自ら出して、それに「否」と明瞭に答え、「ここで考えられていることは事実考えられたことなのである」と断定する(マラルメのこの箇所の原文はCe qui est pensé, l'estといたって簡潔である)。しかし、文字どおりその舌の根も乾かぬうちに、「たとい制作後に書かれたにせよ」とふたたび留保をおいて、ポーが提示した「一つの驚くべき理念」についてマラルメは重々しく語るのである。「一切の偶然は近代的作品から追放されねばならぬ」と。ともあれ、マラルメが若き日に抱いたあの「詩学」をここにいたっても力強く再確認していることは確かだ。

ここにはやはり、マリーを勝手に「イギリスの人」と思い込んだのと同じ無防備さとともに、それにアンガジェする一徹さがあるのではないだろうか。まるでうぶな少年のような思い込みと、それを生真面目なまでに荘重に語る言いまわし。とはいえ、私はそういうマラルメの側面を指摘して軽んじたいのではない。そういう世間的には滑稽とも見えるあり方がおよそ文学を志す者の根底には存在しているのであって、マラルメは誰よりもそれに忠実であったと思えるからだ。

つぎに、そういうマラルメであるからこそ生じた、「純粋言語」をめぐるベンヤミンとマラルメの交点を確認したい。そのために、まずはベンヤミンの言語論の最低限の輪郭を押さえておきたい。

六　ベンヤミンの言語論

一八九二年に生まれたベンヤミンは、一八四二年に生まれたマラルメの、奇しくもちょうど半世紀のちの世代に相当している。マラルメが一九世紀の代表的詩人であるのに対して、ベンヤミンは二〇世紀の代表的批評家である。それだけに、一九世紀に達成ないし模索されたマラルメの言語論が、ベンヤミンをつうじて、二〇世紀に引き継がれてゆくことにもなる。

ベンヤミンは多面的な思想家だが、彼の生涯を貫くひとつのモティーフに「純粋言語」の探索がある。若いころからユダヤ神秘主義への志向を有していたベンヤミンにとって、創世記の物語、とりわけバベルの塔の物語は大きなインスピレーションの源泉だった。創世記の冒頭によれば、元来神による天地の創造は言葉によってなされた(「光あれ」というと光が現れた)のだが、認識の木の実を食べた人間(アダムとイヴ)は、言語と存在が一体であった「楽園状態」を追われる。さらに、天にも届かんとするバベルの塔の建設に怒った神は、複数の言語を生じさせ、塔の工事に決定的な混乱を持ち込んだ。そこういう聖書の記述を下敷きにして、ベンヤミンは若いころから独自な言語論を模索しつづけた。そういう彼の言語論の核に置かれているのが「純粋言語」である。
一九一六年、ベンヤミンが二十四、五歳のころ、若い友人のゲルショム・ショーレムへの書簡として書き上げた最初期の言語論「言語一般および人間の言語について」には、以下のように書かれている。

人間の精神的本質は言語そのものであるから、人間は言語によってではなく、ただ言語においてのみ自己を伝達することができる。人間の精神的本質たる言語の、この内部集中的全体性〔余すところなく伝達可能であること〕の精髄が名なのである。人間は名づけるものであり、この点にわれわれは、人間のうちから純粋言語が語り出していることを認識する。(27)

ベンヤミンの「言語一般および人間の言語について」は翻訳で三〇ページに満たない短い論考だが、それだけに相当に難解でもある。私自身、その短い論考の自分なりの読解に一冊の本をあてたことがある。(28) 詳しくはそちらを参照していただきたいが、言語を人間相互の水平的なコミュニケーションの道具とするだけでなく、「神」と事物のあいだを垂直に結びつける表現媒体とすること、それがベンヤミンの言語論における基本的な姿勢である。その際、「道具」と「媒体」が大きく性質を異にすることを押さえておくことが重要である。
絵画において絵の具が、音楽において音が、たんなる表現の任意の道具ではなくて、かけがえのない媒体であること、そこでそれぞれの色彩や音色は、それ自体が固有の意義を有していること、多少なりとも表現に関心を寄せるひとにとっては、そんなことは自明の事柄かもしれないが、言語においては言葉のもつその物質的な存在感はしばしば忘れられがちだ。絵画における絵の具、音楽における音と同様に、ベンヤミンの言語論においては、言葉のひとつひとつは任意の記号ではなく、それ自身がかけがえのない表現媒体なのである。

そういう言語論を背景として、ベンヤミンは言語こそが人間の精神的本質(要するに、人間がどういう存在であるか)を示しているとし、さらにその人間の言語を他の事物を名指す「名前」、「名称言語」と呼ぶ。ベンヤミンはそもそも事物それ自体を言語(言語一般)と規定しているので、そういう事物の言語とは異なった人間独自の言語のあり方を「名前」、「名称言語」とするのである。よく知られているように、創世記にはアダムが動物たちに名前をあたえる場面が登場する。具体的な背景として考えられているのはあの場面である。そのとき、アダムがあたえた名前が人間の言語の「精髄」であって、それがベンヤミンの考える「純粋言語」である。

しかし、アダムとイヴが楽園を追放されることによって、そのような「名前」としての言語は毀損され、もとより「純粋言語」もまた失われた。そのとき、「翻訳」という行為がきわめて重要な意義を帯びることになる。ある言語、たとえばフランス語を、別の言語、たとえばドイツ語に「翻訳」するとき、フランス語でもドイツ語でもない言語、むしろそれらの言語が相互に補完し合うことで出来上がる言語が、一瞬、浮かび上がる。それを簡単に「純粋言語」と呼ぶことはできないが、翻訳者はフランス語でもドイツ語でもない言語、失われた「純粋言語」を追想しうるようなポジションに置かれていることになる。前章でも確認したことだが、ベンヤミンが語る翻訳者の「使命」には、たんにフランス語を読めない読者にドイツ語で内容を伝えるということには尽きないものがある。むしろ、フランス語に捕らわれた原作を、フランス語という牢獄から解き放つ、という積極的な役割があるのだ。ネイティブ言語に充足している者にとっては、そのような「使命」は確かに思いもよらないものであるだろう。

したがって、ベンヤミンは「純粋言語」という発想を、「翻訳」という行為の核心にも持ち込む。一九二一年に成立し、ボードレールの『悪の華』第二版で増補された「パリ風景」のセクションを独仏対訳版として刊行する際、「序文」として付された「翻訳者の使命」で彼はこう説いている。少々長くなるがまとまった形で引用しておきたい。

諸言語間のあらゆる歴史を超えた親縁性の実質は、それぞれ全体をなしている個々の言語において、そのつど一つの、しかも同一のものが志向されているという点にある。それにもかかわらずこの同一のものとは、個別的な諸言語には達せられるものではなく、諸言語が互いに補完しあうもろもろの志向(Intention)の総体によってのみ到達しうるものであり、それがすなわち、〈純粋言語(die reine Sprache)〉なのである。言い換えれば、諸言語のあらゆる個々の要素、つまり語、文、文脈が互いに排除しあうのに対して、諸言語はその志向そのものにおいて補完しあうのだ。言語哲学の根本法則のひとつであるこの法則を厳密に把握するためには、この志向のなかで、志向されるもの(das Gemeinte)と志向するその仕方(die Art des Meinens)とを区別しなければならない。たしかに〈Brot〉と〈pain〉において、志向されるものは同一であるが、それを志向する仕方は同一ではない。すなわち、志向する仕方においては、この二つの語はドイツ人とフランス人にとってそれぞれ異なるものを意味し、互いに交換不可能なものであり、それどころか最後には互いに排除しあおうとする。他方、志向されるものにおいては、この二つの語は、絶対的に考えるならまさしく同一のもの

を意味している。(29)

Brot と pain は、それぞれ「パン」を意味するドイツ語とフランス語である。ソシュールの言語論で馴染みの言い方をすれば、二つの言葉において、「パン」というシニフィエ(意味されているもの)は同一でもシニフィアン(意味しているもの)は異なっている。ベンヤミンはそれをここでは「志向されているもの」と「志向するその仕方」と表現している。ソシュールの言語論では両者の結びつきはたんなる約束ごとであり、総じて言語は恣意的な体系とされる。しかし、ベンヤミンはむしろ「志向の仕方」では排除し合いながら、「志向されているもの」は同一である両者の言葉が補完し合うあり方を考えている。そして、そういう補完関係をさまざまの言語のあいだに想定すれば、「純粋言語」が達成されうる、と述べているのである。

このような言語論＝翻訳論を構想するうえで、じつはベンヤミンはマラルメを決定的なところで参照する。つぎにそれを確認しておこう。

七　ベンヤミンとマラルメ①――「純粋言語」をめぐって

さきの引用で見たように、ベンヤミンは「翻訳者の使命」においては、「純粋言語」を翻訳の場面で考え、たとえば同一の対象を指すフランス語(pain)とドイツ語(Brot)が補完し合うような関係を具体的に指摘していた。そしてその際ベンヤミンは、論考「翻訳者の使命」のなかに、ほかでもないマラルメの「詩の危機」からつぎの箇所をフランス語のまま引用している。

諸々の国語は、それが〔地上に〕二種類以上存在するという点において、不完全である。すなわち、絶対無二、最高の言葉というものがないのである。換言すれば、考えるということは、何の付属物もなしに、また頭の中で呟くこともなしに、それどころかまだ無言の状態の儘、不死の言語を書く、ということなのだが、地上にあってはそれぞれの国語に特有な語法の雑多なことが、語を人が明瞭に口にすることを妨げる。もしそうでなければ、語は、それ自体が物質的に真理である唯一回の打込みによって、存在を得るであろうに。(30)

ここで「国語」といささか不用意に訳されている言葉はlangue(言語)である。「地上にあって」という表現が示しているように、マラルメは事実として多数存在している地上の言語に対して、「絶対無二、最高の言葉」、あえていえば天上の言葉を裏返しの形で想定している。そして、そもそも「考えるということ」は、「無言の状態の儘、不死の言語を書く」ことだと述べている。言葉を呟いただけで、それが複数存在するいずれかのこの地上の言語であることによって、その純粋な思考は不純ならざるをえない。そして、ここでマラルメは「不死の言語を書く」という行為を、ペンで綴るという形ではなく、あたかも、何も刻印されていない黄金のメダルの表面に何らかの文字を打刻する、というイメージで考えている。「語は、それ自体が物質的に真理である唯一回の打込みによって、存在を得るであろう」と。そのようにして打刻された言葉がベンヤミンのいう「純粋言語」に相当している。

『ディヴァガシオン』に組み込まれた段階では二一番目に配されたこの断章は、元来は「驟雨もしくは批評」というタイトルで一八九五年九月に『ルヴュ・ブランシュ』誌に発表されたものだ。マラルメが言う「詩の危機」とは、マラルメ自身しばしば用いてきた「十二音綴詩句《アレクサンドラン》」という古典的な書法が疑われはじめ、だからといって確たる書法を各人が見出しているのでもない「作詩法が蒙った、休息と空位時代」(31)のうちに生じているものだ。黄金のメダルへの打刻というイメージを比喩的に借りるなら、金貨に対して兌換紙幣が流通しはじめ、金本位制そのものが根本的に疑われるような時代の予感である(32)。さらには、ワーグナーの音楽が彼の周辺では好意的に取り沙汰され、詩も文芸も、ワーグナーの楽劇の後塵を拝するようなムードも漂っていた。そういう「危機」のさなかにマラルメは、「地上の言語」がそもそも抱えている不完全性を確認しているのである。

そのような言語に対する特異な感覚を、ベンヤミンはボードレールやプルーストの翻訳の過程で、またマラルメは若い日からのポーの翻訳の過程で、双方ともにいわば実践的につぶさに感じ取っていたに違いないのだ。興味深いことに、マラルメが一八歳のときに作成した個人アンソロジー『落穂集』の「大鴉」と「レノア」の逐語訳稿のあいだには、鉛筆書きで以下のような書き込みが見られるという。以下は、柏倉康夫の著書からの引用である。

あまねく傑作と目されるこの詩篇〔「大鴉」〕に比肩し得るものは『ヘレン〔・ホイットマン〕』しかない。だが、まったくの逐語訳は、アメリカ人にとっては新鮮で薔薇色をした娘から、若い娘の骸骨を作るに過ぎない。骸骨はただ彼女が傴僂でも、蟹股でもなかったことを示すのみである。これらのフランス語の詩句は、また、作品が内容的には欠けるところがないことを明らかにしている。人々は一篇を見て、骨を覆っていた肉体がいかに新鮮で薔薇色をしているかは分からないとしても、他を読めばその悲痛な律動の美しさに疑念を挟し挿むことはない。《決して》は英語では、絶大な効果を発揮している。それは《never more》と書かれ、《ニヴール・モル》と発音される。これは大変悲しい思いを表現するもっとも美しい英語の一つであり、その悲痛な音は、不吉な訪問者の鳴き声を見事に擬えている。字句としては以上のごとくだ。あとは各人がその心で判断するのだ。[33]

若い日にマラルメがポーの詩を逐語訳するうえでは、このような諦念が前提となっていた。「新鮮で薔薇色をした娘から、若い娘の骸骨を作るに過ぎない」と、そう語るマラルメの表現自体がまるでポーの短篇から借りられたイメージを用いているようにも響く。しかし、後半、「大鴉」で反復されるNevermoreについてふれたところには、いささか奇異なものが感じられるのではないか。そもそもなぜポーはNevermoreの「発音」を「ニヴール・モル」と記したのか。

柏倉康夫によると、マラルメ研究者モンドールがその研究書『高等中学生マラルメ』のなかで、マラルメが「大鴉」と「レノア」の逐語訳のあいだに細かな字で書き込んでいたこの一節をはじめて引用した。その際モンドールはNevermoreの発音を表記したマラルメの筆跡をneveur mòreと誤って起こしていたという。それを柏倉は右で引用している『マラルメ探し』(一九九二年)の時点で、マラルメの自筆原稿を読み直してniveur moreと修正したうえで、「ニヴール・モル」とカタカナ表記したのだった。ただし、この箇所、柏倉はのちの『マラルメの「大鴉」』(一九九八年)では原語の表記は記さずに、「ニヴェール・モール」と異なったカタカナ表記をあたえている(同書、一五八頁)。ちなみに、二〇〇三年に刊行されたプレイヤード版第二巻では、マラルメによる発音表記はNiveurmòrreと起こされている。[34]

いずれにしろ、マラルメがNevermoreという英語にあたえている発音表記は、あまりにフランス語的ではないだろうか。そして、モンドール以来、研究者はこのマラルメのフランス語的発音表記を、何とか英語風の表記に近づけようと、筆跡の復刻に苦労してきたのではなかったか。柏倉がカタカナ表記をいかにもフランス語風の「ニヴール・モル」から多少とも英語風の「ニヴェール・モール」に書き替えたところにも、そういう意味合いが感じ取られるのではないだろうか。

しかし、やはりここは、一見異様なフランス語風の表記（発音）こそが重要なのではないだろうか。それこそ、T・S・エリオットならこういう箇所を標的にして、やはりマラルメはろくに英語ができなかったと、ほくそ笑むかもしれない。とはいえ、ベンヤミン的な「純粋言語」という発想からすれば、そして、複数存在する地上の言語の不完全性というのちのマラルメの考えからすれば、「大変悲しい思いを表現するもっとも美しい英語の一つ」がNevermoreと書いてNiveuremôrreないしniveur moreと発音されるというマラルメの注記は、たんなる誤りと片づけられるべきものではないだろう。ポーのネイティブの英語のもつ優位性を認めながらも、そのネイティブの英語をもさらに「純粋言語」に向けて駆動させるような力がここに働いていたと見るべきではないだろうか。

さらには、このNevermoreをフランス語に訳す際、マラルメは当然のごとくJamais plusをあてているのだが、そのJamaisが『賽のひと振り』において、決定的な位置で決定的な意味を帯びて登場する言葉であることまで、私たちはつなげて考えておくべきだろう。

ところで、こういうベンヤミン、マラルメの言語への繊細な、そして執拗なこだわりにふれるとき、私たちなら、萩原朔太郎が『青猫』所収の詩「恐ろしく憂鬱なる」で「てふ」という繰り返される表現を指して、こう註記していたことを思い出すのではないだろうか。

「てふ」「てふ」はチョーチョーと読むべからず。蝶の原音は「て・ふ」である。蝶の翼の空気をうつ感覚を音韻に写したものである。[35]

意味的には「チョー」でありながら、あくまで「てふ」と発音されるべき「てふ」は、Nevermore と書いて Niveuremôrre ないし niveur more と発音されるべき Nevermore とどこかしら類似しているのではないか。朔太郎はここで、そもそも「てふ」という日本語の起源は、「蝶の翼の空気をうつ感覚を音韻に写したもの」と推測している。しかし、ベンヤミン、マラルメならば、たんに「音韻」に写したものではなく、まさしく「て・ふ」というその文字像のうちに蝶の姿を模写したものとも見なしただろう。そうすると、「てふ」は発音のみならず、文字像をつうじて、「蝶」を表現しているものと捉えられることになるだろう。あてどもなくもあればどこか途方もない、こういう言語への執拗な関心が、マラルメ、ベンヤミン、さらには朔太郎にまで貫かれているのだ。

八　ベンヤミンとマラルメ②——文字と模倣をめぐって

マラルメは、「詩の危機」としてまとめられる断章で、詩の危機を地上の言語そのものの抱えた不完全性という次元にまで掘り下げて考察していた。その「詩の危機」の中心的な断章が書かれるすこしまえ、一八八五年から、マラルメは舞台や演劇に関わる断章を書きはじめていた。それらの断章のなかでマラルメは、舞踊する身体のうちに、別の言語のあり方を見定めてもいた。そのようなマラルメの志向もまた、ベンヤミンにとっては大きな魅力を放っていた。ベンヤミンは、困難な亡命の日々のなかで一九三四年に書かれ、『社会研究誌』に一九三五年に発表された「言語社会学の諸問題」で、ふたたびマラルメを援用しながら、こう綴ることになる。

> これに加えて、マラルメの次の言葉を付しておく。ヴァレリーの『魂と舞踏』〔一九二一年〕の根柢には、この言葉がモティーフとしてあるのかもしれない。「踊り子とは」、とマラルメにはある、「ひとりの〔踊っている〕女性なのではなく、〔……〕ひとつのメタファー、われわれの存在形態の根元的な諸形式のなかからひとつの様相《アスペクト》を表現しうるメタファーなのだ、すなわち、剣、杯、花などといった様相を」。言語的な表現の根と舞踏的な表現の根を同じひとつの模倣の能力のなかに見て取るこうした見方でもって、言語観相学《シュプラーハフィジオグノーミク》への敷居に足がかけられたのだ。言語観相学は、その射程距離からしてもその学問的な尊厳からしても、〔言語の起源(根源)に関する〕擬音語論者たちの単純素朴な試みをはるかに超えるものである。[36]

ここでベンヤミンが引いているのは、『ディヴァガシオン』のなかに「芝居鉛筆書き」の総タイトルのもとにまとめられた「バレエ」と題された、とても有名な一節である。あらためてその前後を引いておこう。

> バレエに関して主張すべき意見、ないし公理。／／すなわち踊り子は踊る女ではない、それは次のような並置された理由による、すなわち、彼女は一人の女性ではなく、我々の抱く形態の基本的様

相の一つ、剣とか盃とか花、等々を要約する隠喩《メタフォール》なのだということ、そして、彼女は踊るのではなくて、縮約と飛翔の奇跡により、身体で書く文字によって、対話体の散文や描写的散文なら、表現するには、文に書いて、幾段落も必要であろうものを、暗示するのだ、ということである。書き手の道具からすべて解放された詩篇だ。(37)

ここでマラルメの書いていることが、たんにバレエないし舞踊についての批評ではなく、言語に対する彼独自の深く徹底した考察に由来していることは明らかだ。まずもって、マラルメの書いていることを勘違いしてはならないが、彼が記しているのは、たとえば腕を突き出す仕種が「剣」を示すとか、両腕で何かを持ち上げる動作が「杯」を表わしているというような、パントマイムで生じるようなシニフィアン(身振り)とシニフィエ(意味されている対象)との関係ではない。バレエの舞台での踊り子の身振りはあくまで抽象的である。けっして剣の姿を具象的に真似ているのではない踊り子の身体の動きが、きらりときらめく白刃や、ぶつかりあう剣の激しい響きなど、そのままではとうてい目にすることも耳にすることもできない、剣のある「基本的様相」を暗示する、ということである。

ベンヤミンはマラルメのこのようなバレエに対する理解を、さきの引用に見られたように、「言語的な表現の根と舞踊的な表現の根を同じひとつの模倣の能力のなかに見て取る」ものと捉えていた。そしてそこから「言語観相学」について展望しようとしていた。

ここでベンヤミンがマラルメの舞踊理解に挿入している「模倣」という考え方は重要である。とりあえず模倣とは何かを真似ることである。たとえば、言語起源論での素朴な模倣論とは、羊が「メー」と鳴いたから「メー」が羊の名前となった、というような擬音語にもとづくそれぞれの言語の起源の捉え方である。それは身体的な所作でいえば、パントマイムのような具体的な類似による「模倣」に相当している。ベンヤミンはもちろんマラルメがそのような直接的な模倣という次元を超えたところでバレエにおける踊り子の所作を捉えていたと理解している。

ベンヤミンはその模倣理論において、「感性的類似」を超えた「非感性的類似」という事態を捉えようとしていた。ベンヤミンのマラルメ理解の背景に置かれているのは、彼の以下のような独自の模倣理論である。

「まったく書かれなかったものを読む」。この読み方が最古の読み方である。つまりそれは、すべての言語以前の読み方であり、内臓から、星座から、舞踊から読みとることにほかならない。そののちに、ひとつの新しい読み方の媒介要素、すなわちルーネ文字と象形文字が使われることとなった。これらこそ、かつて神秘的《オカルト》な生活慣習の基礎をなしていた模倣の能力が、文字と言語に入りこんでいくためのその入口となった、という推定は充分成り立つ。このように言語は、模倣的な振い方の最高の段階であり、非感性的な類似の最も完璧な記録保存庫であるといえるだろう。つまり、言語とはひとつの媒体《メーディウム》であり、模倣によって〔類似を〕生み出し理解する古き時代の力がこの媒体へと残りなく流れこみ、ついには、それらの力はそこで魔術の力を清算するに至るのだ。(38)

一九三三年に書かれ、未発表にとどまった短い論考「模倣の能力について」の末尾である。文字として読まれることを想定していなかったものを読む、それが「最古の読み方」だとベンヤミンはいう。そのさきに「内臓から、星座から」と書かれているのは、内臓占い、星座占いを念頭に置いている。

星座占いはともかく、内臓占いというのは日本では馴染みがないかもしれないが、獣の内臓を開いたときの形から占うという習慣があったのである。いずれも、もちろん、文字として書かれてなどいないものを読む読み方である。さらにその続きに「舞踊」が登場しているのは、時期的に考えても、具体的にはこのマラルメのバレエ論、舞踊論が背景にあったと見なしていいだろう。

裂かれた獣の内臓の呈している姿や、夜空の星々の動きから、人間の未来を占うには、占い師には模倣の能力が、しかも「非感性的類似」にもとづく模倣の能力が必要である。獣の内臓の姿・形と人間の未来、星々の動きと共同体の行く末は、そのままではけっして類似などしていないからである。ベンヤミンはこういう次元でマラルメのバレエ論、舞踊論を受容しつつ、それを彼の考える「言語観相学」に組み込もうとしていた。彼の考えでは、古代以来の非感性的類似にもとづく模倣能力は、言語のうちにこそ流れ込んでいるからである。したがって、さきの引用に綴られていたように、ひとつひとつの言語を、もっというとひとつひとつの文字を、「非感性的な類似の最も完璧な記録保存庫」と見なす学、それが彼の考える「言語観相学」にほかならない。

一方マラルメは、バレエにおける踊り子の身体による所作を「書き手の道具からすべて解放された詩篇」とまで呼んでいた。それこそ、複数存在している地上の言語の不完全性という観点からすれば、舞踊する身体こそは、あのマラルメがもとめた「絶対無二、最高の言葉」、あたかも黄金のメダルに一打ちで刻印された文字、ベンヤミンの言葉では「純粋言語」ということになるのかもしれない、と思えるほどだ。しかし、ベンヤミンが内臓占い、星座占い、舞踊する身体に引き寄せられながら、最終的には「文字」にすべての思考を集中してゆく方向を見せているように、マラルメもまた、バレエの舞踊する身体に、あるいはワーグナーの楽劇に引き寄せられながらも、舞踊する身体、ワーグナーの楽劇をも包摂したような、新たな「文芸」の可能性を追究しつづける。そのようにして彼が最終的にたどり着いた局面が『賽のひと振り』であり、「絶対の書」の構想だった。

九　総合芸術としての『賽のひと振り』

マラルメの『賽のひと振り』は私にとっては神秘に包まれた作品だった。大きな活字と小さな活字、それに通常のローマン体とイタリック体の活字、合計九種類がページにちりばめられている。それまでのマラルメの作品とは一見したところ大きく異なっている。一九世紀の近代詩というよりは二〇世紀の現代詩に間違いなくまっすぐつうじている作品でありながら、私自身、きちんと批評することが難しいところがあった。ある種、「絶対詩」としての独特のアウラをまとってきた作品だろう。

しかし、私個人にかぎっていえば、スタンメッツ『マラルメ伝』の翻訳をふくむ一連の柏倉康夫の仕事によって、この間、文字どおり蒙を啓かれてきた感がある。とくに、マラルメの生涯にそくした柏倉の『生成するマラルメ』が私にはとりわけ示唆的だった。さらにその後、柏倉は『賽の一振りは断じて偶然を廃することはないだろう――原稿と校正刷　フランソワーズ・モレルによる出版と考察』を異例の大型版で刊行した。そこでは私たちは、マラルメが最終的に意図していた『賽のひと振り』のページ構成をほぼ再現した、横四八センチ、縦三二センチという大きな見開きページのうえに、『賽のひと振り』の文字がマラルメの指示に忠実に配されたテクストを確認することができる。[39] さらにそれに先立って、初出誌『コスモポリス』での掲載形態、オディロン・ルドンの挿画を付して刊行されるはずだった豪華単行本のためのマラルメの自筆原稿、マラルメが詳細な指示を書き込んだその校正刷等のファクシミリ版を確認することができる。そして、その後半に収められているモレルによる解説には、作品の一行ごと、あるいは一語ごとに、マラルメの著作を中心に、関連する文章が膨大に引用されている。

そのうえ、二〇一〇年五月には、筑摩書房の『マラルメ全集』全五巻の最終配本としてマラルメの詩作品を収めた『マラルメ全集 I』がようやく刊行された。第四回配本の『マラルメ全集 V』の刊行が二〇〇一年なので、その配本から数えても、じつに一〇年近い歳月を隔ててのことだった。『マラルメ全集 I』には、『賽のひと振り』の清水徹訳(清水の訳では『賽の一振り』)と、「別冊 解題・註解」には同じく清水の詳細な註解が収められている。私の不勉強が大きな要因であることはいうまでもないが、『コスモポリス』誌一八九七年五月号への初出掲載から一一〇年以上の歳月をへて、ようやくそのヴェールが剝がされてきたかの感があるのだ。

柏倉の大型版では「賽の一振りは断じて偶然を廃することはないだろう」が作品のタイトルそのものとされているが、これは、作品中にいちばん大きな活字で置かれた言葉をたどることで得られるものであって、これがこの作品の中心命題であることは、もちろん、従来からよく知られてきたことだ。そして、「船長」ないし「王子」が難破船から、逆巻く波頭に向かってサイコロの入った賽を振ろうとしている……。そこまでは一応読み取ることができる。しかし、柏倉や清水の指摘で私があらためて教えられたのは、この作品が文字による一種の画像ないし「版画」であり、同時に独特の「楽譜」でもある、ということである。

たとえば、モーリス・ブランショが『来るべき書物』(一九五九年)のなかで、『賽のひと振り』を指して「文学作品は、そこでは、その可視的な現存と可読的な現存とのあいだに、つまり、読まねばならぬ楽譜乃至絵と、見なければならぬ詩のあいだに宙吊りになっている」[40]と記していたにしても、この指摘はどこか私には抽象的な印象しかあたえなかった。総じて、ワーグナーの楽劇をも超える、文字による総合芸術としてマラルメが意図していたこと、それが柏倉らの仕事をつうじてようやく私にも明瞭に理解できるところとなったのだ。したがって、この作品は翻訳が困難なだけでなく、ちょうど画材のモティーフを横に配した絵画を縦に描きなおすことがナンセンスであるように、横書きのこの作品をそもそも縦書きの状態で訳すことは不可能なのだ(『マラルメ全集 I』の清水訳では、巻末に横書きで収録されている)。

まずこの作品が文字による一種の画像ないし版画であることについて。清水の「解題・註解」では、この作品が文字をつうじて形象を提示していることをマラルメ自らが記したアンドレ・ジッド宛の書簡が引用されている。初出の『コスモポリス』誌で『賽のひと振り』を読んで、ジッドが寄せた称讃の手紙に、マラルメが返事として認めた一八九七年五月一四日付のものである。ここでは清水の註解からそのまま引いておきたい。

ある一語が、大きな活字で印刷されて、それだけで、真っ白な一ページの全体を支配していますが、その効果については確信しています。〔……〕星座は、そこで、いくつかの厳密な法則に従って、そして印刷されたテクストに許されるかぎりで、必然的に、星座のある動き方を装うことになりましょう。そこでは船が、あるページの上部から別のページの下部へと傾く。というのも、ある行為についての、いやさらにはある事象についての文章のリズムは、その行為なり事象なりを模するのでなければ意味がないのであり、そのリズムは紙のうえに象られ、「それが語ろうとする行為なり事象なりという」「版画」のもともとのかたち"l'estampe originelle"から、文芸によって奪い戻されて、そうした行為や事象の何ものかを、ともあれ、表さねばならないのですから。(41)

ジッドはヴァレリーとならぶ、マラルメのサロン、いわゆる「火曜会」での若き常連だった。そんなジッド相手だからだろうか、マラルメはここでかなり率直に手の内を明かしているようだ。とくに、ページ上に示された「船」の傾く姿は、『マラルメ全集 I』の見開き第Ⅲ面において左上から右下にかけての活字の配列で示されているもの、と清水も柏倉も受けとめている。

柏倉はこの文字による図像表示をほぼ作品全体にまで適用し、見開き第Ⅳ面を嵐の場面、第Ⅵ面は第Ⅶ面に登場する「羽根」が風に舞い、海に落ちてゆく姿を模している、等と解釈している。一方清水は「こうしたいわばリアリズム的な形象読解を、この作品全体に押しひろげることはむずかしいし、また危険だろう」(42)といったん留保をおきながらも、この作品においては見開きページがひとつの画像を構成していて、全体として左上方が「天空の軽さ」をそなえ、右下方が「嵐の海のなかの、重苦しさ」を表わしていると解釈している。さらに清水は、「総じて見開きページの下三分の一ほどのあたりが海の水平面に対応するようだ」とも述べている。さらに、柏倉も清水も、最終ページに登場する「星座」についての清水のつぎの指摘において、やはり一致している。

「星座」の出現する最終ページでは、天空のあまり高くないところに位置する「星座」という語の下の七行は北斗七星の七つの星のきらめきを喚起するかのようだし、一行分の空白——そこが海の水平面——を置いた下の七行は、海に映る星座の映像とも解釈できるかもしれない。(43)

忘却と衰退により冷たく
とはいえ
凍てついたあまり
どこか虚ろな上のほうの表面に
継起する衝突が
星のかたちに瞬きはじめ
和を形成してゆくのを数えあげぬほどではなく

形成されつつ夜を徹し
疑い
転がり
輝き　そして想いを凝らす

どこか最後の点に
停止して　その和を祝聖するまでは

〈一切の思考〉は放射する〈賽の一振り〉を

確かに、テクストの最終ページにはページ中ほどよりすこし上の位置、右端に「一つの星座」という文字が二番目の大きさのローマン体で配され、その後一行の余白をおいて上の引用のように詩句が書き込まれている。(44)

上方の七行と下方の七行のあいだが水平面で、ここを挟んで天上の星座が水面に映っているのではないか、という清水や柏倉の解釈は、十分整合性を有していると思われる。『賽のひと振り』のテクストが画像ないし版画として綴られていると見なされるのも、確かにもっともだと思われる。

さて、『賽のひと振り』が持つ楽譜としての側面については、初出の『コスモポリス』誌に発表された際に付された「詩篇『賽の一振り』に関する所見」のなかで、マラルメ自身がこう述べている。

さまざまに後に引き延ばしたり、延長したり、遁走したりする思考というものをこのように裸形のまま使用すること、言いかえれば思考の図形化そのものの結果として、はっきりと声を出してこれを朗読したいとのぞむ者にとっては、いわばひとつの楽譜が誕生してくる、と言い添えよう。主導的モチーフ、個々の副次的モチーフ、そしてそれらに隣接するモチーフのあいだに認められる印刷活字の大きさの差異は、声に出すときの強弱を示唆し、また〈ページ〉という五線譜のうえで、文字がなかほどにあるか、上のほうにあるか、下のほうにあるかということで、抑揚が上がり、また下がってゆく動きが書きとめられるだろう。(45)

このようにマラルメ自身が、活字の大きさを変えることによって、「主導的モチーフ」、「副次的モチーフ」、さらには「隣接するモチーフ」の識別とともに、朗読する際の声の強弱をも「示唆」するようにし、しかも、ページ全体を「五線譜」になぞらえて、その詩句の「抑揚」までを考慮している、と述べているのである。

ただし、清水はその「解題・註解」のなかで、マラルメが「音楽に対する文学の絶対的優位性を信じていた」がゆえに、『賽のひと振り』を簡単に「言葉の音楽」と呼ぶのは「間違っている」と強い言葉で断定している。とはいえ、その清水自身、最終的に『賽のひと振り』を「詩の言葉のみによって達成される、いわば『沈黙の音楽』」と評している。(46) また、柏倉は同じことを「凍える音楽」(47) と述べている。

とはいえ、『賽のひと振り』が画像ないし版画であり、かつ楽譜、あるいは「凍える音楽」だとして、さらには絵画と音楽を言葉によって包摂した総合芸術であるとして、それはいったい何を表現していることになるのだろうか。この作品の中心命題が柏倉の訳では「賽の一振りは断じて偶然を廃することはないだろう」、あるいは清水の訳では「賽の一振り　断じてそれが　廃滅せしめぬ　偶然」であり、さらにこの作品の最終行、清水の訳では「〈一切の思考〉は放射する〈賽の一振り〉を」がそれに次ぐ命題であって、そのうえで、ふたつが循環する構造になっていることは見やすい。

それにしても、このふたつの命題、とりわけいちばん中心に置かれているはずの「賽の一振りは断じて偶然を廃することはないだろう」をどのように受けとめるかは、難しい。ジャン＝ピエール・リシャールの詳細な『マラルメの想像的宇宙』でさえも、こと『賽のひと振り』のこの中心命題に関しては積極的な読解を回避している。(48) とくにやっかいなのは「偶然」とは、マラルメがポーから継承したつもりの「詩学」ではまさしく廃されるべきものであったからだ。一八八八年の時点でも、ポー「詩作の哲学」の後日譚として確認したとおり、「一切の偶然は近代的作品から追放されねばならぬ」と力強く語っていたのがマラルメである。柏倉はこの中心命題を核に置きながら、この作品のテーマを、偶然に支配されざるをえない自らの宿命と対決しつづける人間の姿であるとして、こう自らの解釈を述べている。

黙示録的難破によって、羽根は折れて海に落下し、すべてが「深淵の同じ中性状態」(第九面)のなかに没してしまう。つまり、人間がかかわる現実では、宿命を超克しようとして繰り返される努力にもかかわらず、すべては「偶然」が支配する深淵に飲み込まれてしまうのである。しかし、そのとき天空のはるか彼方に、星座が輝きだす。それは人間の意志と努力を超えたものであるかもしれないが、それでも人間の営為を見守っているかのようであり、少なくとも人間の意志が続く限りは、その存在を保証するものである。(49)

マラルメの一次資料を丹念に収集しながら、膨大な研究を誠実に果たしてきた柏倉のこの解釈に敬意を表しつつ、しかし、専門外の者の身勝手な解釈と心得たうえで、私なりに別の解釈の可能性も提示しておきたい。

すなわち、『賽のひと振り』が描いているのは、柏倉も前提にしているように、船の難破という事態である。そして、船人と詩人を重ねて描くのは、この章の冒頭で紹介した「乾杯の辞」(挨拶)でも、「海の微風」でも共通している。難破船で海の藻屑と消えてゆくのが定めであるとき、「賽のひと振り」に賭けるというのは、千にひとつ、万にひとつの可能性、すなわち、生きのびるという一縷の可能性に賭けるということに等しいのではないか。いや、それが詩人であるかぎり、自らの命は海の藻屑と消え果てても、自分の書いたものが誰かに届くという、一縷の可能性に賭けるということに等しいのではないか。したがって、ここに登場する「偶然」は、あのマラルメの詩学において廃されるべき「偶然」とは大きく次元を異にしていると考えることができるのではないだろうか。

しかし、そのような賭けを行なう詩人の姿を描く詩自体は、運を天にまかせた「偶然」によって書かれるものではなく、それこそ文字の大きさや活字の字体、その配置までを徹底して意識化して書かれねばならない。しかし、そのようにして詩を書くという行為そのものがこの世界でほんとうに実現される(作品として仕上げられ、読者に届く)ということは、賽を振るたびに生じるような、偶然のチャンスに依存している、というように、ここでの「偶然」を肯定的・積極的に受けとめることが可能ではないか。そのように解すれば、『賽のひと振り』ではそのような詩人の営為が最終的には星座によって承認されるのだ、と見なすことができる。そして、そういう振る舞いが作品の構造そのままに反復されてゆくのである。このように考えれば、「〈一切の思考〉は放射する〈賽の一振り〉を」という最後の一文も十分理解可能であるのではないだろうか。詩を書くことだけでなく、およそ思考することそのものが、そのような賭けの営みである、と（清水が「放射する」と訳している原語はémettreで「発する」「発信する」という意味である）。

あえてこのように私が解釈するのは、『賽のひと振り』の中心的なイメージに置かれている難破船、あるいは「難破の底から」賽を振るという詩人の姿が、ほかでもない、ポーの「壜のなかの手記」の「私」の振る舞いとつうじるとともに、のちにパウル・ツェランが詩を書くことになぞらえた「投壜通信」と重なるところがあるからだ。マラルメが『賽のひと振り』で難破船を登場させたのは、やはり彼が鋭敏に感知していた「詩の危機」が背景にあってのことだろう。しかし、ツェランにおいて難破船のイメージは、ホロコーストを潜り抜けることによって不可避となったものだ。つまり、ポーにはじまってマラルメをつうじて一九世紀の末に行き着いた難破船のイメージは、二〇世紀のツェランにいたってホロコーストというまぎれもない現実を背景とすることになるのである。

一〇　「絶対の書」とホロコースト

マラルメは一八六〇年代の半ばから、知人への書簡のなかで「書物」について独特の思い入れをもって綴るようになっていた。その時点ではそれは書きかけの「エロディアード」を思わせたり、あるいは同じく断章に終わった「イジチュール」のことを念頭においているようにも思わせたりする書き方だった。しかし、ヴェルレーヌ宛の一八八五年一一月一六日付の、一般には「自伝」と呼ばれている、自分のそれまでの生涯を簡潔に綴った手紙のなかで、マラルメは、それまで自分が発表してきた個別的な作品とは別に、「大いなる仕事」として、夢見て、試みてきたものがある、と語る。そして、ヴェルレーヌに対してこう綴っている。

これを何と言えばよろしいのか、難しいのですが、単刀直入に言えば、数巻より成る一つの書物なのです。一つの書物であるような書物、つまり建築的な、予め熟考された書物であって、いかに霊感が驚嘆すべきものであったとしても偶然によるしかじかの霊感をひと纏めにしたものでは断じてない……。更に突込んで言うならば、それを書いた誰彼によって、いや諸々の〈天才〉たちによってとさえ言ってよい、彼自身の知らぬ間に試みられた、真実ただ一つしか存在せぬと確信される〈書物〉そのものなのです。(50)

ここでマラルメはまず自分自身が試みてきた「数巻より成る一つの書物」について語っている。それは、通常の理解にたてば、個別的な作品とは別に書き下ろされるはずの、数巻の『マラルメ著作集』の構想ということになるだろう。それは、あのポーから継承したと彼が考えている原理にしたがって、偶然の霊感によって出来上がるものではなく、「予め熟考された書物」なのである。ここまでは理解可能だろう。しかし、「更に突込んで言うならば」という言葉を挟んでマラルメが述べているのは、まるでまったく別種の「書物」の構想であるように思われる。マラルメは別のところで、彼の考えている「書物」が元来、特定の作者を持たないこと、無名性に貫かれた、いわば非人称性を特徴とするとも語っているのだが、そういう発想はこのヴェルレーヌ宛のこの一節にも窺われる。天才たちも知らぬ間に試みている、「真実ただ一つしか存在せぬと確信される〈書物〉」と。マラルメが語っているのは自分の著作のことなのか、もっと多様な書き手によっていわば集合的に書かれる書物のことなのか、一種不分明な語りがマラルメのなかで平行してゆく。

この後、一八九一年、『エコー・ド・パリ』紙、三月一四日号に、マラルメが語った言葉としてつぎの印象的な文章が掲載される。「世界は一冊の美しい書物へと到るためにつくられているのです」[51]。このマラルメの言葉もまた、一見したところ、自分の著作のことなのか、不特定多数の著者によるものか、不分明かもしれない。しかし、「世界は……つくられている」のだから、作者を持たない、非人称性に貫かれた、きわめて特異な「書物」のことであると見るべきだろう。このマラルメの言葉は彼の周辺でもさまざまな反響を呼んだようだ。この時点では記者(ジュール・ユレ)による聞き書きだったが、マラルメは『ディヴァガシオン』に「書物はといえば」の総題のもと、「書物、精神の楽器」のタイトルで掲載された断章(初出一八九五年)の冒頭にこう書くことになる。

一つの提案が私から発せられて——あるいは私への讃辞において、あるいはまた非難しようとして、あのようにも、様々に、引用されたのだったが——これを私は、以下にひしめき合うことになる他の提案とともに、わが身に取り戻す——それは大略つぎのような主張である、すなわち、この世界において、すべては、一巻の書物に帰着するために存在する。[52]

一八六〇年代以来、知人への書簡のなかに記され、晩年にいたってさまざまな断章に書き留められることになったマラルメのこの謎めいた「書物」は、モーリス・ブランショが『来るべき書物』の最後の章で主題化して以来、マラルメのイメージと切り離せないものともなった。それこそ「絶対の書」はマラルメの代名詞にすらなった。マラルメはこの奇妙な「書物」について、多くのメモ書きを残していた。一九五七年になってジャック・シェレルの手によって『マラルメの〈書物〉』というタイトルではじめて公開されたとき、そこには二〇二葉のメモ書きがふくまれていた。そもそもブランショが『来るべき書物』のなかでマラルメの「書物」に焦点をあてたのは、このシェレルによる『マラルメの〈書物〉』の公刊を受けてのことだった。

その「書物」に関するメモ書きは残念なことに筑摩書房の『マラルメ全集』全五巻にはふくまれてはいない。しかし、第Ⅲ巻の「別冊 解題・註解」のなかで、清水徹が懇切丁寧に解説してくれているうえ、主要なメモ書きを翻訳してくれてもいる[53]。確かに奇妙なメモである。大半はその「書物」の巻数(二〇巻とされたり、四〇巻とされたり、六〇巻とされたりしている)やその価格、販売の売り上げについて、またそれを朗読する会のプログラムや朗読方法について、事細かに書かれていたりするのだ。しかし、肝心のその「書物」の中身についてはほとんどふれられていない。

ブランショはこれらのメモ書きを踏まえて、結局のところマラルメが構想していた「書物」とは特定の物質的な形態をまとった書物ではなかったと考えた。マラルメが考えていた「書物」とは従来の書物という概念そのものを根本的に覆すもの、それはむしろ新たな「文学空間」を告知するものであって、『賽のひと振り』こそがそういう文学空間、作品空間を切り拓いたものだ、とブランショは解釈する。以下はブランショの名高い一節である。

作品とは、作品に対する期待である。この期待のなかにのみ、言語という本来的空間を手段とし場所とする非人称的な注意が集中するのだ。『骰子《とうし》一擲《いってき》』〔『賽のひと振り』〕は、来るべき書物である。(54)

このようにブランショはマラルメの構想していた「書物」を「文学空間」あるいは「言語という本来的空間」という形で捉えようとした。とはいえ、同時にマラルメがあくまで物質としての書物に固執していたことも否定し難いのだ。そのような、まぎれもない物質としての「書物」に対するマラルメの過剰なまでの執着は、以下のような断章にも明らかである。

> 折り畳みは、大きなままの印刷された紙にくらべれば、ある示唆をおこなう。それはほとんど宗教的な示唆だが、折り畳みが積み重なって、厚みをもってゆくことほどには、感銘をあたえない、厚みをもった積み重なりの提示するものが、たしかにごく小さいとはいえ、魂の墓であるからだ。(55)

ここには印刷された大きな原紙を折り畳み、その折り畳まれたものを積み重ねることで書物が作られるという、具体的な作業工程が背景に置かれている。印刷された大きな紙は小さく折り畳まれることで、あたかも宗教的な神秘をその内部に秘める。そして、その折り畳まれたものが積み重ねられ束ねられて一冊の書物が出来上がるのだが、その「書物」はマラルメにとって小さな「魂の墓」なのである。このような、手でふれ、開くことのできる具体的な「書物」、魂の小さな墳墓としての書物のことを、マラルメがたえず念頭に置いていたことも確かなのだ。
　マラルメは、シェレルの手によって公刊された「書物」に関わるメモ書きをふくめて、最初ですこし紹介した「遺言」のなかで、それらの「焼却」を指示していた。あらためてそのマラルメの遺言を引いておきたい（「母さん」は妻のマリー。「ヴェーヴ」は娘のジュヌヴィエーヴを指している）。

　母さん、ヴェーヴ、

　ついさきほど起こった息を詰らせる恐ろしい痙攣が、この夜のうちにまた起こって、私を打ちのめす可能性もある。だから、私がいま半世紀にもなんなんとする覚え書の山のことを考えているからといって、驚きはしないだろう。これはお前たちには大変な当惑の種にしかならないだろうし、ただの一枚たりと、なにかの役に立ちそうなものはないのだから。そこから何かしらを抽きだすことができるかも知れないとすれば、それは私、ただ私だけなのだ……。もしこの数年、思うように仕事ができていたなら、あるいは時が足り、できていたかもしれないが。だから、焼き捨てなさい。可哀相なお前たち、ここには、文学的遺産などない。誰かの判断に委ねてもいけない。好奇心や友情からの干渉は、すべて断りなさい。ここにはなにかしら読み取れるようなものは一つもありませんから、と言いなさい。本当にそうなのだから。可哀相にすっかり落ち込んでいるお前たち、真摯な芸術家の生涯というものを余すところなく尊重するすべを、あんなにまで知っていた、かけがえのない二人よ、信じてほしい、それはとても美しいものになるはずだったということを。

　こんなわけで、お前たちの目にとまるはずの幾つかの印刷された断片と、『賽の一振り』と、もし運に恵まれれば完結した『エロディアード』を除いては、未刊の作品はただの一枚も残さない。(56)

このように、遺稿についてマラルメは、断固として処分すること、いや、それどころか、はっきりと「焼却」することをもとめていた。ブランショは、このマラルメの指示にもかかわらず、あのメモ書きが公刊されてしまったことを嘆くかのように「死者とはまったく弱いものである」[57]と、その原註に記しもした。しかし、同時に、このマラルメの「遺言」はある程度実行されたと推測されてもいるのである。マラルメが残した、あの「書物」に関するメモ類をふくめて、遺稿はもっと膨大だったと考えられるからだ。そのなかからわずかに二〇二葉のあのメモ書きだけが救い出された……。そのようにも考えられているのである。

清水徹は、この一連のマラルメの遺稿をめぐって解説する際に、「遺稿の焼却《ホロコースト》」あるいは「焼却《ホロコースト》」とわざわざルビを振って表現している。[58]もちろん、マラルメの「遺言」には「ホロコースト」という言葉は用いられていない。「焼き捨てなさい」の原語はbrûlez、通常「焼く」の意味で使われるbrûlerという動詞の二人称複数に対する命令形である。[59]清水はこれについて何の説明もあたえていないが、二〇世紀のホロコーストをへた位置から、マラルメの遺稿に対する指示、そして現に実行されたかもしれない行為を指してあえて「焼却《ホロコースト》」と表記したのだろう。

ここにはしかし、不思議な暗示が認められるのではないだろうか。一九世紀の最後に行き着いた夢のひとつがマラルメの「絶対の書」であり、その夢の輪郭は、本人によって「焼却」を厳命され、場合によってはそれが遺族の手で不完全ながら遂行されたがゆえに、たどることができないのである。そして、二〇世紀にいたって、今度はおびただしい人体を、実際、じつに数百万にもおよぶ身体を「焼却」するホロコーストが遂行される……。ここに直感的な橋を渡した清水徹には、やはり慧眼が認められるべきだろう。

マラルメの晩年に相当する年月、フランスはドレフュス事件によって、国を二分するような論争に包まれていた。一八九四年、ユダヤ人の将校ドレフュスがスパイ容疑で逮捕されたとき、フランス国内には、普仏戦争敗北後の生活の困窮を背景に、すでに反ユダヤ主義が大きく巻き起こっていた。一八九八年、エミール・ゾラが「我、弾劾す」という大統領への公開状を発表して誹謗罪に問われた裁判の最終日、マラルメはゾラを支持する熱烈な電報を打った。(60)「火曜会」のメンバーがアナーキストの嫌疑で逮捕されたとき、その人物を擁護する証言を裁判で行なったとはいえ、マラルメはおよそゾラのような政治行動に走る知識人にはほど遠かった。しかし彼は、間違いなく啓蒙の流れを引く、一九世紀の知識人だった。それに対して、マラルメのいちばんの弟子であるはずのヴァレリーは、マラルメの死後、反ドレフュス派に明瞭に与する。ヴァレリーはポスト啓蒙の時代の、反ユダヤ主義の危険な流れに足を浸すことになるのだ。

さらには、英語圏の二〇世紀前半を代表する詩人T・S・エリオットは、第四章で見るとおり、はっきりと反ユダヤ主義的な作品を綴り、あの『荒地』の草稿のなかでは、ユダヤ人の遺体が海底で腐乱してゆく姿までを書き入れる。そのとき、マラルメが『賽のひと振り』で描いた難破船の姿は、エリオットにおいて、第一次世界大戦という現実のなかで没落してゆくヨーロッパ文明の姿そのものとなったうえで、その元凶として「ユダヤ人」という符号が名指されるのである。これらの点においても、マラルメが一九世紀の末に『賽のひと振り』で描いたヴィジョン、そしてあの「絶対の書」の構想は、二〇世紀の世界へと錯綜した形でつながってゆく。

第三章

ポール・ヴァレリーとドレフュス事件

ポール・ヴァレリーというと、純粋な文学者というイメージが強いかもしれない。とくに日本では、堀辰雄の『風立ちぬ』でヴァレリーの「海辺の墓地」が印象深く引用され、その一部がタイトルにも使われたため、ヴァレリーは、戦争一色に染まってゆく時局の推移のなかでの、最後の純粋文学の砦、というイメージが際立つことになった。その結果、戦後のフランスにおいては問われざるをえなかった、その後の対独協力政府ヴィシー政権下におけるヴァレリーの位置という問題が戦後の日本ではよくも悪くも等閑視され、フランス本国に先立って『ヴァレリー全集』がいち早く日本語版で公刊されることにもなった。そういう事態には最低限、省察の目がこんにちでも向けられるべきだろう。

いずれにしろ、ヴァレリーについて考える際、ヴィシー政権との関係に先立って、本来、ドレフュス事件のことを抜きにはできない。周知のとおり、ドレフュス事件はアルザス出身のユダヤ人将校アルフレド・ドレフュスがドイツのスパイとして逮捕され、二度にわたって有罪判決が下された、まがうことなき冤罪事件である。ドレフュスのものとされた書類は捏造されたものであり、事件の過程で真犯人(エステラジー少佐)も特定された。しかし、冤罪であることがほぼ明らかであったにもかかわらず、一八九九年、ドレフュスは再審でも有罪判決を下され、すぐに大統領令による特赦があたえられる。一九〇六年にようやく無罪判決を得て、ドレフュスの名誉回復がなされるが、一九三〇年代にはふたたびドレフュス真犯人説がまことしやかに流布されることになる。よく知られているように、新聞記者としてこの事件を取材していたテオドール・ヘルツルは、もっとも先進的と見なされていたフランス社会にも蔓延している反ユダヤ主義に直面して、シオニズムを提唱することになる。

あたかもドレフュス派と反ドレフュス派にフランスの言論界が二分されるかの状況のなかで、ヴァレリーが反ドレフュス派に明確に与したことは、ヴァレリーについて書いた本ならたいていふれられている。しかし、なぜか踏み込みは浅い。ヴァレリーは、ドレフュス事件で書類の捏造に関わったアンリ中佐が獄中で自殺したあと、その未亡人のための基金集めが行なわれた際、「思うところあって non sans réflexion」の言葉とともに、三フランを醵金したのだった。一方、ヴァレリーの師に相当するマラルメは、前章の終わりで確認したとおり、ゾラがドレフュスを擁護して発した「我、弾劾す」という大統領への公開状で誹謗罪に問われた裁判の最終日、ゾラを支持する熱烈な長文の電報をゾラ宛に送った。マラルメは、ドレフュスの再審請求などの公的な署名に名前を出すことはなかったが、個人としてはゾラに自分の立場を明示していたのだった。

このマラルメとヴァレリーの断絶のあいだには、たんに個人の資質を超えた時代の徴候を読み解くべきではないか。マラルメは、反ユダヤ主義にもとづく冤罪などけっしてあってはならないとする、啓蒙の流れを汲む一九世紀の知識人だった。一方ヴァレリーは、個人の権利よりも国家的な秩序のほうを断然優先すべきとする、ポスト啓蒙の思想家だった。とはいえ、ヴァレリーの言動には、たんに個人か国家かという対立以前に、ごく素朴な意味で反ユダヤ主義的と思える部分が散見する。すくなくとも風潮としての反ユダヤ主義の流れに足を浸していたヴァレリーの姿を、私たちは黙殺することはできない。ただし、個人としてのヴァレリーを反ユダヤ主義者として断罪することが本意ではない。まるで二〇世紀的知性の代表のように見なされているポール・ヴァレリー、彼にも見受けられる反ユダヤ主義的なもの――。それを以下で掘り下げておきたい。

一　ポー受容の文脈

マラルメとヴァレリーの関係を考えるうえでは、やはり、両者のエドガー・ポーに対する崇拝に近い感情を抜きにすることはできない。

第一章で確認したとおり、フランスにおけるポー受容の流れを作ったのはもちろん、ボードレールである。ボードレールはポーのうちに、自分とほとんど一心同体のような精神のあり方を認め、短篇を中心に精力的に編集と翻訳を果たしていった。それは、『異常な物語集』(一八五六年)を皮切りに、『続・異常な物語集』(一八五七年)、長篇『アーサー・ゴードン・ピムの冒険』(一八五八年)、『ユリイカ』(一八六三年)、『グロテスクでまじめな物語集』(一八六五年)と、じつに五冊におよんでいる。ボードレールは一八二一年に生まれ一八六七年に四六歳で亡くなる。その後半生に占めているポー翻訳の位置はきわめて重要なのだ。

とはいえ、これも第一章で確認したとおり、ボードレールは、三度にわたって改訂した「大鴉」、そして短篇のなかに挿入されている短詩をのぞけば、ポーの詩を訳そうとはしなかった。これもすでに述べたとおり、ポーの詩に対する評価が低かったからではない。翻訳するなら、ポーの詩のもつ「律動《リズム》および脚韻」を放棄せざるをえなかったからだ。(1)

そして、第二章で確認したとおり、ボードレールが断念したポーの詩の翻訳を、「独特の律動を持つ散文訳(2)」という形で、生涯をかけて果たしていったのがマラルメだった。二〇歳のマラルメがロンドンに渡ったのも、英語に習熟してポーの作品を深く読み込めるようになるためだった。以来、英語教師がマラルメの生業となる。一八歳のときにポーの八篇の詩の逐語訳を試みていたマラルメがとうとう『エドガー・ポー詩集』としてポーの詩の翻訳・出版を果たすのは、一八八八年、四六歳のときだった。

さらにこの両者のポー受容を受けて、最後にヴァレリーがポーの理知的な側面に最大限の評価を置こうとする。ヴァレリーが造形したあの「エドモン・テスト氏」の元型がポーの推理小説に登場する探偵デュパンにほかならないことも、説得力をもって指摘されている。その意味で、ヴァレリーが生前に公刊したポーを主題としたほとんど唯一の評論が「『ユリイカ』をめぐって」であったことは、象徴的である。つまり、ボードレールがポーの短篇ないしは物語を、マラルメがポーの詩作品を、それぞれ力を込めてフランスの文学界に紹介したのに対して、『ユリイカ』ないしユリイカ的なものをいちばん推奨したのがヴァレリーなのである。

「ボードレールは栄光の絶頂にある」という言葉ではじまる、よく知られた講演「ボードレールの位置」のはじめのほうで、ヴァレリーは熱くこう語っている。

この〔ボードレールの〕死後の非常な人気、この精神的多産、この頂点にある光栄は、ひとり詩人としてのその固有の価値に依るばかりでなく、また種々の例外的な事情にも依るに違いありませぬ。まず批評的叡知と詩的威力を兼ね合わせるということは例外的な事情です。ボードレールはこの稀な兼備のお陰で最も重要な発見をします。彼は元来官能的に、緻密に生まれついていたし、その感性の要求によって、形式の最も微妙な追求に導かれるような感性を備えていました。しかしこれらの天賦も、もし彼が精神の好奇心から、エドガー・ポーの著作のうちに、新しい知的世界を発見する幸運を得られなかったならば、恐らく彼をゴーチエの一好敵手とか、高踏派の一妙手ぐらいにしかしなかったでありましょう。明晰の魔、分析の天才、また、論理と想像、神秘性と計算との最も斬新で最も心を惹く結合の発明者、例外の心理家、芸術のあらゆる資源を窮め利用する文学技師、これらはエドガー・ポーの姿をとって彼の前に現れ、彼を驚嘆させます。これほど多くの独創的見解と異常な約束とは、彼を魅了します。彼の才能はこれによって変容され、彼の運命は華々しく一変されます。(3)

この一節はボードレール讃というよりもむしろポー讃というべきだろう。「明晰の魔、分析の天才、また、論理と想像、神秘性と計算との最も斬新で最も心を惹く結合の発明者、例外の心理家、芸術のあらゆる資源を窮め利用する文学技師」としてのエドガー・ポー――。ボードレールからマラルメをへてヴァレリーにまで引き継がれてゆく、このようなポーのイメージの核に位置しているのは、作品「大鴉」の創作の経緯を理詰めで語った「詩作の哲学」(一八四八年)であり、詩を教訓や道徳とは切り離された「韻律による美の創造」と説く「詩の原理」(一八五〇年、ポー没後の掲載)である。「詩作の哲学」を自ら訳したボードレールは、ポーの語り口にいささかの「山師ぶり《シャルラタヌリー》」すら認めて、(4)「大鴉」創作の舞台裏話としてははっきりと眉唾ものと受けとめていたとしか思えないのに対して、マラルメとヴァレリーはポーの説明をあたかもそのまま受けとめて、自分の創作原理としようとして腐心するのである。

ヴァレリーが一八歳のときに執筆しながら、掲載予定の雑誌が廃刊になったため、ヴァレリーの没後一九四六年になってようやく公開された最初期の評論「文学の技術について」において、ヴァレリーはボードレール訳によるポーの「詩作の哲学」の主張を、ほぼそのままになぞっている。霊感なるものの偶然に依拠するのではなく、すべての詩の言葉を、その効果を完全に意識しつつ、あたかも数学的な計算のような必然にもとづいて書き記すこと――。そのような無理難題を、マラルメと同様にヴァレリーは自らの積極的な「詩の原理」とするのである。散文が「歩行」であるのに対して詩を「舞踊」とする、よく知られたヴァレリーの詩の定義から、「絶対詩」ないし「純粋詩」の希求にいたるまで、ヴァレリーの詩観の原点にあるのは、ポーの「詩の原理」ないしは「詩作の哲学」である。その結果、ヴァレリーは逆説的にもこう語りさえした。

仮りに私が物を書かざるを得ないとしたら、私としては、何か忘我状態のお蔭で無我夢中に最も見事な傑作中の一傑作を産み出すよりは、はっきりと意識を保ち完き正気の裡に何か薄弱な物を書くことのほうが、限りなく好ましいであろう。(5)

究極の主知主義的な立場である。これは一九二七年に刊行されたジャン・ロワイエールの『マラルメ』への「序文」として書かれた「マラルメについての手紙」の一節である。この時点でヴァレリーはもちろん、長い沈黙期間をへて第一次世界大戦を潜り抜けて書き継がれた「若きパルク」(一九一七年)を発表し、その勢いを駆って書き継いだ詩篇を詩集『魅惑』(一九二二年)としてまとめ、一九二五年一一月にはアカデミー・フランセーズの会員に選出されていた。そういう自負も背景としての言葉だろう。

しかし、ボードレールはもとより、ポーもマラルメもここまではいわないだろう。およそ芸術家であるならば、忘我状態どころか、できるものならば悪魔に魂を売ってでも「傑作中の一傑作」を産み出したいと思ってしまうものだ。それでも芸術家がおしなべて、酒やドラッグに浸りきったり、はたまた金の亡者になってしまったりしないのは、どんな悪徳に耽っても必ずしもよい作品が生まれる保証はどこにもない、という一事に尽きる。それに対してヴァレリーは、作品の最終的な結実よりも、制作過程そのものを意識化すること、それを知的に統御することを何よりも重視しようとする。そういう自分の志向とマラルメとのあいだにヴァレリーはじつは決定的な断絶を感じてもいた。以下は、一九一二年、『ステファヌ・マラルメの詩歌』の校正刷を送って閲読をもとめてきたアルベール・チボーデに対して、ヴァレリーが出した手紙の一節である。

　そして或晩のこと、談たまたまポーのことに及んで、ますます親密さを加えて来るこの会話が、このすばらしい主人〔マラルメ〕を、至上の友、父親のような友人に変えました。私にとっては何という貴重な一夜であったことか。それはまるで遁走曲《フーガ》の終末部《ストレット》のように核心に迫って行く一夜で、次第に狭《せば》められて来た対話の摸索が、このとき遂に、――スコラ的な夢想とでも言うべきでしょうか、――相互の純然たる相異点に、個別化の根本原因に、触れたのです。それは恰も、次第に相手に先を見越されまいとしなくなる敵手同士の関係の、不思議な心の動きの中で、――一つの閾が、――一般には言葉が――対話者に対して守りを固めている閾そのものが、殆ど――突破されたかのようでした。[6]

引用は『ヴァレリー全集』第七巻からだが、冒頭の「或晩」には、「一八九五年一月三日の夜」という訳者の注が付されている。ただし、現在のプレイヤード版のこの書簡を収めた箇所では、その「或晩」をとくに特定した日付の注記は見られない。[7] ともあれ、一八九一年一〇月に、友人のピエール・ルイスに伴われて、はじめてマラルメと出会ってから、あの伝説的な「ジェノヴァの夜」(一八九二年一〇月四日から五日にかけての嵐の夜)の体験をへて、マラルメとそれ相応の対話を交わしたのちの「或晩」のことであったに違いない。ポーの「詩の原理」、「詩作の哲学」を共有しつつも、決定的な差異をマラルメと承認し合ったという感覚が、ヴァレリーのうちにはあったのだ。

まったくの偶然とはいえ、のちのパウル・ツェランの代表作に関わる音楽用語「フーガ」と「ストレット(ストレッタ)」という語彙を用いて振り返られているその「会話」が具体的にどのようなものだったか、ヴァレリーは踏み込んで紹介してくれていない。しかし、あくまで絶対の作品を目指すマラルメとそのような作品を導く意識そのものの姿を確認したいヴァレリー、そういう両者のあり方が「相互の純然たる相異点」、「個別化の根本原因」として浮かび上がるとともに、積極的に承認し合えた瞬間と、すくなくともヴァレリーには感じられたのだと思われる。実際、この前後、ヴァレリーはポーを研究した結論としていったん詩を書くことを放棄し、毎朝、数時間にわたって「カイエ」に自らの思考を書き連ねることをあたかも自らの「本職」とし、一方マラルメは、あの『塞のひと振り』に決定的に向かうのである。

ポーの半ばほら話をひとつの「真実」として、たがいの原理にまで彫琢していったふたりの分岐点……。文学の純然たる美的仮象をめぐる対立でありながら、同時にそれは一九世紀から二〇世紀にいたる現実の転換点とけっして無縁であったとは思えない。ヴァレリーは、そして私たちは、ほんとうに知の働きを統御することができるのか。あらためてヴァレリーと時代との関わりを確認しておきたい。

二　ヴァレリーの生きた現実、あるいは「ドイツ的制覇」

ヴァレリーは一八七一年一〇月に生まれ、一九四五年七月に亡くなった。つまり、普仏戦争におけるフランスの決定的な敗戦の翌年に生まれ、第一次世界大戦をへて、第二次世界大戦下のドイツによる支配を体験して、その戦争のヨーロッパにおける終結をかろうじて確認しつつ死去したことになる。享年七四だから、ひとりの文学者の生涯としてはけっして短いものではなかった。

しかし、「若きパルク」に取り組むまでの二〇年を超える空白期間——これを一種の神話として冷静に読み解く必要があるにせよ——にくわえて、ふたつの世界大戦を挟む現実は、世代的にはほかに類を見ないほどに苛酷なものとして存在していただろう。第一次世界大戦のさなかに、「若きパルク」をあたかもフランス語の墓碑を刻むようにして書き継いだというヴァレリーの述懐も、それ相応の真実味をもって私たちに響かざるをえない。さらに、アカデミーの会員となってからのヴァレリーは、その役割を過剰なまでに忠実に果たしてゆく。その結果、全一二巻、補遺二巻、あわせて一四冊におよぶ筑摩書房版『ヴァレリー全集』の多くは、著名な文学者や知識人の死に際しての追悼演説、他人の著書の序文、講演の筆記録などで占められている。ほとんどは求めに応じて書いたもので、自分から進んで執筆したものはわずかである旨、しばしばヴァレリーは自ら口にしている。

そういう苛酷な現実を背景としていたヴァレリーの生涯の出発点において、ドイツは明確な「敵」だった。ヴァレリーがはじめて執筆した政治論と呼ぶべき「方法的制覇」は、当初は「ドイツ的制覇」と題されていた。ヴァレリーがこの論考を書いたのは、一八九六年、彼が二五歳のときだった。彼はそのときロンドンに滞在して、セシル・ローズのチャータード・カンパニーに臨時雇用されて、英語の記事のフランス語訳に従事していた。以前のロンドン滞在で知り合った編集者の紹介で、リオネル・デクレという人物が突然ヴァレリーのもとに手紙を送ってきたのである。陸軍省の採用試験を受けて合格通知を得ながらも、採用通知がいっこうに届かない宙吊り状態に置かれていた当時のヴァレリーは、人生の転機を賭けてロンドン行きを決意したのだった。

そのとき彼が出会ったのは、イギリス帝国主義の最先端に位置しているひとびとだった。ヴァレリーは友人のジッドにロンドンからこう書き送っている。

僕は途方もなく強力な連中の間に捲き込まれているんだ。(信頼してまかされた)この仕事のおかげで、極めて重大な事柄を知った。かなり重要な書類を手中におさめているんだ。僕の言うことは決して口外しないようにしてくれたまえ。火曜に目を覚ましてみると、巨大な機械の千もの部品の一つの前にいた。それはチャータード・カンパニーという名前で、南アフリカ全体を所有しようとしているんだ。実際、これは並外れた政策だ。〔……〕この連中の力強さ、深さ、英知、そして荒々しいまでの明確さは、君には想像もつかないだろう。理は常に彼らにあるんだ。彼らの倫理がやっと判ったよ。フランスではこういう連中は決して理解されないだろう。(8)

若いヴァレリーが当時の政治の世界の最先端と出会って興奮している様子がよく窺えるだろう。いままさに世界を動かしている現場と自分が接触している感覚である。しかし、南アフリカにおける英国の傲慢な帝国主義的支配に反発するフランス世論をなだめるためのその仕事は、ほぼ軟禁に近い状態において果たされねばならないものだった。しかも、三〇年後になって、ヴァレリーを雇用したフランス人リオネル・デクレがじつはイギリスとフランスの二重スパイであったことが判明している。当時のヴァレリーがかなりきわどい仕事に関わっていたことは疑いがない。実際ヴァレリーは、その仕事のもたらす消耗と孤独に苛まれて、あたえられていたアパートの一室で自殺未遂を企てたことまで、のちに告白している。

そのようなロンドン滞在中に、チャータード・カンパニーの仕事とは別に、マラルメの友人でもあった詩人ウィリアム・ヘンリーから託された仕事が「方法的制覇」の執筆だった。当時ヘンリーは『ニュー・レヴュー』誌の編集を担当していて、そこに弁護士アーネスト・ウィリアムズがドイツの勢力伸張に関する一連の記事を掲載していた。普仏戦争に勝利して以来、ドイツが大英帝国の覇権をおびやかす新興勢力として台頭していることへの危機感を煽る記事であって、そのシリーズ・タイトル「メイド・イン・ジャーマニー」はイギリスでとても評判を呼んでいた。ヘンリーはヴァレリーに、そのウィリアムズの報告に対する「一種の哲学的な結論」になる論考の執筆をもとめたのである。ヴァレリーはパリに戻ってからその論考を書きはじめる。それは当初「ドイツ的制覇」と題されて、『ニュー・レヴュー』に一八九七年一月、フランス語で掲載される。

「人々は驚愕し、ほとんど憤慨した。いっそう不穏なゲルマニアが出現したのである」という一文で書き起こされる「方法的制覇」において、ヴァレリーがドイツの「成功」のうちに見て取ろうとするのは、何よりも「方法の成功」である。ヴァレリーによれば、ドイツが当時世界市場において占めていた領域は戦争によって獲得した領土をはるかに凌駕していた。それを可能にしたのは、従来のイギリス、フランスとは異質なドイツ的「方法」である、とヴァレリーは説く。

財の生産における不撓不屈の方法の構築、最適の生産拠点と輸送路の確立、とくに、単純にして明快、細心にして卓越した構想の実現に向けて、全員が一刻もゆるがせにせず、献身的に働くことである――その構想は形において戦略的、目的において経済的、準備の深さと応用の広さにおいて学術的であるだろう。(9)

あたかも「ゲルマニア」の姿を理想化したかのような描き方だが、もちろん、このような「方法的制覇」には、皮肉な裏面がある。このような「方法」にしたがうかぎり、天才や卓越した個人はもはや不要になるからである。この方法を貫くうえで必要なのは飛びぬけた知性ではなく、ほどほどの知性、もっといえばきわめて凡庸な知性である。凡庸な知性が力を合わせるためには、卓越した個人の飛びぬけた知性など、障害でさえある。平たくいえば、「方法的制覇」とは大衆の勝利ということなのだ。

細部の一つひとつに何百人という人間が取り組むのだ。試みの一つひとつを支えるのは大衆である――この大衆は生来規律正しい人々である。ここでは、知性の社会的悪癖である規律への不服従という現象は、姿を消している。残るは素晴らしい道具、規律正しい知性である。そしてそれはもはや単なる道具ではない。(10)

独創性を本意とするのではない「規律正しい知性」。そのような、ヴァレリーの考える本来のヨーロッパ的知性にとって形容矛盾のような姿こそが「ゲルマニア」の本質なのである。それが「もはや単なる道具ではない」とは、それ自体がすでに目的と化しているということである。興味深いことは、のちにハイデガーなどがロシアやアメリカ合州国に認めるようなあり方がここではヴァレリーによって「ゲルマニア」の特性として投射されている、ということである。そして、ここでの発想がさらに第一次世界大戦後に発表された、ヴァレリーの代表的な政治論において、ほかでもない「精神の危機」として描き出されることになるのである。

三　ヴァレリーにおける「ユダヤ人」——ジッドとの往復書簡

ヴァレリーが「方法的制覇」を執筆したのは、一八九六年三月から五月にかけてとされている。ドレフュスが逮捕されたのは、一八九四年一〇月一五日であり、その年の一二月にはドレフュスに対して終身流刑の判決が下されている。一般に「ドレフュス事件」と呼ばれるのは、その後、ドレフュスの兄マチュー・ドレフュスが真犯人としてエステラジーを告発するとともに、ドレフュスに対する再審請求の運動が巻き起こってからである。ゾラの「我、弾劾す」もその再審請求の運動のなかで発せられたものだ。とはいえ、ドレフュスの逮捕とその位階剥奪式(一八九五年一月五日)の時点で、フランスの世論は反ユダヤ感情に沸いていた。このあたりの時点でのドレフュス事件に対するヴァレリーの態度を明示的に示すものは存在しないようだ。ただし、『ジッド＝ヴァレリー往復書簡』には、いささか唐突にこうはじまるジッド宛の書簡が収められている。

親しいアンドレ／君は僕に対して起訴状を発した——そして僕自身がかくも屢々《しばしば》他の人々に対して低い声で与えている熱月《テルミドール》の称号、「人類の敵」という称号を、今度は僕に向けてきた。(11) 僕を驚かす唯一の点は、君がこんなにも永い間少なくともそれを僕に言わずにいたということだ。

この書簡には、ジッドの筆跡で一八九四年一一月一〇日と記されていて、封筒の消印は一一月八日だという。おそらく一一月八日に発送されたその手紙をジッドは一〇日に受け取ったのだ。残念なことに、ジッドがどのような文脈でヴァレリーに「「人類の敵」という称号」をあたえたのか、手紙の先を読んでも不分明である。もちろん、ジッドの手紙を見れば明瞭なのだろうが、「これに先立つジッドの書簡は見つからなかった」という編者ロベール・マレによる注が付されている。ジッドは一八九四年一一月一一日付の返信の手紙のなかで、こう綴っている。

君の手紙はぼくの期待していたものだった。〔……〕／この最も辛い手紙に対する返答として、君は最良の書簡を書いてくれた。この二通の手紙はぼくらにとって重要なものとなるだろう。ぼくからこれ以上に辛い手紙を受けとることはもう期待しないように。(12)

このジッドの返信を読んでも、隔靴掻痒の印象は否めない。「二通の手紙」のうちの一通が見あたらないからである。とはいえ、ドレフュスの逮捕から三週間あまりの時点からして、すでにこの時期にジッドとヴァレリーのあいだでドレフュス事件をめぐるやり取りがあったと推測することもできるのではないかと思われる。くわえて、最初のジッド宛の書簡のなかで、ヴァレリーは共通の友人ウジェーヌ・ルアールからの手紙がジッドの見解に影響をあたえていないか、問い合わせているが、ルアールはジッドの周辺で、とくにドレフュス派に強い反感を示していたとされる人物である。

ヴァレリーはそれに先立つジッド宛書簡で、自分がユダヤ人嫌いであることをほのめかしている。たとえば、一八九一年六月一一日の消印のある手紙で、ジッドが約半年前にモンペリエではじめて出会ったヴァレリーに、最近のパリでの様子をこう伝えてきた。

「七賢人」の宴と称する定期的な晩餐会が始められました。ロベール・ド・ボニエール、アンドレ・ド・ゲルヌ、ピエール・キヤール、ベルナール・ラザール、アンリ・ド・レニエ、フェルディナン・エロルド、ピエール・ルイスの七人です。(13)

ピエール・ルイスをのぞいて、ヴァレリーやジッドよりも二〇歳から五、六歳、年長者の集まりだが、これに対する返信のなかでヴァレリーは、一八九一年六月一五日に発信されたとされている手紙で、「賢人たちの晩餐はといえば、ユダヤ人で模作者のB・Lの加わっているのが気に入りません」(14)と答えている。この時点ではまだ思いもつかない未来のことだが、「B・L」すなわちベルナール・ラザールはドレフュスの逮捕後、いち早く無罪を確信して、ドレフュスの兄マチューとともに、真相究明のために奔走し、何冊ものパンフレットを発行し、『反ユダヤ主義、その歴史と原因』を書き残し、その「パーリア」概念によってハンナ・アーレントにも大きな影響をあたえることになる作家であり新聞記者である。そのラザールを「ユダヤ人で模作者」と評するヴァレリーのこの感覚――。

また、一八九二年七月一二日の消印のあるヴァレリー宛の手紙で、ピエール・ルイスにもとめられてヴァレリーが手渡していた手製の自撰詩集(一〇篇の作品を選んでまとめたもの)を、ルイスがマラルメに見せ、さらにそれをマラルメからジッドが見せられたことを、若干のマラルメの反応とともにジッドが伝えてくる。それに対するヴァレリーの、一八九二年七月一三日の消印のある手紙の冒頭には、こう書かれている。

生気溢れる親しき君/ルイスも君も賤しむべきユダヤ人だ。一人は、腹黒くも遠く離れているのを隠れ蓑にして、僕の漠たる錬金術の結果をマラルメに見せてしまったことにおいて。/もう一人は、さらに厚顔にも、先生の下した貴重かつ純粋な酷評をそっくりそのまま伝えないことにおいて。(15)

もちろん、照れ隠しの冗談という文脈である。どちらかというと、まとまった形で自分の詩がマラルメに読んでもらえたことにヴァレリーは喜びを感じていたのだと思われる。あの「ジェノヴァの夜」の三ヶ月まえであり、まったくもって独りよがりな「恋愛」に苦しみながらも、まだ詩作の断念にはいたっていない時期である。しかし、「賤しい」、「腹黒い」といういかにもステロタイプな形容詞とともに「ユダヤ人」が比喩として用いられている。こういう風潮と地続きにある精神的風土にヴァレリーが身を置いていたことは明瞭である。しつこいようだが、マラルメなら私信においてもけっして用いないであろう表現だ。

そして、ヴァレリーがドレフュス事件に対する自分の考えをジッドに鮮明に告げるのは、一八九八年一月一一日エステラジーが無罪放免され、その二日後ゾラが「我、弾劾す」を『ローロール』紙に発表して、じつに三〇万部を発行し、ドレフュス事件が頂点に達するころのことである。親しい関係にあった『メルキュール・ド・フランス』誌の何人かの書き手が「弾劾文」の掲載を検討していることを知ったヴァレリーは、一八九八年一月一五日の消印のあるジッドへの手紙で、「もしこの弾劾文が《日の目を見る》なら、『メルキュール』にはもう一行も書くまいとほぼ心を決めている」と告げる。ただし、その際ヴァレリーは反ユダヤ主義の危険にもふれている。

とくに、この点思い違いしてはならないが、急速に反ユダヤ主義が出てきて、とてつもない混乱をひき起こすことになりかねない。ユダヤ人全体のおちいっている興奮状態は注目すべきものだ。その気持はよくわかる。亦、不安でもある。他方では、軍の幹部クラスの精神状態もよほど変ったものであるに違いない。最後に、急進派と社会主義者はありったけの火をかきたてかっかとしている。(16)

ここでヴァレリーはドレフュス派、反ドレフュス派のどちらに対しても距離を置こうとしているとも取れる。それに対して、ジッドはこのときドレフュス事件で揺れるフランス(ニース)から逃れるようにしてローマに赴き、それでいて、ローマに滞在しているあいだ、六紙もの新聞を読みあさる形で、ドレフュス事件に強い関心を寄せていた。そして、ゾラの「我、弾劾す」を掲載した『ロロール』紙にジッドはゾラ支持の署名を送る。ジッドの名前がドレフュス再審請求の支持者として『ローロール』紙に掲載される。そのことを知ったヴァレリーは愕然とする。ヴァレリーは長い手紙をしたため、ジッドに翻意をうながす。ジッドは、ヴァレリーの激越な調子に気圧されるようにして、半ばヴァレリーの主張を受け入れるかの態度を示す……。

じつは、このときに交わされた手紙四通が一九七六年に刊行された『ジッド＝ヴァレリー往復書簡』の原書では削除されている。それらの手紙を、ドレフュス事件の研究者であるマルセル・トマが一九八一年一〇月に開催されたコロキウム「文学者たちとドレフュス事件」において「ヴァレリーの場合」と題した講演で取り上げ、以来、ヴァレリー研究のなかで引き合いに出されるようになった。ありがたいことに、『ジッド＝ヴァレリー往復書簡』の日本語訳では、訳注でその四通の手紙が紹介されていて、とくに一八九八年一月三一日付のヴァレリーの長い手紙の全文が翻訳されている(ただし、四通のうちジッドからの二通は個人蔵ということで、公開されておらず、トマが紹介している部分のみが訳されている)。

ヴァレリーは、まずジッドに一月二六日付の短い手紙を送る。

僕の親しいアンドレ／／君がさる文書に署名したことを、昨日になって知った。／それで僕は非常に深刻な苦痛を味わった。この時事問題について君と語りあうことはもうしまい。／後になって、僕が――もっと冷静になったらではない、僕は今だって冷静なんだから――そうではなくて、ものを考えられるようになり、その結果、他の問題について書けるようになったら、あらためて手紙を書こう。／／心から君の／ヴァレリー(17)

これに対して、ジッドは一月二八日付で長文の手紙をヴァレリー宛に書いたとされる。しかし、その手紙は前述のとおり個人蔵で公開されていない。訳者によれば、何らかの形でその手紙にアクセスしたトマは「ぼくがああするのを押し止めうるものがあったとするなら、それは、ぼくが君らに与えているらしい真の苦痛を見通してのことだろう……」という部分だけを紹介しているという。つまり、その手紙がヴァレリーの考えに譲歩する部分をふくむものだったことは確かなようだ。そのジッドの手紙を受け取ったヴァレリーは、一月三一日付の長い手紙をジッドに送る。「この前の手紙を隅々まで説明するには、何冊も本を書かなくてはならないだろう」とはじまるその手紙のなかで、ヴァレリーはつぎのように述べている。

百年前の原則がこの状態に導いたのか、この状態が近付くに及んでこうした原則を生み出したのか、そんなことは大した問題ではない。ようするに、僕は、もう久しく前から、ここで、解体状態にないものを空しく求めているってことだ。自由は金持に利をもたらしただけだ。つまり、権力を抹殺することによって、自由は、危険な、無統制の、際限のないいくつかの反権力を、まず目につかぬ形で、ついで突然誰の目にも明らかなように、存在させた。その結果、いまの局面で支配しているのは、金融界、自由聖職者の組織、革命家、臆病者、それにE・M〔参謀本部〕等々の徒党ということになる。ようするに、僕らのような個人にとって、従属している点では、確固とした権力下におけるのと同じだ。服従の総量は変わらず、その配分だけが変化したんだ。ただ、僕らはもう誰に懇願したらよいのか、誰の首をはねたらよいのか、わからなくなっている。／その一方では、現在の状態が、知的水位で、誰の利となっているかは、君のよく知っているところだ。僕らが、経済面で、海軍力の面で、政治面で、科学の面で、また風俗面で、どこまで落ち込んでしまったか、それは見るもあわれじゃないか。(18)

冒頭の「百年前の原則」は、時期的に見てもフランス革命を指していることは明らかだろう。そのフランス革命以来、自由は金持ちに利をもたらしただけであって、権力は抹殺されてしまった。こういう文面に、絶対王政の時代に対するヴァレリーのノスタルジーがこだましているのは聞き落としようがないだろう。さらに、引用の末尾には、ほぼ一年前に発表されたあの「方法的制覇」の議論が背景にあるだろう。

それでも、ジッドと自分のあいだに横たわっているものが「ユダヤ人問題」であることを、ヴァレリーはこの箇所ではことさら取り上げないかの態度である。ドレフュスがユダヤ人であるかどうかは、まるで無関係であるかのような書き方である。とはいえ、手紙のこれに続く箇所では、ヴァレリーは「ユダヤ」という言葉を繰り返す。

だから僕は、この際は権力を支持すべきだった、と思う。この場合、権力とは民族国家なのだからね。権力が宣戦布告するとき、民族は機能する。権力が倒れるとき、民族につけがまわってくる。君は、あの時イタリアにすでに行っていたとしたら、賛同しなかったのではないか。こちらで、僕は、軍法会議のようなあほらしく愚劣な文書があんなに反響をよんだことに、憤慨させられた。前代未聞のプロパガンダによってだぜ。アナトール・フランスなんぞは、おおっぴらにユダヤの女におぶさって、ステルンだ、Xだ、Yだといったユダヤの文学づいた御婦人連のおよそ想像にかたくない環境で、暮らしているわけだが、あんな手合の臆面のない態度を思うとねえ。僕が自由な身分だったら、あのプロパガンダについて知りえたことを公然と喋っただろう。君も面識のある人々が、芸術家その他に、彼等の支持にどれほど価値があるか、また彼等のかくも近代的な理解力が実際にどこまで広がっていけるかを、これみよがしに感じさせていたあのプロパガンダのね。僕は反ユダヤ主義者ではない――ただ……シュウォブのところで、しばしばなんと気づまりな思いをしたことか――僕が姿をみせると、シュウォブの気持が固くなってしまい――しかもお互いにそうなのを見て、苦しく思ったんだ。(19)

こういう手紙の内容をつぶさに理解するのは容易ではない。たとえば三行目、「君は、あの時イタリアにすでに行っていたとしたら」に登場する「あの時」とは、いったいいつのことなのか。一八九四年のドレフュス逮捕の時点でジッドとヴァレリーのあいだでドレフュス事件をめぐってやり取りがあったのではないかと私が推測した、その時点のことだろうか。それなら「前代未聞のプロパガンダ」は何を指しているのか。やはり、ゾラの「我、弾劾す」であろう。そのあたりを整合的に理解するなら、「あの時イタリアにすでに行っていたとしたら」は「あの時イタリアにもう行ったりしていなければ」という否定詞が挿入された文章であってしかるべきだろう。これは、ヴァレリーの遺稿を収めたドゥーセ文庫の原資料に訳者があたって訳したとされているものなので、誤訳か、ヴァレリー自身の誤記の可能性が考えられる。君は肝心のときにイタリアにいたからあの愚劣さを直接感じなかったかもしれないが、こっちにいればそりゃひどいもんだったんだよ――そう読めば、整合的に理解できると思える。

引用のなかほどに登場するアナトール・フランスは、ゾラが有罪判決を受けてイギリスに亡命してからは、ドレフュス派知識人の事実上の指導者と目されるほどに、ドレフュス派だった。アナトール・フランスの愛人だったアルマン・ド・カイヤヴェ夫人は、裕福なユダヤ人家庭の出身で、アナトール・フランスを中心としたサロンを開いていた。彼女のサロンはドレフュス派の有力な拠点のひとつだったが、それは彼女がユダヤ人であったからではなく、非ユダヤ人のアナトール・フランスがサロンの若手たちの後押しもあって、積極的にドレフュス擁護の立場を貫いたからだといわれる。彼女のサロンには、若いマルセル・プルーストも通っていて、のちに『失われた時を求めて』でドレフュス事件が描かれる際、彼女のサロンはそのモデルのひとつともなるのである。

ヴァレリーがアカデミー会員となるのは、ほかでもないアナトール・フランスが死去することで空いた席を埋めるためだったが、その就任演説に際して、ヴァレリーは、前任者を讃える慣例に反して、アナトール・フランス批判を繰り返し、しかも、「アナトール・フランス」というフルネームを一度も口にしないでそれを行なうという、いささか奇矯な振る舞いにおよぶ。それは、アナトール・フランスがマラルメの作品に無理解な嘲笑を浴びせたことへの報復とも解されているが、やはりドレフュス事件との関わりを抜きにはできないのではないか。

引用の終わりに登場する「シュウォブ」は、ヴァレリーより四歳年長のユダヤ系の作家・批評家のマルセル・シュウォブのことである。ヴァレリーは一八九三年の春に知り合って以来、シュウォブを中心としたサークルにもしばしば顔を出し、イギリス文学について教示されたりもしていた。一八九四年のロンドン訪問の際には、シュウォブのしたためてくれた複数の紹介状をヴァレリーは携えていた。しかし、ドレフュス事件を機に、シュウォブとの仲は冷却してゆく。エステラジーを真犯人として告発したピカール中佐の写真がシュウォブの家の暖炉の上に掲げられているのを目にして、ヴァレリーはシュウォブ家に寄りつかなくなったともいわれている。

そして、書類の偽造に携わったアンリ中佐が獄中で自殺(一八九八年八月三一日)したのを受けて、一八九九年一月、反ドレフュス派の急先鋒であったフランス祖国同盟を後援団体、同じく反ドレフュスというよりも反ユダヤ主義を旗印とする『ラ・リーブル・パロール』紙を主催団体として「ユダヤ人レーナック に反対し、またアンリ中佐未亡人と孤児を救済すること」を目的に、署名募金活動が展開され、じつに一万四千の署名と一三万フランあまりの寄金が集められた。そのときヴァレリーは一万四千名のなかの若手の知識人のひとりとして、「思うところあって」という言葉とともに、三フランを醵金したのだった。一八九八年二月のゾラ裁判の最終日にゾラへの長文の電報を送ったマラルメは同年、九月九日に死去している。ヴァレリーが署名と醵金に踏み込んだのは、その約四ヶ月後のことだった。

四　ヴァレリーと反ユダヤ主義

ヴァレリーが反ユダヤ的な感情を有していたことを、ヴァレリーの伝記作者たちも認めている。とはいえ、それをヴァレリーの「反ユダヤ主義」とまで呼ぶのは間違いかもしれない。実際、モーリス・バレスやエドゥアール・ドリュモンなど、反ユダヤ主義を旗印に掲げていた作家たちには事欠かない時代である。ヴァレリーの身近な友人でも、ピエール・ルイスなどは、知人に宛てた書簡において、自ら「エステラジー主義者」および「反ユダヤ主義者」と名乗っていたという。それらと比べるならば、ヴァレリーの反ユダヤ的感情は十分穏便なものと評すべきなのかもしれない。

ヴァレリーの伝記の最新版、索引までふくめるとじつに一三六一ページに達する大著を二〇〇八年にまとめたミシェル・ジャルティは、その本のなかでこう述べている。「彼〔ヴァレリー〕の反ユダヤ主義――それはときおり軽率な注釈を生み出すきっかけとなったのだが――は、彼の時代に広く共有されているたぐいの反ユダヤ主義である」(20)。つまり、ことさらヴァレリーについてそれを詮索しても仕方がない、とジャルティは示唆している。

一方、ジャルティに先立って一九九五年にヴァレリーの伝記を刊行したドニ・ベルトレは、もうすこしヴァレリーの個性をそこに見ようとする。ベルトレはヴァレリーの反ユダヤ主義――仮にそう呼べるとして――の核にあるものを「他者にたいする大いなる無関心さである」として、こう解釈している。少々長くなるが、まとめて引いておきたい。

> こうした文脈のなかで、ユダヤという言葉は、他者が無であることを意味したり、彼の意識のなかで他者性の不在が穿つ無の空間を明示するための格好の言葉として登場してきたのだ。ヴァレリーの想像界の鍵となる登場人物の一人は、ナルシスである。不可解さを表徴するユダヤは、反ナルシスなのだ。自我によって捉えがたく、認識できないユダヤは、ヴァレリーの意識のなかに場所を持たない。ユダヤとは、観念上の非・在である。ヴァレリーはユダヤから何も期待していないし、何も望んでいないし、ユダヤにたいしていかなる感傷もない。彼の反ユダヤ主義は、むしろユダヤ主義の不在と呼んだ方が適切だろうが、いずれにせよ、それは少しずつ彼の無関心のなかで溶解し、ついには他者の不在という虚無の穴に吸い込まれて消失することだろう。彼の反ユダヤ主義なるものは、場違いで、まもなく余計なものとなるひとつの語を使ってこの虚無を覆っていただけということになる(21)。

ベルトレの『ポール・ヴァレリー』は全体としてはデータにもとづいて書かれた実直で信頼のおける著作であって、この原稿を書くうえで私もずいぶん参考にしている。しかし、この一節は異様なまでに観念的である。それなりに理屈が説かれているようでいて、どこか雲を摑むように曖昧だ。平たくいえば、所詮ヴァレリーは他者への無関心という虚無を抱えた詩人であり思想家だから、ドレフュス事件を介して一時的に「ユダヤ」が焦点となるかの局面があっても、すべては彼の抱えている虚無の淵に吸い込まれてゆくのである……。ベルトレがここでいいたいのは、おおよそはそのようなことだろうか。ふたたび、これで何かを語ったことになるのだろうか。

確かに、ヴァレリーはドレフュス事件に際して、ドレフュスという個人に対しては徹底した「無関心」を貫いているかのようだ。しかし、ヴァレリーが他者一般に無関心だったなどということは、晩年にまでいたる愛人問題ひとつを取っても、伝記作者として簡単には語りえないことのはずだ。

ヴァレリー自身は、「カイエ」の一九三一年に書かれた一節で、ドレフュス事件のことをこう振り返っている。膨大な「カイエ」から抽出したうえで、項目別に編集して出版されているもののなかで、これはヴァレリーがドレフュス事件について明示的に綴った唯一の箇所であって、ヴァレリーとドレフュス事件では必ず参照されているので、ここでも引いておきたい。

《悪意ある》わけではない——即ち人が苦しむのを見て苦しむ私——しかし私は私の同情を当てこむ者にたいしては、私のなかに突如として無情になる心があるのを感じている——あるいはまた「正義」、「人類」等々への祈願を用いて、しっかり確立した「偶像」にたいする懇願さえ用いて、その目的に到達しようと望む者にたいしては。それほどまでに、私は「不正」のなかに腰を据え、この喜劇にたいする嫌悪だけに範囲をとどめているが、そういう喜劇の数多くの例を私はこれまでに見てきた。そのことがあの有名なる事件における私の態度を説明してくれる。／何故ならば人類に祈願するということは、人間であることではないからだ。―― ――私は人間としてのいかなる弱さからも、文学者としてのいかなる弱さからも免れてはいないがために、そういう人々と知りあいになった――そして彼らがあの特殊な大事件に際して感奮興起したり、あるいは或る立場のために感奮興起した者のごとくに振舞うのを見ていた。(22)

この一節に対してブランショが『問われる知識人』(23)で厳しい批判を述べているとおり、ドレフュス事件の渦中において、ヴァレリーはこの文章が思わせるほどにけっして超然としていたわけではなかった。本章で確認したとおり、ヴァレリーは長文の手紙でジッドを説得しようとし、アンリ中佐の未亡人を支援する基金に際しては友人に対して醵金を盛んに呼びかけてもいた。ヴァレリーがことさらな反ユダヤ主義者ではなかったにしろ、ヴァレリーという鏡に映し出される時代動向というものが確かに存在しているのだ。

レオン・ポリアコフがその長大な『反ユダヤ主義の歴史』全五巻(24)、とくにその第Ⅲ巻と第Ⅳ巻で描いているように、ドレフュス事件の前後、ヨーロッパの中心部で「反ユダヤ主義」は大きな弁証法的なうねりを見せていた。とりわけ、ポリアコフが力点を置いているのは、反ユダヤ主義の決定的な煽動書の役割を果たす偽書『シオン長者の議定書』がこの時期に成立し流布してゆく、ということである。ドレフュス事件に直面して、テオドール・ヘルツルはシオニズムを唱え、世界ユダヤ人会議の数次にわたる開催にまで漕ぎ着けるが、そのことがかえって、『シオン長者の議定書』の振りまくユダヤ人による世界制覇の陰謀という妄想に、ある種の現実的イメージを付与してしまう。ポリアコフが「弁証法的」と呼ぶのはそのような事態である。

そもそも当時のフランスの多数派から見た場合、ドイツはユダヤ人のドイツと見なされ、フランスのユダヤ人はその名前からして「ドイツ人」と見なされていた、というポリアコフの指摘も示唆的である。つまり、ヴァレリーの「方法的制覇」の時点で、あの凡庸な知性の寄せ集めとしての「ゲルマニア」に、すでにユダヤ人のイメージが重なっていたと解することができるのだ。そこに、ドイツのスパイの嫌疑をかけられたアルザス出身のユダヤ人将校ドレフュスが登場する……。ヴァレリーの「精神」それ自体に、そのような物語の下地がすでに存在していたと考えることができる。そのような時代動向のなかで、マラルメとヴァレリーのあいだで、決定的な一歩が踏み出されてしまった、すくなくともヴァレリーという明晰な知性の鏡において、マジョリティの無意識が中央ヨーロッパにおいてルビコン河を渡ってしまったという印象を、私は払拭することができない。

ヴァレリーは自他ともに認める「地中海的知性」のひとである。彼がヨーロッパの「精神」として位置づけるのは、ギリシア文明、キリスト教文化、そしてローマである。さらに、いかにもカトリック的に、パンと葡萄酒こそがヨーロッパであると彼は語る。彼の「精神」の記述のなかで、アラブ文化はかろうじて地中海の背景に顔をのぞかせることがあるが、ユダヤ文化はほとんど位置を占めてはいない。しかし、それでいて、彼は「ユダヤ」に対する嫌悪感ないし忌避感だけは着実に身につけていた。その嫌悪感ないし忌避感が、さらに広々とした海原のような無意識に注がれるとどうなるのか。以下は、一九二二年二月に発表された、よく知られた「失われた葡萄酒」の全行である（訳は細見による)。

いつの日のことか、私は海原に注いだのだ
(どの空のもとだったか、もう覚えていないが)、
尊い葡萄酒を、ほんのすこし
虚無への捧げものとして……

おお、酒よ、誰がお前の喪失を望んだのか?
私は占い師の言葉に従ったのだろうか?
わが胸のうちの不安に従ったのだろうか、
血のことを思いながら、葡萄酒を垂らした私は?

薔薇色の煙が立ち
そのあと、いつもの透明さを取りもどしたのだ
いとも清らかなる海は……

葡萄酒は失われ、波たちは酔いしれ!……
そのとき私は見た、苦い大気のなかに
この上なく深淵なる形象たちが飛び跳ねるのを……

堀口大学が訳詩集『月下の一群』に収録して以来、日本でもよく知られてきた詩であり、難解なヴァレリーの詩のなかでもかなり分かりやすい部類に属する。ヴァレリーがこの詩に込めていたのは、ヨーロッパの「再生」に向けた祈願だっただろう。血になぞらえられた葡萄酒を注ぐというカトリックの儀式めいた仕種は、一種秘教的・秘儀的な意味合いを帯びている。しかし、この詩をあらためてドレフュス事件の前後、反ユダヤ主義の暴力的な台頭という文脈に置いてみれば、どんなイメージが浮かび上がってくるだろうか。とりわけ、最終行の「この上なく深淵なる形象たち Les figures les plus profondes」というそれ自体「この上なく深淵なる形象」は——。

その「苦い大気」は、それこそホロコーストにいたるような危険性を秘めてヨーロッパで沸き立っていたのだ——一九四五年七月に亡くなったヴァレリーはその帰結までをつぶさに知ることはなかったかもしれないにしろ。

第四章

T・S・エリオットと反ユダヤ主義

日本ではT・S・エリオットの名前は『荒地』という作品とともに、よく知られているだろう。とりわけ、鮎川信夫、北村太郎、黒田三郎、田村隆一、中桐雅夫らからなる「荒地派」が、日本の戦後詩の大きな一翼を担ったことは、世界的に見ても特筆すべきことだといえる。もちろんその際の「荒地」という呼称は、T・S・エリオットの『荒地』を明確に踏まえていた。

鮎川らがエリオットの『荒地』に具体的に接したのは、春山行夫らの月刊誌『新領土』第三巻第一六号(一九三八年八月号)に、その第一部「死者の埋葬」が上田保訳で掲載されたときである。一九九〇年に刊行された復刻版で確認すると、『新領土』の誌面では三段組、見開きの形で掲載されていて、訳者の注も解説もいっさい付されていない。さらには、エリオット自身が単行本化に際して付したあのおびただしい原注も付されてはいない(1)。第一部のみだったとはいえ、煩瑣で衒学的な議論といっさい離れたところで作品そのものと接することができたのだから、これはまことに幸福な『荒地』との出会いであったといえる。当時一八歳だった鮎川はこの翻訳に強い印象を受けて、戦争を生きのびたのちに、「Xへの献辞」のなかで「現代は荒地である」と記すことになるのである。

鮎川らのエリオット『荒地』の顕揚も受けて、日本では一九五九年に弥生書房から『エリオット選集』全五巻が、翌年一九六〇年には中央公論社から『エリオット全集』全五巻が翻訳・出版された。これはかなり早い時期での本格的なエリオット紹介であったといえる。しかし、以来、そのエリオットが反ユダヤ主義的な作品をいくつも書いていたという事情については、現にその作品が翻訳されていながら、日本では本格的に論じられることはなかった。

たとえば、二〇一〇年には、「日本T・S・エリオット協会設立二〇年記念企画」として便利なハンドブックのような『モダンにしてアンチモダン――T・S・エリオットの肖像』が刊行されたが、そこにおいても、二三人の執筆者の論考をつうじて、エリオットの反ユダヤ主義については、文字どおりひとこともふれられていない。かろうじて編者代表の高柳俊一の「まえがき」において、まさしく、「取り上げられるべくして取り上げることができなかった分野」として「たとえばエリオットの反ユダヤ人主義の問題、書評家、編集者としてのエリオットなどがある」と記されているだけである。(2)それにしても、エリオットの反ユダヤ主義という問題は、書評家としてのエリオット、編集者としてのエリオット等々とならぶ、エリオット研究の一分野、などという位置づけで済ますことのできる問題なのだろうか。

とはいえ、これは私自身の問題でもある。私は機会あるごとに、二〇世紀を代表する詩としてエリオットの『荒地』とツェランの「死のフーガ」をまるでまくら言葉のようにして持ち出してきた身だからである。エリオットの反ユダヤ主義という問題を繰り込むならば、このふたりを単純に併置するのは、大いに問題含みといわなければならない。私の理解は率直にいって、第一部の「死者の埋葬」を中心とした漠然としたイメージとしての『荒地』という次元にとどまっていて、すでに一九七一年に刊行されていた『荒地』草稿(3)はもとより、エリオットのテクストを本格的に読むということをしてこなかったのだ。

さすがに英語圏のT・S・エリオット研究においては、エリオットの反ユダヤ主義について、いくつかの研究書が著されている。本格的なものとしては、一九九五年にアントニー・ジュリアスが博士論文にもとづいてロンドンの出版社から刊行した『T・S・エリオット、反ユダヤ主義、文学的形態』がある。(4) これは二〇〇三年にニューヨークから増補新版が出版されていて、私が所持しているのはそちらである。ジュリアスのこの本は前述の『モダンにしてアンチモダン』の巻末「T・S・エリオット文献目録」にも記載されているが、日本では翻訳はもとより本格的な論及もなされていないのが現状だと思える。

もちろん、エリオットが現に反ユダヤ主義的な作品を書いていたとして、そのことと『荒地』という作品の素晴らしさをどう考えるかは、さしあたり別問題といえる。ハイデガーにしろ、カール・シュミットにしろ、ヨーロッパの著名な思想家、哲学者が反ユダヤ主義者であったという事実は、しばしばスキャンダルのたぐいとして論じられてきた。私の議論もそこにT・S・エリオットをくわえるというだけに終わるのかもしれない。しかし、すくなくともホロコースト以前の「ユダヤ人」をめぐる欧米の精神状況を知るうえでは、T・S・エリオットの反ユダヤ主義の解明はたいへん重要だと思える。

結論的にいうと、エリオットの反ユダヤ主義はじつにステロタイプで表層的である。「ユダヤ人」ということで彼が具体的にイメージできた人物がどれだけいたかもじつは怪しい。しかし、偏見とか差別とかは元来そういうものなのである。むしろ、そういう典型がT・S・エリオットであって、だからこそ彼の反ユダヤ主義にはきちんと目を向けておく必要があるのだ。とりわけ、前章で確認したように、ドレフュス事件の前後、明らかに反ユダヤ主義の危険な風潮にヴァレリーがすでに足を浸していただけに、この点は重要だろう。一八七一年に生まれたヴァレリーに対して、T・S・エリオットは一八八八年の生まれである。ふたりの世代間の距離は、反ユダヤ主義がさらに浸透してゆく時間を示してもいる。
本章では、さきほど紹介したジュリアスの研究書自体よりも、ジュリアスに対する批判を綴った、クレイグ・レイン『T・S・エリオット―イメージ、テキスト、コンテキスト』[5]を、とくに第四節で参照することにする。クレイグの著書では、問題になる論点が整理されているうえに、その反論の説得力のなさが、かえってT・S・エリオットの反ユダヤ主義を浮かび上がらせてくれているからだ。とはいえ、まずは『荒地』の魅力を再度確認するところからはじめたい。

一　T・S・エリオットと第一次世界大戦後の現実

あまりに人口に膾炙しているかもしれないが、それにしてもT・S・エリオットの『荒地』の以下の出だしはいまなお鮮烈である(引用の翻訳は細見による)。

四月はいちばん残酷な月、死んだ
土からライラックを育て、記憶
と欲望を混ぜ合わせては、春の雨で
眠りこんだ根を揺り動かす。
冬は私たちを暖かく包んでくれていた
大地を忘却の雪で蔽って、乾涸びた芋の塊で
小さな命を養って。

夏は私たちを驚かせた、シュタルンベルク湖を越えて
驟雨を引き連れてやって来て。私たちは回廊で足止めをくって、
それから陽の光のもとを、ホーフガルテンまで歩いていった。
そしてコーヒーを飲んで、一時間ばかり言葉を交わした。
私はロシア人ではありません、リトアニア出身で、生粋のドイツ人です。
子どものころ、従兄弟にあたる大公の
お屋敷に滞在していたことがあります。
彼が私を橇に乗せて連れ出したので、私はとても恐かった。マリー、
マリー、しっかり掴まって、と彼はいいました。そうやって滑って下りました。
山のなかではくつろぎを感じます。
夜はたいてい本を読み、冬になると南に行きます。

しがみつくこの根はなんだ？　石ころだらけのこのガラクタから
いったいどんな枝が育つというのだ？(6)〔以下略〕

長篇詩『荒地』は「I 死者の埋葬」、「II チェス・ゲーム」、「III 火の説教」、「IV 水死」、「V 雷の告げたこと」の五部からなる。一見緊密な構成を持つようでいて、じつはそうとうに錯綜していて、実際のところ断片の寄せ集めというのが正しいくらいだ。ただでさえ晦渋なところに、単行本化に際してエリオット自身が、ジェシー・L・ウェストン『祭祀からロマンスへ』とジェイムズ・フレイザ

ー『金枝篇』を難解な『荒地』読解のサブテキストに位置づけ、五〇個におよぶいささか韜晦的な原注を付したことから、作品の隠された構成や細部の背景について、膨大な解釈が生み出されることになった。

しかし、この作品の魅力はやはり、冒頭の「四月はいちばん残酷な月」という表現がそなえているような喚起力にあることは疑いないだろう。第一次世界大戦を潜り抜けたヨーロッパにおいて、それは文明の崩壊そのものについての決定的な自己意識の表明だった。最後のパート「V 雷の告げたこと」にいたって、「ダッタ」(あたえよ)、「ダヤヅワム」(相憐れめ)、「ダミヤタ」(自制せよ)というサンスクリット語が威嚇するような形で登場し、最後はやはりサンスクリット語で「シャンティ　シャンティ　シャンティ」(平安)と連呼されて結ばれる。いま読み返しても、じつに謎めいた魅惑的な作品である。

二　出版された『荒地』草稿

ところで、さきに記したとおり、エリオットの死後、一九七一年に二番目の妻ヴァレリー・エリオットの編集によって、長らく行方不明になっていた『荒地』の草稿が出版された。それによって、『荒地』が完成稿にいたるうえで、従来語られてきた友人エズラ・パウンドや最初の妻ヴィヴィアンの関与がどの程度だったかが、明らかになった。エリオットは『荒地』の大部の草稿を書きながら、それをまとめきることができずに、パウンドにいったん委ねていたのである。パウンドは荒削りな『荒地』の草稿が優れた核を持つことを確信しつつ、徹底して圧縮するという方向で改訂にのぞんだようだ。その際、「I 死者の埋葬」に元来置かれていた二連、五四行もばっさりと削除されることになった(ただし、この削除自体はエリオットの手によってなされている)。つまり、『荒地』のオリジナル草稿では、「四月はいちばん残酷な月」というあの第一行の印象的なフレーズは、三連目、五五行目にしてはじめて登場する形になっていたのだ。

くわえて、オリジナル草稿が公表されて以来、『荒地』は元来、妻ヴィヴィアンとの緊張感に満ちた関係、その妻との結婚を認めなかった父との葛藤など、エリオットのきわめて個人的な体験をモティーフにして書かれていた、ということも主張されるようになった。実際、ピーター・アクロイドによる詳細な伝記『T・S・エリオット』(7)を読めば、当時、神経症の発作をしばしば起こす妻ヴィヴィアンとの関係がたえず危機的な状況にあったこと、双方の親からも切れて、エリオット夫婦が経済的にも厳しい困窮状態にあったことがよく分かる。ロイズ銀行勤務から出版社フェイバー社に移るまでの過渡期であり、エリオットの健康状態もしばしば悪化し、彼自身が神経衰弱におちいっている。エリオット夫婦のパトロンのような位置にもあった哲学者バートランド・ラッセルが何とヴィヴィアンの浮気相手になっていたことも、いまでは周知の事実として語られている。

とはいえ、完成稿の『荒地』を読むかぎり、あの作品をエリオットの個人的な体験に還元することはとうてい不可能である。まるで埋められた死体を肥やしにするかのようにして、ライラックの新芽が育つ四月の残酷さ、しかも、その傍らでは「犬」がその死体を掘り返そうとしているというような戦慄的なイメージは、第一次世界大戦後のヨーロッパの暗鬱なヴィジョンそのものである。『荒地』にはタロットカードがだいじなモティーフとして用いられているが、まさしくヨーロッパ文明の暗い行く末を占う、一群の謎めいたタロットカードとして、『荒地』は読まれることになったし、それはむしろごく自然な読み方であるだろう。

さらにいうと、オリジナル草稿の公開によって、エリオットが当初、『荒地』の「I 死者の埋葬」、「II チェス・ゲーム」にそれらを統合するタイトルとして、チャールズ・ディケンズの小説『我らが共通の友』からとられた「この子、新聞記事をいろんな声で読んでくれるんですよ」という一節を置いていたことも明らかになった。スロッピーという名前の孤児を預かって育てている、貧しくて心やさしいヒグデン婆さんが、養子を探してやって来たボッフィン夫人に、スロッピーの利発さを保証していう科白である。この一節をエリオットが選んでいたことから、さしあたり二つのことを考えておく必要があるだろう。

ひとつはこの科白に直接登場する「新聞記事をいろんな声で読む」という言葉が示唆する、コラージュとポリフォニーという形式である。さきの冒頭部分の引用にも登場したように、『荒地』には不意にさまざまな話者が現れて、それぞれの声で、ときには英語以外の言語(ドイツ語、フランス語、サンスクリット語……)で語りはじめる。その意味において『荒地』はいわば声の引用のコラージュであって、それによって生じるポリフォニックな構造がその大きな魅力とともに難解さの要因となっている。このような『荒地』の形式を暗示するものとしての役割を、ディケンズからの引用は果たしていただろう。

もうひとつは、『我らが共通の友』という作品それ自体のそなえているモティーフである。ディケンズが次作『エドウィン・ドルードの謎』の執筆途中で死去したため、この作品は彼の最後の完結した小説となった。後期のディケンズの作品には暗鬱なイメージが立ち込めることになるが、この作品もそうである。溺死したはずの若い遺産相続人がじつは別人になりすまして作品のヒーロー役を演じていたり、代わりの遺産相続人となったボッフィン氏が成金の悪徳趣味にはまったと見えたのがじつは念の入った演技だったりと、ディケンズの作品にしばしば見られるように、プロット上は明らかに不自然な点がいくつも存在している。しかしそのプロットを下敷きにして、溺死体を河から拾いあげて金品を強奪することを日常としている「河浚い人」や、さまざまな人骨を寄せ集めて完全な骸骨の制作にいそしんでいる骨董屋や、ゴミの山から莫大な資産を築きあげる屑屋など、当時のロンドンの退廃もきわまったような資本主義社会が徹底的に暗い色調で描き出されている。おまけに、登場人物の多くはテムズ河に投げ込まれ、溺死寸前の状態から再生を得るのである。ここに、『荒地』が抱えている「水死」というモティーフとの重なりを見ることが可能である。

つまり、ディケンズが行なった一九世紀後半に差しかかったロンドン(『我らが共通の友』の初出は一八六四年五月から翌年の一一月まで)にそくしたしたたかな文明批評を、二〇世紀前半のロンドンにおいて引き継ぐというモティーフも、『荒地』には存在していたと思えるのだ。実際、『ディケンズ鑑賞大事典』の『我らが共通の友』の項目の記述によれば、『荒地』の冒頭に当初エリオットがこのディケンズの一節を置いていたことが知られてからは、ディケンズの『我らが共通の友』のほうを指して「ディケンズ版『荒地』」と評する声もあるという。(8)

三　エリオットの超保守主義的な宣言

しかし、『荒地』以降のエリオットは、虚無的な古典主義の立場から一転して、宗教色を強めてゆき、一九二七年にはイングランド国教会の洗礼を受け、翌年、「文学においては古典主義者、政治においては王党派、宗教においてはアングロ・カトリック」という有名な宣言を行なう。英国国教会はプロテスタント系という理解が一般的かもしれないが、エリオットはあくまでカトリック系と見なしていたのである(あるいは、エリオットが洗礼を受けたのはそういう宗派のもとにおいてだった)。その立場から、エリオットは自分自身の『荒地』にすら距離を置くようになってゆく。一九三四年に出版される評論集『異神を追いて』のなかで、エリオットは「瀆神」はむしろ神への信仰に近いということを繰り返し説いているが、それなど、『荒地』と現在の信仰の立場を振り返って整合的に結びつける、いささか弁明的な語りのように私には響く。

エリオットの後期の代表作は、いずれもベートーヴェンの四重奏曲をイメージして同じ形式で書かれた「バーント・ノートン」、「イースト・コーカー」、「ドライ・サルヴェイジズ」、「リトル・ギディング」の四連作からなる『四つの四重奏』(合本出版、一九四四年)である。最初は連作としての意識なしに「バーント・ノートン」が一九三五年に書かれ、第二次世界大戦のさなかにあとの三作が書き継がれることになった。エリオットにとって重要な地名とそのイメージにそくしつつ、それぞれに土、水、空気、火という四元を配した周到な作品である。ここにおいては、時と永遠をめぐるエリオットの思索がゆったりとしたリズムで奏でられている。「バーント・ノートン」の冒頭からしてこんな調子である(引用は細見による訳)。

現在の時と過去の時
それらはおそらくともに未来の時のなかに現前している
そして未来の時は過去の時のなかにふくまれている。

すべての時が永遠に現在であるのなら
すべての時は贖うことができない。
ありえたかもしれないことは一つの抽象
それが絶えざる可能性であり続けるのは
思弁の世界においてだけだ。

複数の声のコラージュ、その奏でる錯綜したポリフォニーが『荒地』の特性であったのに対して、ここでは「私」ないし「私たち」の一人称の語りが基本である。「ドライ・サルヴェイジズ」には古代インドの「クリシュナ神」の語りが登場するが、それはあくまで「私」による引用であることによって、一人称の語りの流れに十分統覚されている。また「リトル・ギディング」にはダンテとおぼしき「亡霊」が登場するが、そこでも「私」は「一人二役を演じる」という形で、その「亡霊」が自分の分身にほかならないことを認めてもいる。いずれにしろ、『荒地』に見られるようなそれぞれの声の自律性という意味合いはきわめて低いといえるのだ。

それでも印象的なその「リトル・ギディング」における「亡霊」との対話がドイツ軍によるロンドン空襲という危機的な状況を背景にしていることは、作品の瞑想的なモノローグと現実の関係を考えるうえで重要だろう。エリオットは当時ロンドン近郊に疎開した状態にあったが、定期的にロンドンのフェイバー社に出かけ、自警団による空爆火災夜警の務めを果たしていた。「死のパトロール」、「吹き鳴らされる警報」といったわずかの言葉が、その「亡霊」との対話の場面の現実的な背景をかすかに示唆しているのである。

いずれにしろ、『荒地』が第一次世界大戦後の状況のなかで発揮しえた喚起力と比較すると、『四つの四重奏』が著しい後退を示していることは否定しようもないのではないか。およそ同じ作者の作品と同定することが困難なほど、『荒地』の荒削りなポリフォニーの魅力は、『四つの四重奏』の瞑想的なモノローグのうちにすっかり掻き消されてしまっている。エリオットがアクチュアルな詩の声を失ったところで、新たな詩の声を回復させたのがパウル・ツェランだったと指摘することもできるだろう。しかし、私たちはエリオットからツェランへとやはり簡単にバトンを渡すわけにはいかない。ふたりを断絶させているものとして、本章の主題である、エリオットの反ユダヤ主義があるからだ。

以下で具体的なエリオットの反ユダヤ主義的な作品を見てゆくが、肝心なのは、それらの作品がけっして埋もれていたものではなく、エリオットが繰り返し詩集に掲載してきた作品であり、日本でもすでに何種類もの翻訳のある作品、さらに、二〇一〇年に岩波文庫から刊行された、岩崎宗治訳『荒地』にも現に翻訳・収録されている作品である、ということである。

四　エリオットの反ユダヤ主義的作品

T・S・エリオットの「反ユダヤ主義」をめぐっては、欧米の研究者のあいだでは現在も係争中というのが現状であるようだ。つまり、すでに欧米の研究者のあいだではエリオットの反ユダヤ主義をめぐってそれなりに議論が交わされてきたのである。最初に記したとおり、エリオットのテクストのなかでどのような箇所が具体的に問題とされてきたか、そのおおよそを私たちは、クレイグ・レイン『T・S・エリオット――イメージ、テキスト、コンテキスト』に「補遺一」として収録されている

「エリオットと反ユダヤ的姿勢」という論考のなかで、確認することができる。

これもすでに記したとおり、この論考自体は、著者のレインがとくにアントニー・ジュリアスの『エリオット、反ユダヤ主義、文学的形態』(一九九五年)を反駁する形で、エリオットから反ユダヤ主義者という嫌疑を晴らそうとして書いているものだ。しかし、レインの議論はかえってエリオットにおける反ユダヤ主義の所在を明らかにしてくれているものと私には思える。つまり、エリオットを擁護しようとするレインの議論はけっして説得的ではなく、むしろ結果として逆効果を発揮していると感じられるのである。

この本の訳者・山形和美はこれについて、奇妙な揺らぎを見せていて、一方で「レインは最後に、エリオットが反ユダヤ主義者であったという弾劾を説得力をもって反論して」いると「訳者解説」の最初のほうで述べながら(9)、同じ「訳者解説」の終わりでは、「レインの論述は私を、最終的に十分な説得力を発揮していないような気持ちにさせる」とまったく逆の評価を下している(10)。読者としてはいささか不可解な気持ちにさせられるところだ。

エリオットは若いころからフランスの作家・思想家シャルル・モーラスを敬愛し、生涯にわたってその態度を変えなかった。いうまでもなく、そのモーラスは反ドレフュス派の急先鋒フランスのアクション・フランセーズの中心人物である。エリオットの「文学においては古典主義者、政治においては王党派、宗教においてはアングロ・カトリック」という自己規定は、時代の文脈においては反ユダヤ主義とそのままに接続している。モーラスへのエリオットの傾倒を「反モダニズム」として理解するだけではまったく不十分なのである。もちろん、モーラスの「反モダニズム」は「反ユダヤ主義」を明確にふくんでいた。まさしくその点において、エリオットも同じだったと考えられるのだ。実際、

評論「異神を追いて」のなかでエリオットは、「自由思想的なユダヤ人」の数の多さに対する強い不満を述べている。(11)

いや、それよりも何よりも、『荒地』に先立って刊行された、エリオットの簡潔なタイトルの『詩集』(一九二〇年)には、一見して露骨に「反ユダヤ主義的」と感じられる言葉を用いた作品が何篇も収められている。いずれも岩波文庫『荒地』にも掲載されているものである(ただし、引用は以下、細見の訳による)。たとえば、「ゲロンチョン」のつぎの一節はエリオット研究者のあいだでよく知られていて、エリオットの反ユダヤ主義をめぐって論議されてきたものだという。

私の家は朽ちた家
窓の下枠にしゃがんでいるユダヤ人、あれが家主、
アントワープのどこかの居酒屋で産み落とされ、
ブリュッセルで水膨れができ、ロンドンで絆創膏を貼って皮がむけた。

この作品は、間もなく死を迎えようとしている小柄な老人「ゲロンチョン」(原義はギリシア語で「小さな老人」)が、キリスト教について、歴史について、美徳と悪徳について、いささかシニカルに暗鬱なヴィジョンを語るというスタイルを取っている。その老人ゲロンチョンが住んでいるアパートの家主が「ユダヤ人」という設定なのだ。老人の名前「ゲロンチョン」がギリシア語起源であることからして、そこにギリシア以来のヨーロッパ文明の現状が籠められていることは疑いない。しかも、その老人ゲロンチョンの見るところ、キリスト教も、歴史も、美徳も、すべて著しく衰弱している。しかも、その老人

ゲロンチョンが暮らしているアパートの家主が、さまざまな地を放浪してきた、いささか素性の怪しい「ユダヤ人」なのだ。この「家主」のうちに、ヨーロッパ文明を衰滅の危機に追いやっている「ユダヤ人」という寓意を読まないでいることは、おそらく不可能である。

あるいは、「ベデカーを携えたバーバンクと葉巻をくわえたブライシュタイン」という、とても才気に溢れたとはいえないタイトルの作品がある。こちらは、やはりヨーロッパ文明の衰退を象徴するヴェニスが舞台。そこに、お馴染みの旅行ガイドブック「ベデガー」を携えたバーバンクという人物がやって来て、娼婦から梅毒をうつされるという設定のようだ。それに対して、そんな放蕩には耽らず、ヴェニスで毛皮の商人としてきちんと財を蓄えて、成金趣味の葉巻をくゆらしているユダヤ人、それがブライシュタインである(「ブライシュタイン」というのは、ドイツ語では「鉛の石」を意味し、二つの名詞から合成した姓はいかにもドイツ系ユダヤ人を思わせる)。

けれど、ブライシュタインの流儀はこう。
　膝を曲げて、肘を垂らして
二つの掌《てのひら》は外向きに差し出して、
　シカゴ・セム族・ウィーン市民。

飛び出た、どんよりとした片目が
　原生動物のねばねばの泥土から
カナレットの風景画を見つめている

時の終わりで、蠟燭がゆらりと煙って
消えかかる。昔はリアルトでのこと。
積荷の下にはネズミたちがいる
分け前の下にはあのユダヤ人がいる。
毛皮でもうけた金。〔後略〕

最低限、固有名詞の注釈が必要かもしれない。岩波文庫の訳注を主に参照して記しておくと、「カナレット」はヴェニスの運河を多く描いた画家アントニオ・カナレット（一六九七―一七六八）のことであり、「リアルト」はシェイクスピア『ヴェニスの商人』に登場する取引所のある建物の名前で、「取引所」それ自体をも指している。つまり、ここでは明らかに『ヴェニスの商人』の「非情な金貸し」のユダヤ人シャイロックというイメージが背景に置かれている。

引用一連目の最終行「シカゴ・セム族・ウィーン市民」と訳している箇所、岩波文庫の岩崎訳では「シカゴ生まれのウィーン系ユダヤ人」と訳されていて、確かに意味的にはそういうことなのかと思うが、原文はChicago Semite Viennese で素っ気ない分、よけいに強烈な印象がある。シカゴもウィーンもユダヤ人が多く住む都市であり、同時に、マフィアのはびこる産業都市（シカゴ）、フロイトの精神分析を生んだ世紀末的退廃の都（ウィーン）という形で、それぞれの姿でヨーロッパ文明の衰弱を示しているところと見なされているのだと思われる。そのふたつの退廃の都市を「セム族」という一語が結ぶ形になっているのだ（「反ユダヤ主義」の欧米での原語はanti-Semitism であって、字義どおりには

「反セム主義」である。つまり「セム族」といういい方が「ユダヤ人」に対する婉曲表現として用いられてきたのだった)。

さらに、引用三連目の「ネズミ」と「ユダヤ人」を重ねた記述などは、反ユダヤ主義者の用いていたステロタイプそのものだ。ちなみに、この箇所について、岩波文庫で訳者の岩崎ははっきりとこう注釈している。

ユダヤ人は鼠のように姿は見せないが(金融を通して)ヴェネツィア〔ヴェニス〕を支配している、という意味。この部分は反ユダヤ的と非難されるが、この詩のブライシュタインは、ヴェネツィアの他のすべてと同じ「時間蠟燭の燃えかす」、精神的伝統を蝕《むしば》む害虫である。(12)

訳者はおそらく「反ユダヤ的と非難されるが……ヴェネツィアの他のすべてと同じ」といういい方で、エリオットの表現から反ユダヤ主義的な意味合いをいくらかは割り引こうとしているのだろう。しかし、それはやはり無理というものである。なぜ「他のすべて」からことさらブライシュタインが取り出されねばならないのか。それがまさしく「差別」というものだ。そして、このブライシュタインのイメージは、「直立したスウィーニー」、「ナイチンゲールたちに囲まれたスウィーニー」その他に登場する、卑俗な類人猿のような「スウィーニー」の姿にそのまま引き継がれているように思われる。「ナイチンゲール……」にはわざわざ「レイチェルの旧姓はラビノヴィッチ」という、ユダヤ人女性をあてこすった表現が見られる。ユダヤ人が名前を変えて非ユダヤ人になりすましている、というのである。このあたりの作品は、今風にいえば、詩の形をまとったヘイト・スピーチ以外の何ものでもない。

クレイグ・レインは、ブライシュタインをはじめとした「ユダヤ人」を描く際のこういう歴然としたエリオットの反ユダヤ主義的な表現を自ら引用しながら、何とかエリオットを擁護しようとする。どのようにしてか。たとえば、ブライシュタインの場合だと、この一節はあくまでもうひとりの登場人物バーバンクが抱いている反ユダヤ主義であって、エリオットはそれをいわばニュートラルに記述しているだけだ、とレインは主張するのである。「「ベデカーをかかえたバーバンク 葉巻をくわえたブライシュタイン」は反ユダヤ主義的な詩ではなくて、反ユダヤ主義についての詩である」というのがレインの「新しい解釈」である。[13] しかも、長いあいだこの一節だけは擁護できないとレイン自身思い込んでいたのに、あるときそのような解釈に思いいたって救われたと感じていることが、あからさまにこちらに伝わるような書き方である。とにかくエリオットから反ユダヤ主義者という嫌疑を晴らすことだけがレインの目的であることがあまりに露骨に窺われるところだ。

一方でレインは、エリオットは反ユダヤ主義者どころか「親ユダヤ主義者」であったと語り、その文脈で、一九四一年九月三日付の『キリスト教ニューズ・レターズ』へのエリオットの寄稿文を取り上げている。ヴィシー政権下のフランスに反ユダヤ主義的政策が導入されることに、エリオットがそれなりに反対の意思表示を示したものだ。公正を期すために、いくらか長く引用しておきたい(引用は山形訳によるが、山形訳では「極左」とされている箇所を原文に照らして「極右」に訂正している)。

私たちにもっとも重大な不安を与えるのは、「ユダヤ人がニュールンベルク法に基づいて特別の身分を与えられたということであり、それによって、彼らの状態が奴隷の身分とほとんど変わらないものとなるのである」という『タイムズ』の記事での陳述であった。反ユダヤ主義は、極右の政党の間では、いつもあった。しかし、それは、過去一五〇年間のフランスの社会や政治の混乱としては、それが再興の原理として起こるときのこととはきわめて異なる兆候であった……このような不正に対する何らかの組織的な抵抗がフランスの宗教的聖職位階制によってなされたこと、もしくはなされることを、私たちは希望するほかない——(14)

エリオットは友人パウンドのように、ムッソリーニやフランコなどのファシストを讃美することはなかった。そういう市民的な感覚はさすがにエリオットが保持していたもので、ここでも悪名高いナチスのニュルンベルク法のフランスへの導入に、エリオットは反対の意思表示をしている。

ユダヤ人の公職からの追放、非ユダヤ人との婚姻の禁止など、ユダヤ人の基本的人権を剝奪するニュルンベルク法は一九三五年一〇月にドイツで施行されていた。しかし、そういう法律を適用する際にそもそも問題とされたのは、誰をユダヤ人と見なすか、という問題だった。実際ナチス支配下のドイツで誰を「ユダヤ人」と定義するかは、ナチス側にとっても大問題だった。ユダヤ教徒＝ユダヤ人であれば分かりやすいが、キリスト教徒に改宗しさえすればもう当人はユダヤ人ではなくなるのか、という問題がナチ側には生じる。そこでニュルンベルク法は、祖父母の代までさかのぼって、四人の祖父母のうち三人がユダヤ教徒であれば、孫にいたるまで「ユダヤ人」と定義した。ただしこの「定義」は、実際の運用の過程では、祖父母のうちひとりでもユダヤ教徒であれば孫まで「ユダヤ人」という形に拡大解釈されていった。これによって、本人がたとえ洗礼を受けたクリスチャンであっても、祖父母にまでさかのぼって「ユダヤ人」と見なされたのである。

それが現に戦争中の敵国の政策であったということを割り引いても、ニュルンベルク法のフランスへの導入に反対しているエリオットの姿勢は、それなりの市民的勇気を示しているものと呼ぶべきだろうか。しかし、さきの露骨に反ユダヤ主義的なエリオットの表現とこの良識的な態度のあいだにこそ、エリオットの反ユダヤ主義、ひいてはホロコースト以前に欧米の知識人が抱いていた反ユダヤ主義の微妙さがあるのではないだろうか。実体としての反ユダヤ主義ではなく、いわば精神としての反ユダヤ主義である。しかしこれもまた、当のユダヤ人にとっては迷惑きわまりないものだ。

ひょっとしてレインは反ユダヤ主義者ならば当時からすべからくニュルンベルク法にも諸手を挙げて賛成するはずだ、とでも考えているのだろうか。ホロコースト以前の、ドイツ以外の知識人のなかで、ニュルンベルク法に断固賛成という立場はむしろ稀だろう。ましてや、ホロコーストのことなど思いもよらないというのがごく自然な態度だっただろう。だからといって、そういう知識人が反ユダヤ主義と無縁かというとけっしてそうではないということこそが肝心で、まさしくエリオットはそのような意味での「反ユダヤ主義的知識人」の重要なひとりだったと見なされるべきではないか。

実際エリオットは、さきに引いた『キリスト教ニューズ・レターズ』の文面で、「反ユダヤ主義」を本来「極右の政党の間」のものとしつつも、「それが再興の原理として起こるときのこととはきわめて異なる兆候」について憂慮を表明していた。ここでの代名詞「それ」が「反ユダヤ主義」を指しているのか、「フランスの社会や政治の混乱」を指しているのか、訳文からはやや分かりにくいが、原文に照らせば明らかに「反ユダヤ主義」を指している。つまり、エリオットは反ユダヤ主義がヨーロッパの「再興の原理として起こる」かぎりは、ここでもそれを肯定していることになる。そして、そうだとすれば、エリオットが自分の反ユダヤ主義的な心情や感性を、まさしくその「再興の原理」

として位置づけていたと読めるのだ。

もちろんエリオット自身は戦後、レインも強調しているように、自分は断じて反ユダヤ主義者ではないと繰り返し言明している。しかし、ネオナチでもないかぎり、いったい誰が「おれは反ユダヤ主義者だ」と戦後に、ホロコーストのあとに、自ら名乗りをあげたりするだろうか。それにしても、『荒地』が発表されずに「ゲロンチョン」や「ベデカーを携えたバーバンクと葉巻をくわえたブライシュタイン」の時点でその生涯が終わっていれば、古典主義的な評論集『聖なる森』と名作「プルーフロックの恋歌」のほかは、いくつかの反ユダヤ主義的な風刺詩を書いていた詩人というイメージで、エリオットは終わっていただろう。

五　『荒地』と反ユダヤ主義

とはいえ、その当の『荒地』さえもエリオットの反ユダヤ主義とじつは無関係ではなかったのだった。完成稿の『荒地』においても、「Ⅱ　チェス・ゲーム」の最初のほうに「七つに枝分かれした燭台」、ユダヤ教のシンボルのひとつというべきメノーラが登場し、そこの女主人がユダヤ人であることが示唆されている(この点も岩波文庫の訳注で示されている)。しかしそれだけではなく、あの「ベデカーを携えたバーバンクと葉巻をくわえたブライシュタイン」の「ブライシュタイン」を、エリオットは当初『荒地』のなかにも登場させるつもりだったようなのだ。一九七一年に公開されたオリジナル草稿のなかには、のちに削除される「葬送歌」(Dirge)と題された詩がふくまれていた。やはりのちに削除される「悲歌」(Elegy)と題された詩を記した紙の裏に最初書かれ、あらためて清書されたものだ。

そこでは「ブライシュタイン」が以下のように描かれていたのである(引用は細見の訳による)。

五尋の底にお前のブライシュタインが横たわっている
ヒラメとイカの下に。
ひとりの死んだユダヤ人の目のなかの墓場の病!
　カニたちがまぶたを食べるとき。
　　海の変化をこうむっているのだろうが
　　　波止場のネズミたちが飛び込むよりも低く
　　それでいて高価で、豊かで珍しいもののまま

あのレース、あれは彼の鼻だった
　自分の背中に乗っかっているあいつを見ろよ
(ぼろぼろになった指のあいだから骨がのぞいている)
あいつを見てみろ、鈍感な驚きのまなざしで
　　満ち潮と引き潮が右に左に
　　優しく彼を転がしている
見てみろ、唇が開く、唇が開く
　歯からは金色に輝く金
ロブスターたちがひっきりなしに身を寄せている見ろ

聞け！　俺には聞こえる、やつらは引っ掻いている、引っ掻いている、引っ掻いている(15)

あのブライシュタインがここでは海の底深くで腐乱死体となって、カニにまぶたを食われ、ロブスターに体を引っ掻かれている(!)。カニやロブスターはエリオット自身がアレルギー的に嫌っていた生きものであるとされる。この一節はあまりにグロテスクなイメージだが、下敷きになっているのは、シェイクスピア『テンペスト』の第一幕第二場に登場する妖精エーリアルが歌う以下の歌である(引用は細見の訳による)。

五尋の底にお前の父は横たわる、
　骨は珊瑚に姿を変えて
かつての両目はいまでは真珠。
　その身から何ひとつ消えうせてはいないが
海の変化をこうむって
豊かで珍しいものに姿を変えている。(16)

こちらもいささかグロテスクな印象があるが、全体としてはロマンティックなお伽話のような「歌」である。骨が珊瑚に、目が真珠に変わるという形で、海水の腐食作用が死体から「豊かで珍しいもの」を思わず生みだしてくれている、という不思議な再生の物語。これはヨーロッパの知識人には深く浸透している歌であって、たとえばハンナ・アーレントもしばしばこの妖精エーリアルの歌を自分のインスピレーションの源泉として引いている。[17] そこにエリオットは「ヒラメ」や「イカ」、「カニ」や「ロブスター」を登場させて、いっそうグロテスクなリアリズム調に変容させているのである。そして、そのカニとロブスターの格好の餌食とされているのがブライシュタインの腐乱死体なのだ(ちなみに、エーリアルの歌の三行目「かつての両目はいまでは真珠 Those are pearls that were his eyes」は完成稿『荒地』の四八行目にそのまま採用されている)。

いずれにしろ、あの素性の怪しいユダヤ人の「家主」の登場する「ゲロンチョン」を『荒地』の序詩の位置に配するアイディアをエリオットがパウンドに持ち出していたこともあわせて考えると、当初の『荒地』においてはかなり「ユダヤ人」に比重が置かれていたと考えることができる。もっといえば、ヨーロッパ文明の荒廃の象徴がここでも「ユダヤ人」だったと推定することは、さほど的外れではないだろう。この点は、第一次世界大戦後を代表する作品として『荒地』を読む際に、けっして外すことのできない側面だろう。端的にいうと、ヨーロッパをまさしく「荒地」たらしめていたのは、エリオットにとって、ほかでもない「ユダヤ人」だったのだ。そして、その海中深くに横たわる「ユダヤ人」の腐乱死体からヨーロッパの「再興」が期待されていた……。[18]

六 「生粋のドイツ人」をめぐって

ブライシュタインの腐乱死体が登場する一節は、あくまで完成稿では削除された部分である。ヴァレリー・エリオットが公表しなければ文字どおり埋もれていたままにとどまった箇所である(パウンドもこの一節の削除を指示していたようだ)。とはいえ、このような視点で完成稿の『荒地』の冒頭を振り返るとき、あらためて気になる一行がある。もう一度、冒頭部分を引用してみよう。

四月はいちばん残酷な月、死んだ
土からライラックを育て、記憶
と欲望を混ぜ合わせては、春の雨で
眠りこんだ根を揺り動かす。
冬は私たちを暖かく包んでくれていた
大地を忘却の雪で蔽って、乾涸びた芋の塊で
小さな命を養って。
夏は私たちを驚かせた、シュタルンベルク湖を越えて
驟雨を引き連れてやって来て。私たちは回廊で足止めをくって、
それから陽の光のもとを、ホーフガルテンまで歩いていった。
そしてコーヒーを飲んで、一時間ばかり言葉を交わした。
私はロシア人ではありません、リトアニア出身で、生粋のドイツ人です。
子どものころ、従兄弟にあたる大公の
お屋敷に滞在していたことがあります。
彼が私を橇に乗せて連れ出したので、私はとても恐かった。マリー、
マリー、しっかり摑まって、と彼はいいました。そうやって滑って下りました。
山のなかではくつろぎを感じます。

夜はたいてい本を読み、冬になると南に行きます。

しがみつくこの根はなんだ？　石ころだらけのこのガラクタから

いったいどんな枝が育つというのだ？〔以下略〕

私が気になるのは引用の後半に登場する「私はロシア人ではありません、リトアニア出身で、生粋のドイツ人です」という一行である。原文ではこの一行はドイツ語で書かれていて、「生粋のドイツ人」と訳している箇所はecht deutschである。字義どおりには「真正ドイツの」であって、ニュアンスとしては、日本で食料品にしばしば付されている「純国産」という表示に近い。

それにしても、この語り手の女性(原語では「ロシア人」はRussinと書かれていて、女性であることが明示されている)はいったい誰なのか。文脈上は「マリー」と考えるのが自然と思われるかもしれない。そのマリーのモデルは、ヴァレリー・エリオットの注釈によれば「マリー・ラリッシュ伯爵夫人」である。[19] そして、同じくヴァレリー・エリオットによれば、橇遊びの思い出はエリオットがマリーと直接会って交わした会話に由来しているという。さらに、岩波文庫の注釈によれば「マリー・ラリッシュは、バヴァリア〔アウグスブルクをふくむドイツの州〕の王位継承権をもつルートヴィヒ・ヴィルヘルムの庶出の娘」である。[20]

マリーは確かにドイツ語の話者であっただろうが、「リトアニア出身」というのは合わない。岩波文庫の注釈でも、さきのドイツ語の一行と「マリー」は結びつけられてはいない。それでは、わざわざドイツ語で書かれたあの一行はいったい誰の言葉なのか、声なのか。

最近のある研究書には、エリオットの友人のひとり、ロバート・センコートの証言にもとづいて、この一行について、こう述べられている。エリオットは一九一四年七月、まさしく第一次世界大戦の勃発前夜、ドイツのマールブルクに二週間滞在していて、そのときにこのように実際に語った女性と出会った。その女性はロシア国籍を有するにもかかわらず、「私はロシア人ではなく、生粋のドイツ人です」と告げて、そのことがエリオットをいささか驚かせた……。(21) 確かに事実としてはそうなのかもしれない。

とはいえ、リトアニアには「ドイツ人」が多く暮らしていたが、同時に「ユダヤ人」も多く暮らしていた。とりわけリトアニアの首都ヴィルノ(ヴィルニュス)は、東ヨーロッパのエルサレムと呼ばれるほどに、イディッシュ文化の栄えた都市だった。そういう背景に照らすならば、その女性が語ったかもしれない「リトアニア出身で、生粋のドイツ人」という言葉は、ロシア人やロシア人との混血ではない「生粋のドイツ人」という意味合いだけでなく、むしろドイツ語を話してドイツ人とまぎれやすいユダヤ人との弁別を意識した「生粋のドイツ人」と理解することもできるのではないか。『荒地』の草稿段階における、あのブライシュタインなどユダヤ人のイメージの強さを考えるならば、この一節にそういう背景を認めることができるのではないか。ただし、その語り手がほんとうに「生粋のドイツ人」であったとはかぎらない。実際には「ユダヤ人」ないし「ユダヤ系」の女性が自分を「生粋のドイツ人」として自己紹介＝自己表象した言葉だったのかもしれないのだ。

その「生粋のドイツ人」の内実をのちに公的かつ暴力的に定義するのがほかでもないあのニュルンベルク法であり、それにもとづいて「ホロコースト」が実現されてゆくのである。エリオットがそのニュルンベルク法のフランスでの適用に反対の意思表示を試みていたにしろ、『荒地』「I　死者の埋葬」のこの一行、とりわけ「生粋のドイツ人」という言葉は、そのような後史に照らすならば、じつに禍々しい響きをそなえているといわなければならない。あるいは、あえてイラショナルなことを口にすれば、ホロコーストのただなかで殺戮された「ユダヤ系ドイツ人女性」の声の亡霊がまるでタイムトラベルをして、二〇年以上まえの『荒地』のテクストのなかに密かに組み込まれたかのような印象さえ、私は抱いてしまう。さらにいうと、マールブルクで「生粋のドイツ人です」とエリオットに語りかけた女性が実際にはユダヤ系で、その後、ホロコーストのなかで殺されたという可能性も、皆無というわけでないのだ。

いずれにしろ、完璧なドイツ語を話し、完璧なドイツ語を書く能力を持ちながら、「生粋のドイツ人」というカテゴリーからは徹底的に排除され、その結果、両親を殺戮され、そのトラウマを生涯抱えることになるのがまさしくツェランである。私たちがエリオットとツェランを、さらには二〇世紀における詩と現実を考えるうえでは、『荒地』に書き込まれていた「生粋のドイツ人」というこの言葉を、いく重にも問い返す必要があるだろう。

第五章

イツハク・カツェネルソンとワルシャワ・ゲットー

ポーからT・S・エリオットまでたどってきたが、ここで私たちはホロコーストの現場そのものに踏み込むことになる。一九世紀における産業社会の発展、反ユダヤ主義の高まり、第一次世界大戦の勃発……。そういう苛酷な現実を背景として、それでも詩は書き継がれてきた。しかし、本章で考察するイツハク・カツェネルソンをつうじて、詩と現実の関わりは、もっとも痛切に問われることになる。カツェネルソンの詩は、これまで見てきた作品とはずいぶん異なる印象をあたえるかもしれない。ロマン主義、象徴主義といった流派で位置づけるなら、素朴な写実主義としか分類しようのない作品かもしれない。しかし、そこにおいてこそ、書くことの意味が深く問われていたと私には思える。いずれにしろ、詩と現実の関わりを考えるうえで、二〇世紀において両者の関係をもっとも激烈な形で生きた詩人として、私たちはイツハク・カツェネルソンの名を挙げることができる。

カツェネルソンは一八八六年、ベラルーシのミンスク近郊の村でユダヤ人の両親のもとに生まれた。やがて一家はポーランドのウッチに引っ越すが、一家の家計はけっして豊かではなく、カツェネルソンは幼いころから商店の手伝い、紡績工場の見習いなどの仕事に出なければならなかった。しかし、彼はそのなかで早くから文学的な素養を身につけた。おりからのシオニズムの流れのなかで成長したカツェネルソンはイディッシュ語とヘブライ語のバイリンガル（ポーランド語もふくめればトリリンガル）として育ち、一九一〇年に最初の詩集『薄明』をヘブライ語で刊行している。その後、ウッチでヘブライ語の劇団を創設し、自ら戯曲を書いて、東欧を巡業するとともに、やはりウッチにヘブライ語の私立学校を設立し運営していた。一九二六年にハナと結婚し、彼女とのあいだに三人の息子、ツヴィ、ベン－ツィオン、ベンヤミンが生まれることになる。

しかし、ウッチでの一家の幸福な生活は、一九三九年九月、ドイツ軍によるポーランド急襲とともに終わりを告げる。ウッチのユダヤ人指導者のひとりと目されていたカツェネルソンは、ドイツ軍の手を逃れるために、家族を残してワルシャワに移住する。間もなく妻ハナと三人の息子もワルシャワに到着し、カツェネルソンは家族とともにワルシャワで暮らしはじめる。カツェネルソンはワルシャワでも、詩人として、戯曲家として活動を続けた。ただし、それまではヘブライ語の作品も多かった彼の創作活動は、イディッシュ語を軸としたものに転換される。彼は多くの詩、戯曲、評論をイディッシュ語で綴り、聖書のイディッシュ語訳にも手を染めた。ワルシャワで彼は、東ヨーロッパのユダヤ人の日常語であったイディッシュ語をあらためて自分の表現言語としていったのである。

前章で見たとおり、T・S・エリオットの作品と文明批評には「反ユダヤ主義」が着実に組み込まれていたが、その反ユダヤ主義が知識人の抱くイデオロギーから危険な大衆運動へと展開し、ナチスの政策スローガンとしてやがてはホロコーストに行き着いてしまう、そのただなかで詩と戯曲を書きつづけたのがカツェネルソンである。

ナチスのホロコーストを考えるうえで、ワルシャワはきわめて重要な都市である。当時ワルシャワには、ニューヨークにつぐ大量のユダヤ人住民が暮らしていた。ドイツ軍のポーランド急襲から一年後の一九四〇年一一月には、ワルシャワ・ゲットーが設立される。三メートルあまりの壁で仕切られた三・三平方キロメートルの地域に、四五万人のユダヤ人が押し込められたのである。当時の状況は、映画『戦場のピアニスト』でも印象深く再現されているが、カツェネルソンの一家もまたあのようなワルシャワ・ゲットーの一角で暮らすことになったのである。

ゲットーでは劣悪な食糧事情と住環境のせいで、ひとびとがつぎつぎと病気と飢えで死んでいった。おまけに、一九四二年七月二二日から、トレブリンカ絶滅収容所へのゲットー住民の大量移送がはじまる。ナチスはそれを「移住作戦」と遠まわしに呼んでいたが、トレブリンカに運ばれたひとびとを即座に殺す、絶滅作戦だった。一日に約一万の住民が「移送」され、じつに二五万人におよぶひとびとが二ヶ月に満たないあいだに殺戮されていった。カツェネルソンもまた、八月一四日に、妻ハナとふたりの息子ベン－ツィオンとベンヤミンをトレブリンカに奪われた。カツェネルソンはそれがただちに死を意味することを、他の誰よりも熟知していた。そういう絶望的な状況下で、彼は「詩」を書きつづけたのである。

カツェネルソン自身は、残された長男ツヴィとともに、ワルシャワ・ゲットーを生きのび、フランスのヴィッテル収容所へ移される。そこでイディッシュ語で『滅ぼされたユダヤの民の歌』を書き上げ、その後、ツヴィとともにアウシュヴィッツに運ばれる。彼がそこで殺されたのは、一九四四年五月一日とされている(別の日とする説もある)。彼は『滅ぼされたユダヤの民の歌』の手書き原稿を壜に詰めて、ヴィッテル収容所の地面に埋めていたのだが、収容所の解放後、それを知るひとびとによって壜は地中から掘り出され、彼の最後の作品は文字どおり陽の目を見ることになった。ポーが繰り返し描いた「壜のなかの手記」という文学形式は、カツェネルソンにおいて現実の事態そのものとなったのだ。

私はこれまで、まずカツェネルソンの最後の大作『滅ぼされたユダヤの民の歌』(みすず書房、一九九九年)を知人とともにイディッシュ語から翻訳し、さらに、彼がワルシャワ・ゲットーで書いた重要な詩作品を『ワルシャワ・ゲットー詩集』(未知谷、二〇一二年)として翻訳・編集してきた。さらに、四幕ものの戯曲「バビロンの川のほとりで」の翻訳をほぼ仕上げている。これは、現存している作品としては、カツェネルソンがワルシャワ・ゲットーで書いたいちばんの大作であって、私の試訳で四〇〇字詰め換算、四八〇枚に達している。

ここではワルシャワ・ゲットーにおけるカツェネルソンに焦点を置いて、あのような状況下で詩を書くということの意味について、あらためて考えてみたい(1)。

一　カツェネルソンのゲットー作品

カツェネルソンがワルシャワ・ゲットーで書いた作品は、現在、ヘブライ大学のイェヒエル・シェイントゥフ教授が編集し、イスラエルのハイファ郊外にある「ゲットー戦士の家キブツ」の出版部から刊行された、以下の本に集成されている(以下ではヘブライ文字をいわゆるＹＩＶＯ方式でローマ字に転写して表記する)。

KATZENELSON, YITSHAK, *YIDIShE GETO-KSOIV VARShE 1940–1943*, Ghetto Fighters' House and Hakibbutz Hameuchad Publishing House, 1984.

発行元の「ゲットー戦士の家キブツ」は、ワルシャワ・ゲットー蜂起に参加し、生きのびたイツハク・ツケルマンとツィヴィア・ルベトキンという夫婦が、イスラエルに渡って創設したもので、ふたりの死をへて、現在も維持されている。ふたりはカツェネルソンとゲットーで活動をともにした「ドロル」(ヘブライ語で「自由」)という社会主義シオニズムの青年グループの代表的活動家だった。彼らはまた、イツハク・カツェネルソン記念館も同じ場所に設立した。

それにしても、この『イツハク・カツェネルソン　ワルシャワ・ゲットー作品集成』はシェイントゥフ教授の驚くべき執念によって作られた本である。一一〇ページあまりのイディッシュ語での編者の解説に加え、各作品について二、三ページの「まえがき」が付されていて、全体で七七〇ページに達している(さらに一〇ページの英文解説がある)。なかにはすでに何らかの形で発表されていた作品もあるが、すべてあらためてオリジナルの手書き草稿、あるいはそれに近いものにしたがって、教授が判読しなおしてテクストが確定されている。私はそのシェイントゥフ教授と二〇〇七年に一度、ヘブライ大学でお会いしたのだが、その時点で教授はほぼ目が見えない状態だった。その数年前からほとんど視力ゼロの状態で、講義と研究を継続されてきたようだった。このカツェネルソンのゲットー作品の集成と、途中から視力を失った状態での講義と研究——。人間にはこんなことができるのかと、私は胸を打たれた。

そのシェイントゥフ教授のただならぬ尽力によって集成されたカツェネルソンのゲットー作品は、四五作におよぶ。ただし、断片しか残されていないもの、まるごと原稿が散逸してしまったものもある。そのなかで、とくに重要なものを、ワルシャワ・ゲットーにおける時間上の大きな区分とともにまず確認しておきたい。以下では、シェイントゥフ教授の解説を参照しながら、作品形式、原文でのページ数を、執筆時期とともに書き込んでいる(日付は草稿に書き込まれているもの。「印刷」とあるのは、非合法出版の機関誌などの発行の日付であり、［　］はさまざまな状況証拠から推定されるもの。また、とくに

「ヘブライ語」と付記しているもの以外はイディッシュ語で書かれている)。

①「一九四〇年の民衆モティーフ」歌詞、二頁、一九四〇年六—七月(印刷)
②「今年のビアリーク忌に際して」講演、五頁、一九四〇年六—七月(印刷)
③「カルメリツカ通り」詩、一頁、一九四〇年九月—一〇月(印刷)
④「メンデレ・モイヘルースフォリムの生誕一〇五年によせて」講演、七頁、一九四〇年九月—一〇月(印刷)
⑤「聖書の夕べの開会の辞」詩、五頁、一九四〇年一一月二六日
⑥「聖書のイディッシュ語訳」詩形式での翻訳、三七頁〔一九四〇—四一年〕
⑦「ヤコブとエサウ」一幕の対話劇、一一頁〔一九四〇—四一年〕
⑧「蠟燭と人間のあいだ」一幕ものの戯曲、二三頁〔一九四〇—四一年〕

〈一九四〇年一一月一六日、ワルシャワ・ゲットー設立〉

⑨「悪魔がただしいなら……」詩、三頁、一九四〇年一二月—一九四一年二月(印刷)
⑩「バビロンの川のほとりにて」四幕の戯曲、一四四頁〔一九四一年一月—三月〕
⑪「エルサレムの周辺」三幕の戯曲、六〇頁〔一九四一年一月—三月〕
⑫「シュラハモネス〔プリム祭で交換される食べ物〕」一幕の戯曲、一一頁〔一九四一年一月—三月〕
⑬「籤《くじ》の歌」詩(ヘブライ語)、二頁〔一九四一年一月—三月〕
⑭「商い」一人芝居、一六頁〔一九四一年前半〕
⑮「ヘルシェルの死の記録」詩、三頁、一九四一年五月一日(印刷)

⑯「ぼくは歌を書いているんです」エッセイ、五頁、一九四一年四月―六月（印刷）
⑰「舞踏会」詩、七頁、一九四一年五月一日
⑱「空腹の歌」詩、四頁、一九四一年五月二八―二九日
〈一九四一年六月二二日、独ソ戦の開始〉
⑲「ヨブ」三幕の戯曲、一一〇頁、一九四一年（六月二二日）
⑳「寒さの歌」詩、五頁、一九四二年二月一〇日
㉑「神よ、怒りを注いでください……」詩、三頁、一九四二年二月―三月
㉒「教員集会の開会の辞」ヘブライ語、スピーチ、二頁、一九四二年四月
〈一九四二年四月一七―一八日、ゲットーで五二人のユダヤ人が殺戮される〉
㉓「災いあれ」詩、六頁、（一九四二年）五月三一日
㉔「シュロモ・ジェリホフスキのための歌」詩、七頁（一九四二年六月九日以降）
㉕「そのユダヤ人は笑った」詩、八頁（一九四二年六月末―七月初め）
㉖「ラヴィンの男のための歌」第一の歌一五節まで、詩、一二頁、一九四二年七月一〇日
〈一九四二年七月二二日、トレブリンカへの「移送」開始〉
㉗「一九四二年八月一四日――私の大いなる不幸の日」詩、二二頁、一九四二年一〇月八―九日
㉘「ラヴィンの男のための歌」第一の歌一六節から第三の歌末尾まで、詩、三三頁、一九四二年一一月一五日―一九四三年一月六―七日
〈一九四三年一月一八日、「一月蜂起」開始〉
〈一九四三年四月一九日、四月蜂起開始〉

〈一九四三年五月一六日、ワルシャワ・ゲットー陥落〉

さきに記したとおり、カツェネルソンは四月蜂起開始の翌日、四月二〇日ごろゲットーからアーリア人地区へ逃れ、やがてフランスのヴィッテル収容所へ移され、そこで『滅ぼされたユダヤの民の歌』を書き上げる。当然ながらそれは「ワルシャワ・ゲットー作品集」の枠外の作品となる。

さて、右の作品の流れを見ると、ゲットー設立以降、カツェネルソンの創作が活発になっているのが分かるだろう。そして、そのゲットー設立から「一月蜂起」にいたる過程で、前半は主として戯曲に大きなエネルギーが注がれていて、後半にいたると詩へと次第に比重が移行している(「一月蜂起」と「 」を付しているのは、この時点では「蜂起」というよりも自然発生的な抵抗だったからである)。最終的に、妻ハナとふたりの息子をトレブリンカへ奪われるという最悪の事態のなかで、彼はゲットー作品としてもっとも重要な二篇の長篇詩「ラヅィンの男のための歌」と「一九四二年八月一四日——私の大いなる不幸の日」を書き上げることになるのである。

戯曲の大作としては、いずれも聖書にもとづく「バビロンの川のほとりにて」と「ヨブ」がその代表で、前者は原書で一四四ページ、後者も一一〇ページにおよぶ作品である。さらにカツェネルソンは、原稿が散逸してしまった「僕を通りに出して!」と題された三幕の戯曲を、一九四一年八月から一〇月にかけて書いたと推定されている。右の一覧では、⑲と⑳のあいだ、約八ヶ月におよぶ空白期間のあいだのことである。

ゲットー期の前半にカツェネルソンが戯曲に力点を置いていたのには、実際的な理由もあったといえる。すなわち、ゲットーにおける文化活動の一環として、その戯曲をとくに若いメンバーとともに上演する、という目的が彼にはあったのだ。たとえば、散逸した「僕を通りに出して！」は、実際に孤児院の子どもたちとともに上演したことをカツェネルソン自身が記している(2)。また、当時、高校生の年齢だったハヴカ・ラバンは、カツェネルソンの戯曲「ヤコブとエサウ」の上演に際して、ヤコブ役として舞台に立った思い出を綴っている(3)。私はシェイントゥフ教授と会ったおり、同時にハイファ郊外の「ゲットー戦士の家キブツ」でまだ元気なラバンさんと会うことができた。彼女は、楽しみなんて何もないゲットーで、カツェネルソン先生のもとで芝居の上演に取り組むのは、とても貴重な時間だった、と私に語ってくれた。「こんな長い髭をつけて、みんなそれがおかしいって、笑って……」と。彼女はワルシャワ・ゲットーを生きのびたあとアウシュヴィッツに送られ、さらにそこを生きのびた身であって、彼女の腕にはアウシュヴィッツで彫られた刺青の数字がまだ生々しく残っていた（ゲットーで連絡係として活動していて逮捕された彼女は、ポーランド人だといい張ることによって、ポーランド人の政治犯としてアウシュヴィッツに抑留されたのである）。

カツェネルソンの戯曲は、このように、ゲットー内での文化活動として重要であるとともに、伝統的なユダヤ教に対する彼の向き合い方、さらにはシオニズムに対する彼、あるいは当時の若い世代の姿勢を考えるうえでも重要なのだが、以下ではあくまで「詩」を中心に考えたい。

二　災厄のただなかで書くこと

それにしても、ワルシャワ・ゲットーのような状況下で「書く」ということにどのような意味があるのだろうか。ホロコーストをめぐって、戦後、たくさんの小説が書かれた。災厄を奇跡的に生きのびた者たちが自らの体験を踏まえて綴った小説は数多い。それに対して、災厄を振り返って書くのではなく、災厄のただなかで書くということには、どのような意味があるのだろうか。災厄のただなかで書かれるものの代表はまずもって「日記」だろう。ホロコーストとの関わりでは、アンネ・フランクの『アンネの日記』はあまりに有名な例だ。ワルシャワ・ゲットーでも何人かのひとびとは日記を書き残していた。ワルシャワのユダヤ人評議会の最初の代表で、トレブリンカへの移送開始の翌日に自殺したアダム・チェルニアコフの日記、アブラハム・レビンの日記『涙の杯』、ハイム・A・カプランの『ワルシャワ・ゲットー日記』等々。ワルシャワ・ゲットーで記録文書を牛乳缶に詰めて地中に埋める画期的な活動を展開していた歴史家、エマヌエル・リンゲルブルムの「覚書」も、日記としての側面をそなえているといえるだろう。(4)

それらの日記の書き手たちは、私たち後世の者に貴重な証言を残してくれるとともに、日記を書くことをつうじて、自らが直面している極限的な事態と距離をとって、最低限、意識を冷静に保つことができたかもしれない。しかし、それらの日記は同時代の他者と記述を共有することを目指してはいなかっただろう。あくまでそれは、自分のための、さらには後世のための記述である。もしもそれが、同時代の他者に読まれることを前提に書かれていたならば、それは日記の体裁をとっていてもやはり「作品」と呼ばれるべきだろう。

それに対して、「詩」には、災厄のただなかで、その災いの体験を同時代の他者と共有するという意味合い、あるいは機能がそなわっているのではないだろうか。小説、エッセイ、詩というジャンル分け自体にはあまり意味がないが、物理的な時間の問題からしても、災厄のただなかで長篇小説を書きかつそれを他者と共有する、ということには無理があるだろう。あるいは、それが比較的短いもので、同時代の他者と災厄のただなかで共有することが可能だとすれば、たとえ小説の形態をとっていても、それは「詩」と呼ばれるべきなのではないか。事実カツェネルソンは、ワルシャワ・ゲットーの状況が悪化の度合いを増せば増すだけ、「詩」を書き、それをドロルの非合法の機関誌に掲載したり、ドロルのメンバーの前で繰り返し朗読したりして、その作品の「共有」を目指していたのだった。そして、その彼の文学的活動は、ゲットーで最低限、具体的な影響をひとびとにおよぼしたのだった。

たとえば、ドロルの非合法新聞「ドロル」に偽名で発表された詩「ヘルシェルの死の記録」（一九四一年五月一日）は、ゲットーのユダヤ人上層部への批判をふくむものとして、ユダヤ人評議会の一部から攻撃されることになる。「ドロル」の編集責任者だったイツハク・ツケルマンは、作者が誰かを明かすよう「ゲスタポ流儀の査問」を受けた、と回想している(5)。「ヘルシェルの死の記録」は、ダニエレヴィッチ・ヘルシェルというカツェネルソンの友人の死を歌ったものだが、ヘルシェルは戦争勃発前から民衆的な作風の詩で知られ、ゲットーでも相変わらず膨大な作品を書いていた。そのヘルシェルが餓死してしまったのである。そのことをカツェネルソンは痛苦の思いで綴ったのだが、それはヘルシェルをも餓死に追いやったユダヤ人上層部への批判抜きには書きえないものだったのだ。

あるいは、ほぼ同時期に書かれた「舞踏会」という詩は、ゲットーの住宅委員会が行なったチャリティ・パーティを皮肉に描いたものである。当時、ゲットーの住宅委員会は、貧困層を助けるために、裕福な住民を招いたパーティを開催していた。その収益を貧困層にまわすためである。アパートの上の階で華やかなパーティが催されているあいだ、地下の部屋では貧しい一家が飢えをこらえてその喧騒に耳を澄ませている。コルク栓が壜から弾ける音がピストルの弾丸の音のように響き、乾杯の声があがる。ピアノ伴奏によるダンスがはじまり、やっと静かになったかと思うと、ひとびとはトランプに興じているのだった。そのあいだに、地下では父親が死に、母親が死ぬ。翌朝、委員長が一〇ドル札を持って地下室に現れたときには、最後に残っていた子どもも死んでいた、という筋書きである。この作品は、出版物の形では印刷されなかったが、ツケルマンは回想録のなかでこの作品に言及している。シェイントゥフもまた、生きのびた何人かの回想を参照しながら、ゲットー住民の格差のもたらす悲劇を印象的に定着させたものとして、当時、ゲットーでよく知られることになった作品であると指摘している。

これらの作品には、たとえばゲットーにおけるユダヤ人評議会をはじめとしたユダヤ人上層部に対する批判、さらにはそれをつうじて政策転換をうながす、といった実際的な目的が存在していた、ということは可能かもしれない。しかし、独ソ戦の勃発をあいだに挟んで書かれた「空腹の歌」、「寒さの歌」あたりになると、そのような具体的な「目的」は肝心ではなくなってゆくかのようだ。ここではもはや、「空腹」、「寒さ」というゲットーで自らが直面している事態をそのままに書くこと、そのこと自体が主要な意味となっているのである。

ちなみに、独ソ戦の開始はワルシャワ・ゲットーに新たな影響をおよぼすことになった。ひとつには、食糧をはじめ物資を前線に優先的に運ぶため、ゲットーへの食糧供給がいっそう貧弱なものとなっていった、ということがある。他方で、独ソ戦の開始は、ドイツ軍の軍需用品、とりわけ冬にそなえた防寒具の需要を高め、ユダヤ人の労働力を必要とする事態を生じさせた。これは、ゲットー内でも、労働能力のある者とない者のあいだに、いっそう決定的な格差をもたらした。少数の「生産分子」は労働力として生存を保障される一方で、大多数の「非生産的分子」は配給の対象からもいっそう排除されていったのである。さらには、ドイツ軍の侵攻過程で、ウクライナ、リトアニアでユダヤ人に対する大量虐殺が行なわれてゆく。これが現在では狭義の「ホロコースト」のはじまりとされている。

トレブリンカへの「移送」がはじまるまえのこの時期、一九四一年五月から一九四二年四月にかけてのワルシャワ・ゲットーの死者の数は、毎月五千人前後に達している。単純計算すれば一年で六万人の死者であり、その多くは絶対的な栄養不足から来る病死、さらには餓死である。冬季にはそこに寒波が覆いかぶさる。ワルシャワ・ゲットー研究の先駆的な代表者であるイスラエル・グートマンはこれを指して「間接的な絶滅」と呼んでいる(6)。

以下では一九四二年二月一〇日という日付を持つ「寒さの歌」を見ておきたい。これは四つのパートからなる連作として書かれているが、以下はその第一のパートの全行である。

家のなかは寒い、ひどい寒さだ、
狼たちが家のなかを駆けまわっている、
窓のところには熊たちが居座って、
私も、妻も、子どもたちも、震えている
なすすべもなくて……
それでいて、誰にもそれは見えない、聞こえない
泣くなよ、泣くなよ、
涙のやつがゆっくりと
えい、ちくしょう！

私たちの目のなかで凍りついてしまうから。

家のなかは寒い、私は恐れる
自分の家のなかなのに、恐怖が私に襲いかかる、
それで私は荒れた通りに出てみる
出くわすのは、もう凍りついた人間たちだ
まるで切り倒される樹木さながら
沈黙の恐怖で両腕を投げだし
叫び声をひとつあげて
無用の者です、荒れすさんだ者ですと
君たちはあいさつしているのか、
そんなにこわばった姿で、私にあいさつしているのか?(7)

冒頭に登場する「狼」と「熊」はもちろん寒さの暗喩だが、これは屋内と屋外の区別がつかなくなっていることも示しているだろう。住居がもはや人間の棲み処ではなくなっているのだ。それで通りに出てみても、かつてはユダヤ人で溢れていた通りは、もはや閑散とした印象であって、たまに出くわす人間があっても凍りついた樹木の姿をしていて、言葉ひとつ発することがない。かろうじて、その樹木が倒れるときの響きが「あいさつ」なのである。

その際、この詩を「詩」として構成しているいちばんだいじな要素が「家のなかは寒い」というじ

つにシンプルな一行であることは、重要だろう。この一行をたえず組み込みながら作品は綴られている。以下はパート四からである。

家のなかは寒い――
レシュノ通りに出かけていって
支払いの済んだ石炭殻の
レシートを見せてやろう――
私はもう支払ったのだ、キャッシュで
現金で――
それなのに、私は石炭殻を
石炭殻をまだ受け取っていないのだ――
家のなかは寒い……
レシュノ通りにもう一度出かけてみよう
この二ヶ月のあいだに
一〇回でも、二〇回でも……
石炭殻までは
遠いのだ、遠いのだ(8)

この一節に「レシュノ通り」と書かれているのは、ワルシャワ・ゲットーのレシュノ通り一四番地にあった、サービス食堂を指してのことである。当時ゲットーでは多いときには一〇〇以上のサービス食堂がひとびとに食糧を提供していたが、レシュノ通り一四番地のそれはとくに「作家、ジャーナリスト、その他文学者のための食堂」と位置づけられていて、同時に石炭などの燃料も扱っていた。(9)当初は無料で提供されていたスープも多くの食堂で次第に有料化されていき、ほかでもない、「ヘルシェルの死の記録」で描かれたヘルシェルは、この食堂からの援助が不十分で餓死したのでもあった。そこに今度はカツェネルソンがわずかばかりの石炭殻をもとめて、足繁く通わねばならないのである。

それにしても、「家のなかは寒い」という一行を反復しながら、メモ書きのようにして作品を綴ること——。それは、ワルシャワ・ゲットーのような状況下でおよそ詩を書くということの意味について、私たちに考えさせるところがあるのではないだろうか。実際、この作品に書かれているような状況のもとで詩を書いていることほど、不毛なことはないかもしれない。こんな詩を書いている時間がすこしでもあるのなら、すぐさまレシュノ通り一四番地に出かけるべきではないか。それがまっとうな判断かもしれない。それこそ「一〇回でも、二〇回でも」と決意しているうちの一回ぐらいは実行できるかもしれないのだから。しかし、カツェネルソンには分かっていたのだ、たとえ何回出かけようと無駄なことが。そんなとき、ほかにいったい何ができるだろう。

石炭殻ひとつない、凍えるような家のなかにいて「家のなかは寒い」と書きつづけること、そこには画家が暗鬱な自画像を繰り返し描くのと類似した衝動が息づいているのではないだろうか。しかもカツェネルソンは、この作品を、自分と同じように飢え、同じように寒さに打ちひしがれている仲間のまえで朗読していたのだった。さらには、同一の複数の手書き原稿が存在することから、まわし読みされるように最初から複数の草稿をカツェネルソンが作成していた可能性をシェイントゥフは指摘している。

現に寒い家のなかにいて「家のなかは寒い」という一行を反復しながら詩を書き、それを同じく寒さに震えている仲間のまえで朗読していたカツェネルソン、あるいは同じく寒い家のなかで「家のなかは寒い」と書いた作品を黙読していたゲットー住民の姿――。そんな作品を読んだからといって、ほんのわずかでも部屋が暖まるわけでもなければ、苦しい時間がまぎれるわけでもない(これらの詩を読む物理的な時間などごくわずかのものだ)。しかも、そこに書かれているのは現在の苦しみそのものなのである。要するに、それは何の救いももたらさない、文字どおり無用のものである。にもかかわらず、あるいはだからこそ、このような作品がワルシャワ・ゲットーのただなかで書かれ、読まれたことには、詩の、文学の、何か根源的な機能に関わる事態があるに違いない、と私には思えるのだ。

皮肉ないい方をすれば、何の楽しみも慰めももたらさないがゆえに、これこそは究極のエンターテイメントと呼べるのかもしれない。この場合の「エンターテイメント」の意味合いをもうすこし踏み込んで分析すれば、そこには最低限の異化効果がやはりふくまれていると指摘することができる。すくなくとも、「家のなかは寒い」という事態と「家のなかは寒い」という言葉はまったく別の次元に属している。とはいえ、寒い家のなかにいて「家のなかは暖かい」と書くことは嘘でしかない。つまり、「家のなかは寒い」という言葉は〈家のなかは寒い〉という事態を、いわばただしく翻訳したものなのだ。その翻訳は、まさしくそれが翻訳であることによって、事態の直接性に対してある解放的な距離を取らせる。これこそが「究極のエンターテイメント」の中身である。したがって、ワルシャワ・ゲットーにおいてカツェネルソンをつうじて露わになっている文学ないし詩の原質的な機能のひとつとして、事態のただしい翻訳の持つ解放的効果ということを、私たちは確認できるのではないだろうか。

三　ワルシャワを書くことの不可能性／書かないことの不可能性

しかし、カツェネルソンが置かれていた現実は、これ以降、いっそう緊迫した事態にいたる。繰り返し記したとおり、一九四一年六月二二日、ドイツ軍がソ連領に侵入して、独ソ戦が勃発する。当初そのニュースは快進撃を続けるドイツ軍が決定的な敗北に向かう転機、そして戦争を着実に終結にもたらす転機として、ワルシャワ・ゲットーのユダヤ人にはむしろ歓迎されていたようだ。

いまから振り返れば、大枠として見ればこれは正鵠を射た見方だった。しかし、ソ連領への侵攻の過程で、ナチスはウクライナとリトアニアでユダヤ人の大量殺戮を実行する。そのニュースはワルシャワ・ゲットーにも届けられる。さらに、一九四一年一二月からはポーランドのヘウムノでガス・トラックによる大量殺戮がはじまり、そのニュースが一九四二年一月の終わりから二月の初頭にかけて、ワルシャワ・ゲットーにも到着する。そして、同年三月から四月にかけて、ポーランドのルブリン・ゲットーのユダヤ人が大量殺戮されてしまい、そのニュースが四月の終わりには確実なものとしてワルシャワに届く。ワルシャワ・ゲットーでも一九四二年四月一七日から一八日にかけての夜、五二人のユダヤ人が一挙に殺戮されるという凄惨な出来事が起こる。これはワルシャワ・ゲットーでのナチによる集中的なテロルとしては、それまでで最大規模のものだった。つまり、独ソ戦の勃発からドイツが敗戦にいたる過程は、同時にホロコーストの現実化と一体の事柄だったのだ。

この一連の動きのなかで、ナチによる「ユダヤ民族の絶滅」が目的意識的な行為として目指されていることが、ワルシャワ・ゲットーのユダヤ人、とりわけ若い活動家たちのあいだで明瞭に意識されていった。カツェネルソンもまた、若い活動家たちと密接に結びついた人間のひとりとして、この恐るべき認識の過程を、むしろ率先するような形で彼らと共有していった。この「民族の絶滅」という途方もない暗黒のヴィジョンが明確な輪郭を取ってゆくなかで作られたのが、「神よ、怒りを注いでください……」(一九四二年二月—三月)、「災いあれ」(一九四二年五月三一日)という二篇の作品である。「神よ、怒りを注いでください……」でカツェネルソンは「ウクライナの大地は赤く染まっています、／リトアニアの大地も赤く染まっています」と記し、さらには、ヘウムノでのガス殺も作品のなかに組み込んでいる。これが、ホロコースト文学のなかで、ガス殺に言及した最初の作品のひとつであることは疑いない。そして、ルブリン・ゲットー一掃の知らせを受けて書かれた「災いあれ」では、「民族の絶滅」という事態が明瞭に主題化され、ドイツ人への激烈な呪詛の言葉が書きつけられる。以下は「災いあれ」の二連目である。

災いあれ、お前は平安に暮らしていた私の民をすっかり空っぽにした
そして、私の祈りの家を、私の古いシナゴーグを
ユダヤ人とともに燃え上がらせた
それに、私の聖なる町、ユダヤ人の町を。(10)

ここに登場する「私の聖なる町」、「ユダヤ人の町」は複数形で書かれているが、その代表がルブリンである。ルブリンには一九四一年四月にゲットーが設立されていたが、それが一九四二年三月から

四月にかけて、いち早く解体されるのである。ゲットーにいたユダヤ人の多くはルブリン近郊のマイダネク絶滅収容所、もしくはベウジェッツ絶滅収容所で殺戮された。ルブリンは古いシナゴーグを持つ、ユダヤ人の歴史が長く深く刻まれた町であり、しかも、ワルシャワから列車で数時間の都市である。ヘウムノ、ヴィルノにおける大量殺戮のニュースにもまして、ルブリン・ゲットー壊滅の知らせは、文字どおりワルシャワ・ゲットーを震撼させた。

ルブリン・ゲットーの壊滅という事態を受けて、カツェネルソンは大きな作品に取り組む。それが「私のハナに捧げる」という献辞をそなえた「ラヴィンの男のための歌」である。これは、各二〇連(「第一の歌」のみ二〇連に「序」が付されている)からなる三つの歌から構成されている。それぞれの連はまたaabbの脚韻形式を踏んだ二〇行で書かれているため、全体で一二〇〇行を超える大作であり、カツェネルソンがワルシャワ・ゲットーで書いた詩作品としては最大であるとともに、もっとも重要な詩とも位置づけられてきたものだ。しかもこの作品には、以下の四つの日付が六つの連のそれぞれの末尾に書き込まれている。

第一の歌、第一五連——一九四二年七月一〇日
第一の歌、第二〇連——一九四二年一一月一五日
第三の歌、第一四連——一九四三年一月六日
第三の歌、第一六連——一九四三年一月六日
第三の歌、第一八連——一九四三年一月七日
第三の歌、第二〇連——一九四三年一月七日

最初の日付、一九四二年七月一〇日はトレブリンカへの「移送」がはじまる一二日まえである。カツェネルソンはおそらくこの作品を一九四二年六月ごろから書きはじめたが、移送の開始によるゲットーの大混乱のなかで、いったん中断せざるをえなかったのだろう。そして、それに続く日付は一九四二年一一月一五日である。これは、トレブリンカへの移送の第一波が終わって約二ヶ月である。このあいだに、二五万人におよぶワルシャワ・ゲットーのユダヤ人がトレブリンカへ運ばれ、即座に殺戮されたのである。すでに記したように、そのなかにはカツェネルソン自身の妻ハナとふたりの息子ベン-ツィオンとベンヤミンがふくまれていた。最後の日付、一九四三年一月七日は、一月一八日にはじまる「一月蜂起」のわずか一一日まえである。

「ラヴィンの男のための歌」に書き込まれたこの四つの日付(同一の日付もふくめれば六つの日付)は、この作品が、文字どおりワルシャワ・ゲットーが壊滅してゆく日々に、その内部で書き継がれた、ほとんど奇跡的な作品であることを、明瞭に告げている。このような成立事情からしても、「ラヴィンの男のための歌」は、カツェネルソンのワルシャワ・ゲットー作品のなかで、さらにはカツェネルソン個人を超えておよそ古今東西の文学テクストのなかで、特権的ともいうべき位置を占めていることは疑いないだろう。

「ラヴィンの男のための歌」は、ハシディズムの伝統に培われた、ラヴィン出身の「レッベ」を軸にした作品である。ハシディズムは一八世紀に東欧で起こったユダヤ教の大きな潮流であり、伝統的なラビの権威に抗する民衆的な改革運動であって、歌や舞踊といった身体を使った実践を重視する。そして、「レッベ」とはハシディズムにおける共同体の指導者(伝統的にラビが担ってきた役割)の呼称である。ここでカツェネルソンはシェムエル・シュラモ・レイネルという、このころナチによって殺された実在の若い「レッベ」をモデルにしている。

第一の歌では、そのラヴィン出身のレッベが密かに暮らしているヴウォダヴァという町の様子が描かれる（「ヴウォダヴァ」は、クロード・ランズマン監督の映画『ショアー』にも登場するポーランドの小さな町である）。ナチがシナゴーグに押し入って、ラヴィンのレッベを差し出すよう要求するのだが、そのことによって町のひとびとは自分たちのもとに若くて名高いそのレッベが潜んでいることを知って、喜びに打ち震えるのである。以下は第一の歌、第五連から。

レッベがいると分かってからというもの
空の太陽はまったく違った輝き方をするようになった
大地は生き生きとして緑に蔽われていった……
レッベがいる、あのレッベがラヴィンを逃れてここにいる！
そよ風がぺちゃくちゃと話している、自由に心地よさそうに、そして目覚めて
小鳥たちは屋根から見下ろして囀いている――
小鳥たちは朗らかに囀っている！……
レッベが！　レッベが！　あのレッベがこの町にいる！
レッベが生きているそうだ――彼は家で涙を流しているんだ――
おお、小鳥たちよ――それを知らせたりしないでくれ！
おお、軽やかなそよ風よ、無邪気な風よ――

ぺちゃくちゃと話さないでくれ、そよ風よ、口を閉ざしていてくれ
草原の緑の葉よ――色褪せて、萎んでくれ！
空高くの太陽よ――そんなに明るく輝かないでくれ！
恐怖の時間が過ぎ去るまでは
彼がここにいることは知られてはならないんだ……(11)

しかし、こののびやかで牧歌的とも呼べる調子はすぐさま暗転してしまう。第一の歌、第一〇連からは、レッベの無力さ、さらには神の無力さが語られてゆき、一九四二年七月一〇日の日付が書き込まれている第一の歌、第一五連はレッベを難破船の操舵手になぞらえて、「おお、ラヴィンの男よ、舵のところに立つな、舵のところに立つな」と結ばれる。

第一の歌、第一七連は「そのときルブリンから知らせが届いた」という一行で開始されている。これによって、「ラヴィンの男のための歌」がルブリン・ゲットーの壊滅を主題とすることが明らかとなる。しかし、それを受けて書き継がれたはずの第二の歌の主題はワルシャワである。ここは作品構成上、かなり無理があるところだろう。不意にワルシャワが前景化されているのだ。なぜこのような不自然な構成が取られることになったのか。

おそらくこういうことではなかったか。ルブリン・ゲットーの壊滅を主題とする作品をワルシャワ・ゲットーで書きはじめたカツェネルソンを、ワルシャワ・ゲットーの壊滅というもうひとつの悲劇が襲った。これは、書いているテクストを現実が圧倒的に追い越してゆくかのような事態だ。そのなかで、カツェネルソンはもはやルブリンだけでなくワルシャワをも主題化せざるをえなくなっ

た……。当初の構想でも第二の歌でワルシャワが扱われることになっていたのかもしれないが、ここに登場するワルシャワの描かれ方はいかにも中途半端である。第二の歌のテクストを支配しているのは、ドイツ軍侵攻以前の活気に溢れたワルシャワでもあれば、すでに廃墟と化したワルシャワでもあるような、一種、非現実的な感覚である。「私」という人称も文脈上たえず揺らぎ、イディッシュ語原文の読み取りに苦労する箇所も多々出てくる。そもそも「ラヴィンの男」とワルシャワの連関は作品内的には薄い、といわざるをえないのだ。

この第二の歌をへて第三の歌をどう展開させるか、カツェネルソンは苦しい選択に立たされていたのではないだろうか。以下は第二の歌、第二〇節の全行である。

ワルシャワ――ワルシャワが私を呼んでいる
ワルシャワは次々と車を送っている、田舎にとどまっているなと！
「どうしてお前たちには私が必要なのか？　私は、私自身は――
やはりもっとお前たちを必要としている……ただ、私は行かないだろう
人々で狭く犇めき合ったゲットーには――
お前たちはもうそこでは酒を飲まず、食事もしない
みんな路上で一人で死んでゆく、誰かが死ぬ
すると死体は裸で部屋から外へと投げ出される
その孤独は途方もなく、必要なものは限りない――
それでもワルシャワは生きている！　ワルシャワは死よりも強い

ワルシャワに私など必要ではない！　私はワルシャワに行きはしない！
ルブリンから私に知らせが届いた……
私は不安に駆られる、ルブリンももはや私を必要としていない――
ルブリンは地上から消し去られる……
家並みはどうか――それらはとどまっている、石たちもそうだ――
ユダヤ人たちは――煙ならざる煙に変わり果てる……
奴らはユダヤ人を撃ち、貨車に積み込む、そして――出発！
荒れ果てた草原への出発だ……行く先は知られていない
私はワルシャワのお前たちのもとには行かない
私には最後の儀式がある」そう語ってレッベは髪の毛を掻き毟る……(12)

このように、レッベに対してワルシャワから招聘の声がかかることになっているのだが、レッベはその招聘を拒絶して、ルブリンのユダヤ人の「埋葬」に向かう。しかし、ワルシャワへ行くか、ルブリンへ向かうか、という選択は、作品内におけるレッベの決断の問題であるとともに、その作品を書いている作者カツェネルソン自身に、いわばメタレベルで問われていた選択であったということができるのだ。ワルシャワをさらにいっそう主題化することによってこの作品を崩壊ないし途絶に追いやるか(あるいは、それによってまったく別の作品に着手するか)、それとも、破綻寸前のぎりぎりの結構を維持しながら、何とか作品を書き継いでゆくか。

その意味において、右の引用の末尾で「私には最後の儀式がある」と語って髪の毛を掻き毟ったのは、「ラヴィンの男」であるとともに、作者カツェネルソンそのひとである、といわねばならない。その際、第三の歌で描かれているように、ラヴィンの男にとって「最後の儀式」は貨車のなかに打ち捨てられているルブリンの死者たちを埋葬することだが、カツェネルソンにとっては、この作品を大枠としてはおそらくは当初の構想のままで書き上げることであって、カツェネルソンはここでそのことこそを詩人としての彼の「最後の儀式」と思い定めたのだと思われる。

しかし、第三の歌で描かれるルブリンの死者たちの埋葬の場面が著しく非現実的である、という印象は否定し難い。第三の歌でレッベは、金の詰まった袋を担いで「異教徒」の姿でルブリンに向かい、近隣のポーランド人農夫たちに封印された貨車から死体をおろさせ、死者ひとりにつき三〇〇ズウォティを支払う。稀に生きているユダヤ人が見つかれば倍の額を支払う。そうして、一昼夜かけて森の近くに死者たちを埋葬し、最後にレッベがカディッシュを唱える。レッベはもう一度夜の闇のなかを貨車のところに戻り、そこで「神」が泣いている声にじっと耳を傾ける……。このいかにも非現実的な場面をへて、レッベはヴウォダヴァに戻って断食を宣告する。そして、「ラヴィンの男のための歌」はこう結ばれる。以下は、第三の歌、第二〇節の末尾である。

人々はルブリンのために黙って断食をする、ルブリンのために灯りを点す
ルブリンで最後の儀式を行なった男、あのラヴィンの男ももういない
断食のことを嗅ぎつけたドイツ人が
尋問するために呼び出したのだ——
そして、彼はもう家に帰ってくることはなかった

レッベの妻はこう望んだ、「行かないで！」と
レッベは彼女を見つめ、叫んだ
「彼らは私を殺すだろう、そのとおりだ」彼は彼女に強い口調で言った
そして、すぐにこう望みをつけくわえた、「ああ、私が
ラビ・アキバのように死ぬのなら——彼らは私の体を徹底して
痛めつけるだろう……妻よ、ラビ・アキバのように
何の罪もない私を……神のために
泣くな！……私がそれに値するなら
私のユダヤ人にとって、私の神にとって……何という幸いだろう！」
そして彼は家を立ち去り、もはや帰ってはこなかった(13)

ここに登場する「ラビ・アキバ」は、紀元五〇年ごろに生まれ一三五年に亡くなった、伝説的な賢者。無学な羊飼いに生まれたアキバは、四〇歳からユダヤ教を学びはじめ、やがて当代随一の賢者となったとされる。しかもラビ・アキバは、ローマ帝国に対するユダヤ教徒の最後の反乱、バル・コバクの反乱を支持したことでローマ軍に捕らえられ、殉教を遂げる。最後に息を引き取るとき、ユダヤ教のもっとも重要な日々の祈り「シェマー・イスラエル（聞け、イスラエルよ）」を唱えていたとされる。ラヴィンのレッベはもはやラビ・アキバのような崇高な殉教は不可能と知りつつも、ナチのもとに無抵抗に身を委ねるのである。

それにしてもあまりにあっけない結びかもしれない。しかし、作品の形式は、連数、行数、脚韻に

いたるまで、これで完結している。ともあれカツェネルソンは、この作品を、けっして断片に終わらせることなく「仕上げた」のだ。毎日、毎日が、さらには毎時間、毎時間が、これで最後かもしれないという危機の連続だっただろう。さきに確認したように、この作品の原稿に同一の日付が二度にわたって書き込まれていることも、そのような事情を踏まえると興味深いところだろう。いったんここまでと踏ん切りをつけて眠りについたりしたあとで、もう一度目を覚まして、あるいはそもそも眠れずにいて、ふたたび身を起こして作品を書き継いだような、そんな気配が感じられるのだ。そのとき、この作品のような厳密な形式は、確かな手すりのようなものだっただろう。形式を整えるということは、その行を、その連を、その歌を、ともあれ書き上げたことの証となるからだ。

壊滅してゆくワルシャワ・ゲットーのただなかで、しかも妻子をトレブリンカに奪われるという事態を受けて、カツェネルソンがこの作品を書き継ぎ、書き上げたのは、恐るべき精神力としか評しようがないだろう。とはいえ、この長大な作品をつうじてさえ、自分の書くべきテーマをすべて織り込むことは、彼にはとうてい不可能だった。

ひとつには、すでに指摘したように、第二の歌にワルシャワのことをきわめて不十分な形でしか組み込めなかった、という問題がある。そもそもワルシャワに焦点をあてた第二の歌は、この作品の構成それ自体を破綻させかねない契機だった。いわばカツェネルソンはここで、ワルシャワのことを書くことも書かないことも不可能という意味で、二重の意味での不可能性に直面していたといえる。そのなかで選ばれたのが、きわめて不十分なワルシャワの前景化だった。

第二には、失われた家族そのものについて個人的な痛みを直接この作品に書き込むことが彼には不可能だった。かろうじて彼にできたのは、「ラヅィンの男のための歌」という作品総体を妻ハナに捧げることだった。おそらくカツェネルソンは、トレブリンカへの移送がはじまるまえに、この作品についてハナに語っていたのではないか。これをともあれ仕上げることは、その妻との約束の成就という意味合いもあったのではないか。しかし、じつは彼はこの作品を中断していたあいだに、もっぱら家族のことを歌った「一九四二年八月一四日――私の大いなる不幸の日」を書いている。その点では、いったん家族のことを主題化した作品を書くことによって、「ラヅィンの男のための歌」を書き上げることが彼にはできたのだ、と私たちはいうべきかもしれない。

最後に、第三の歌におけるルブリンのユダヤ人たちの埋葬を描いた場面がきわめて非現実的な様相を呈していた、という問題がある。現実には不可能な埋葬の場面を記述するのではなく、書くことそのものが死者たちの埋葬である――ここで本来カツェネルソンにもとめられていたのは、腹を据えてそのような物書きとしての立場に徹することだっただろう。

四　不在の他者への呼びかけとしての作品

前節で確認した「ラヅィンの男のための歌」が抱えている三つの難点を踏まえるならば、ヴィッテルで書かれた『滅ぼされたユダヤの民の歌』がまさしくこの三点をみごとに克服したところで書かれていることに気づいて驚かされる。そこではワルシャワ・ゲットーが主題化されるとともに、作品を書くことそのものがさながら死者たちの墓碑を刻むことと見なされていて、同時にそこにはカツェネルソン自身の家族のことが痛切に組み込まれているからだ。ここではしかし、『滅ぼされたユダヤの民の歌』ではなく、あくまでワルシャワ・ゲットー内で書かれたもうひとつの長篇詩「一九四二年八月一四日——私の大いなる不幸の日」を見ておきたい。

これは全体で四七六行からなる作品であって、ワルシャワ・ゲットーでカツェネルソンによって書かれて現存している詩のなかで、「ラヅィンの男のための歌」につぐ長さのものである。しかし、その形式はカツェネルソンの他のゲットー作品と比べると、きわめて特異である。基本的に脚韻を踏んだ二行からなる詩節が二三八連、ひたすら重ねられているのだ。「第一の歌」「第二の歌」といった区分はもとより、最低限の節の区切りもなされていない。このことはカツェネルソンがこの作品を、ある程度一気呵成に、いわば書けるところまで書くという態度で綴ったことを示しているといえるだろう。

シェイントゥフはこの作品の執筆日を一九四二年一〇月八日—九日としている。テクスト自体にこの日付は書き込まれていないが、おそらく原稿の欄外などに書かれたものをシェイントゥフがあらためて判読したのだと思われる。この日付がただしいとすれば、さきに記したとおり、この作品は、「ラヅィンの男のための歌」の執筆が開始され、それがトレブリンカへの移送によって中断されたあと、しかも「ラヅィンの男のための歌」の執筆が再開されるまえに書かれた、ということになる。しかし、私には以下のツィヴィア・ルベトキンの証言も重要だと思われる。彼女は、一九四三年一月一七日の夜、すなわち「一月蜂起」のまさしく前夜の出来事として、こう回想しているのである。

私たちはその宵、とても大事な訪問客、イツハク・カツェネルソンも迎えることになった。私たちの友人であるその詩人は、テベンス—シュルツ地区に暮らし、ドイツ人の工場主シュルツの所有する作業場のひとつで、ただひとり生きのびていた彼の息子ツヴィとともに働いていた。彼らふたりは自分たちの居住区からこっそり抜け出し、空っぽの無人地帯を通り過ぎて、メイン・ゲットー地区の私たちの拠点までやって来たのだった。彼は荒んだ顔つきをしていた。彼は打ちのめされていた。彼は妻と幼い息子ふたりを亡くしていたのである。「一週間ぶりですね」と彼はいった。彼は私たちの話に耳を傾けるために、私たちと言葉を交わすために、そして、彼の家族の悲劇にまつわる最新の詩(his latest poem)を私たちに朗読するために、私たちのもとにやって来たのだった。私たちは彼と夜通し時を過ごし、明け方ごろ眠りについた。(14)

このときカツェネルソンが朗読したとされる「最新の詩」がほかでもない「一九四二年八月一四日――私の大いなる不幸の日」であったことは、シェイントゥフ自身も認めていることである。つまり私自身は、シェイントゥフの言う一〇月八日―九日を何らかの重要な日付としつつも、一九四三年一月一七日までのあいだに書き継いだり、推敲されたりしていった作品、それが「一九四二年八月一四日――私の大いなる不幸の日」ではなかったか、と考えているのである。さらに、この作品はカツェネルソンのワルシャワ・ゲットー以降の作品、端的にいうと『滅ぼされたユダヤの民の歌』へとつながってゆく要素を、「ラヴィンの男のための歌」よりも濃密にそなえている。実際、シェイントゥフ自身、私がずっと参照している『イツハク・カツェネルソン　ワルシャワ・ゲットー作品集成』の最後にこの作品を収めているのである。これは、作品の感触が不可避的にそういう配置を選ばせたのだと思う。

カツェネルソンはすでに「空腹の歌」、「寒さの歌」という連作で、自分の家族をテーマにした作品を綴り、それらはワルシャワ・ゲットーの知人たちのあいだで文字どおり「家族の歌」として知られていた。しかし、彼はそこではまだ家族の固有名は読み込まないままだった。それに対して、妻とふたりの息子がトレブリンカ絶滅収容所に「移送」され、殺戮されたことがほぼ確実になっていたこの時点では、彼らに対して固有名で痛切に呼びかける。以下はこの作品の冒頭である。

暗い部屋の荒んだ四つの壁のあいだに
私は侵入する、両手をきつくもみしだきながら

ハナ！　お前はいない、私の息子たちもいない
いない……彼らの姿はもうない、気配すらもない

ハナ！　驚いて私は名前を呼ぶ
ついさっき私はここで彼らと別れたのだ、ついさっき！

ここに彼らはいたのだ！　何てことだ、何という不幸だ！
暗い部屋がさらにいっそう暗くなる

闇に包まれた棲み家がますますいっそう闇を濃くする――
誰もいない部屋――それでいて、誰か私の傍らに立っている者……

大いなる不幸が私の傍らで育ってゆく
絶え間なくこの空漠から、それは大きく育ってゆく……
ハナ！　私のハナ！　私のたったひとりのお前！
どこにいるのか教えてくれ、私のヘネレ、お前はどこにいる？
ベン－ツィオンはどこにいる？　ベンヤミンケは？　ああ……
私のふたりの子どもたちはどこにいる？(15)

二連目の冒頭で「ハナ！」という呼びかけがなされているのは、この作品全体の特徴を示唆するものだ。この作品は何よりも、記憶のなかの妻ハナを讃えた作品なのである。七連目に登場する「ヘネレ」はハナの愛称形であり、八連目の「ベンヤミンケ」もベンヤミンの愛称形である。固有名で、さらには愛称形で彼らに呼びかけること、それがこの作品のいちばんのモティーフといっていいのだ。

かつて家族で暮らしていた住居に、カツェネルソンが実際にふたたび「侵入」することがあったかどうかは分からない。しかし彼は、妻と息子ふたりがトレブリンカへ奪われたのち、かつて家族が暮らしていたノヴォリプキ通り三〇番地の住居をときおり見上げていたようだ。ヴィッテル収容所においてヘブライ語で書かれた『ヴィッテル日記』にはつぎのような記述が見られる。

ノヴォリプキ通り三〇番地を通り過ぎるとき、私は立ち止まった。私はそこでしばらくのあいだ立ち尽くしていた。私は四階のほうを見上げていた。そこで私はハナと子どもたちと一緒に暮らしていたからだ。私はそこが荒れ果てていることを知っていた。そこで、私はただ唇をこう動かして、囁く形で呼びかけた。「ハナ！　ベンｰツィオン……そしてお前──私の愛しいベンヤミン！」しかし、ハナはそこにはいなかった──ベンｰツィオンもだ──私のかわいらしい子どもベンヤミンもいない！　彼らがまだそこにいたなら、私の声が聞こえただろうに。私は彼らを呼んだ──囁き声で呼んだのだ！(16)

カツェネルソンはこのように現実のノヴォリプキ通り三〇番地で「囁き声」で、いや、ただ唇をそう動かすという形で、奪われた家族に呼びかけていた。それに対して、作品のなかでは、彼はむしろ大声で呼びかけている。私たちは不思議なことに、不在の者、不在だと分かっている者に対して、現実のなかではせいぜい囁く形でしか呼びかけることができない。それに対して、作品においては大声で切実に呼びかけることができるのだ。考えてみればこれは、およそ作品を書くということのかなり本質的な意味のひとつといえるのではないか。現実のなかで、不在と分かっている者に私たちが大声で呼びかけたとすれば、それはせいぜいお芝居にしかならない。逆にいえば、不在の者、不在と分かっている者に呼びかけること、それはおよそフィクション(虚構)が生成する根源のひとつなのだ。

したがって、現実のカツェネルソンと作品におけるカツェネルソンのここでの関係は、およそ創作にとって本質的なものと理解されなければならない。すくなくともカツェネルソンにとって、作品を書くということの意味のひとつは、現実においては果たしえない不在の者への呼びかけを切実に遂行することだったのだ。私たちはこれをさらにいっそう本質化してほとんどこういってしまいたくなるほどである――およそ作品を書くということは不在の者へと呼びかけることにほかならないのではないか、と。

そして、カツェネルソンは、不在の者へと呼びかけるその作品空間のなかに、現実のツヴィをも呼び入れる。するとそこに奇妙な反転が生じる。今度は実在のツヴィがさながら不在の者の様相を呈するのだ。ツヴィはこの作品において、一貫して存在感の希薄な「影」として扱われるのである。

不在の者たち、すでに死者と見なされている者たちが濃密に現前し、かえって実在の者が存在感を喪失してしまうこの作品空間において、カツェネルソンは妻ハナと繰り返し「対話」を交わす。もちろん、それもまた虚構としての創作が可能にしてくれるものだ。しかし、その対話はたんに彼を現実の彼方に追いやるのではない。むしろ、ハナの言葉は現実のほうへとたえず彼を引き戻す。この作品においてカツェネルソンは、そのようにして、そのままではとうてい直視することのできない現実を、死者の声、死者のまなざし、死者の認識をつうじて、一歩ずつ垣間見ることになるのである。

ハナ！　明日になれば私はお前に尋ねよう
ドイツ人たちがお前たちに何をしたか、言ってくれるね？

「訊かないで、あなたの妻にも、あなたの息子にも――
おお、神さま、私たちがあのことを忘れることができるなら……
そして、忘れることが死ぬことでないのなら……」

妻よ、新しい生活の光が射して
昔の悪い影を追い払ってゆく……
「それは夢よ！」これは夢なのだ！　お前はどこだ？　お前の声よ！
お前の声が聞こえる、「それは夢よ！」これは夢なのだ、そうだ、そうだ！
お前はまだいる！　お前はまだいるのだろう？
私にはお前たちが見える、寝ているときも、起きているときも
お前たちが吹きさらしの野原に倒れているのが見える
お前たちが身ぐるみ剝がされ、裸で打ち捨てられているのが見える
お前たちの孤独、お前たちの途方もない苦しみが見える(17)

右の引用に登場する「それは夢よ！」というハナの言葉は、「私」のうちに「これは夢なのだ」という強い反応を引き起こすが、そこでいわれている「夢」はこの文脈ではじつに両義的である。この絶望的な現実が「夢」なのか、それが幻のように過ぎ去って「新しい生活」が訪れるという希望が「夢」なのか。いずれにしろこの言葉は「私」に覚醒をうながさずにいない。そして、その覚醒によって最終的に浮かび上がってくるのは、野原に裸で打ち捨てられているハナ、ベン－ツィオン、ベン

ヤミンの無残な姿である。
作品の後半に書き込まれた以下の部分では、ハナとの対話による現実認識という作品の機能がいっそう明瞭になっている。目をそらしていたい現実のほうへと、「私」はハナの言葉をつうじて、たえず目を向けざるをえなくなるのである。

なぜ荒れ果てた草原にお前たちは自分たちだけでいるのか？
見ろ、その奥に一軒の小屋がある、低くて小さな小屋だが――
農夫の小屋なら逃げ場にすることができる
くたくたに疲れ果てた私の気高き者たちよ、入ってゆけ
お前たちはそこならすっかり寛げる、お前たちはそこにいられるだろう――
「その農夫はドイツ系で、入らせてくれないの……」
ドイツ系だって!?……そいつは避けた方がよい
草原は、ありがたいことに、広い、とても広いのだ！
農夫の小屋は、ご覧、たくさん建っている！
私たちのための逃げ場を見つけることができるだろう……

ドイツ人でさえなければ、農夫は悪くない
農夫は貧しくてもゆたかだ、彼は奴隷であっても自由だ

そういう農夫ならジャガイモを、パンのかけらをくれるだろう――

「ユダヤ人を助けるのは、農夫にとっては死を意味しているの……」

そうだ……ああ、そうだ、彼は助けてくれないだろう、そうだ、きっと！

悪いことだ、私のヘネレ、悪いことだ、ユダヤ人であることは……

ユダヤ人であることは悪でもあれば善でもある！　そうだ、善でもある
お前たちはいま私に反論してはならない、一語も発してはならない
お前たちは自分の父、頑固者、お前の夫のいうことが分かるはずだ！
この悪のうちには大いなる善が存在している、そうだ、善が存在している！

だから、彼らが私たちを家に入れないなら――

私たちは草原のあちこちを彷徨って歩こう

私たちと小さな子どもたち——私たち全員で！
私たちは古めかしい民族の、若い、最新のメンバーだ！

道は開かれていて、空間は自由に広がっている——
おいで、息子たち、ハナ……「私たちは柵のなかに閉じ込められているのよ……」

私には見えない！　柵なんか見えないぞ……おいで！　おいで！
ヘネレ、そんな風に黙って私を見つめないでくれ(18)

ここでは、繰り返し慰めめいたことを語ろうとする「私」に対して、ハナの言葉がたえず打ち据えるように響いている。そのことによって、不在の者(死者)のまなざしと語りこそが書き手の自己認識を導いているといえるのであって、それはたんなる表現技法を超えて切実に展開されている。まさしく一行書くごとに、意識と無意識の狭間を縫うようにして、書き手の認識は思わぬ方向に深化・発展させられてゆく。つまり、不在の者のまなざしと語りというメディウムをつうじて、書くことが苛酷きわまりない現実を認識することそのものであるような作品行為に、ここでカツェネルソンは全身で身を委ねているのである。

もう一点この作品にそくして確認しておくと、カツェネルソンはここにおいて自らのゲットー体験の形象化に向かって決定的に足を踏み出している。この作品の冒頭近くにはつぎのような一節が見られる。

奴らはお前たちを駆り立て、痛みのなかへと追い立てた
ノヴォリピエ通りの外からノヴォリピエ通りのなかへと

そしてウムシュラークへ！　ウムシュラークへとお前たちは引き摺ってゆかれた
他の何千人もの人々とともに——何ということだ、何という不幸だ！(19)

カツェネルソンはここでゲットーの通りの名前、そして何よりも決定的な「ウムシュラーク」という名称をテクストに書き込んでいる。ノヴォリピエ通りはワルシャワ・ゲットーの中心部を東西に走っていた通りである。確かに「ラヅィンの男のための歌」にはすでに多くのワルシャワの通りの名前が書き込まれていたが、それらはあくまでレッベの想像のなかのものであって、カツェネルソンが現に目にしていたワルシャワの通りとは大きく異なっていた。カツェネルソンはレッベの視点をつうじてむしろ現実のワルシャワから目をそらしていたとさえいえるのだ。それがここでは、ワルシャワの通りが「ウムシュラーク」と明瞭に接続されている。

「ウムシュラーク」はドイツ語「ウムシュラーク・プラッツ」の略称で、「積み替え地」の意味である。ワルシャワではゲットーの北端、壁の外部に位置していた。主として馬車に詰め込まれたユダヤ人たちはゲットーの通りを「ウムシュラーク」まで運ばれ、そこで貨物列車へと文字どおり「積み替え」られたのである。ワルシャワ・ゲットーのユダヤ人にとって、ウムシュラークは死の門にほかならなかった。それがカツェネルソンの作品に登場するのは、私が読むかぎりここが最初である。さら

に、「移送」に向けてアパートの住民を選別するために通りが「封鎖」されたとき、家族全員が屋根裏に潜んでいたときの様子など、じつに生き生きと描かれている。これらのことをつうじて、『滅ぼされたユダヤの民の歌』におけるゲットー体験の最終的な形象化に向けて、カツェネルソンはここで着実に足を踏み出しているのだ。

五　「ミーワ通りの日」という消失点

最後に、カツェネルソンの創作において、この後『ヴィッテル日記』をへて『滅ぼされたユダヤの民の歌』まで引き継がれてゆく、もうひとつの大事な問題の萌芽を、「一九四二年八月一四日――私の大いなる不幸の日」に見ておきたい。すなわち、「ミーワ通りの日」と彼が呼ぶものをめぐる、トラウマ的な記憶である。

カツェネルソンが「ミーワ通りの日」と呼んでいるのは、端的にいって、一九四二年九月六日のことである。リンゲルブルムの『ワルシャワ・ゲットー』では「ニスカ街の釜」と呼ばれている出来事のあった日である。(20) その日の前日、ユダヤ人評議会名で以下のような通知がなされ、その時点でゲットーに残っていたユダヤ人の最終的な「選別」が翌日の九月六日からあらためて行なわれたのである。

①一九四二年九月六日(日)午前一〇時までに、ゲットーにいるユダヤ人は例外なくすべて、スモーチャ通り、ゲンシャ通り、ザメンホフ通り、シュチェンシリヴィツカ通り、パリソウスキ広場に囲まれた区域に、登録のために集まらねばならない。

②一九四二年九月五日から六日にかけての夜、ユダヤ人の移動は許可される。
③二日分の食糧および飲み物の容器を持参すること。
④住居に鍵をかけてはならない。
⑤この命令にしたがわず、一九四二年九月六日(日)午前一〇時以降も(上記の区域以外の)ゲットーに留まっている者はすべて射殺されるであろう。[21]

指定されている区域はあのウムシュラークのすぐ近くの狭い一画であって、ミーワ通りはそのなかにふくまれていた。このときの選別はさらに九月一一日(金)まで続けられ、結局、三万二千人に新たに登録証(ブリキのナンバー・プレート)が交付され、五万四千人あまりがトレブリンカへ「移送」された。さらに、二六〇〇人あまりが射殺され、六〇人が自殺したという。[22] この選別にカツェネルソンもまたツヴィとともに参加し、ふたりとも登録証を得て生きのびるのである。その体験を彼は『滅ぼされたユダヤの民の歌』第一二の歌「ミーワ通り」に痛切きわまりない形で書き込むことになる。

どこから来たのだ？　もう全員殺されたのに！　奴らは全員射殺し、息の根を止めたのに！
あれは、ノヴォリピエ通りとレシュノ通りの一角にある工場《ショップ》からのユダヤ人たちだ——
数字のプレートをつけたユダヤ人たち、おお、幸運なユダヤ人たち！　幸運に過ごしてきたユダヤ人たち
彼らは工場に巧く潜りこんだ、最後のわずかのユダヤ人たちだ、そうだ、まだ残っている！　残っている…

工場からのユダヤ人、ゲンシャ通りのユダヤ人、もっと遠くからのユダヤ人、評議会傘下のユダヤ人たち
胸にブリキの鑑識票をつけ、箒を手にして、彼らは誰もいなくなった通りを掃き清めるのだ
作業場のユダヤ人たち、彼らは早朝に、歌いながら、ゲットーの外の様々なところから現れる
それに、隠れ家のユダヤ人…このワルシャワにはまだまだユダヤ人がいた！　そんなこととは知らなかった…(23)

じつに二五万人におよぶユダヤ人がトレブリンカへ移送された嵐のような一ヶ月半あまりが過ぎたのちに、ユダヤ人評議会の命令(もちろんそれは有無をいわせないナチの指示によるのだが)によってゲットーのさまざまな場所からさらに数万人のユダヤ人がふたたび姿を見せた光景――それはカツェネルソンにとってけっして希望のよりどころなどではなかった。むしろそれは耐え難い光景であったのだ。彼の書き方はじつに辛辣である。

カツェネルソンはじつはこれに先立つ『ヴィッテル日記』においても、繰り返し「ミーワ通りの日」のおぞましい光景のことを記そうとしていた。あたかも、その日の出来事を記すことこそが『ヴィッテル日記』の存在意味であったかのように思われるほどだ。しかし、彼はとうとうそれを果たせずに終わる。『ヴィッテル日記』はまさしくつぎの言葉とともに文字どおり途絶しているのである。

「あの夏の終わりまでにワルシャワの四〇万人のユダヤ人が殺戮された。そうだ、四〇万人のユダヤ人の殺戮について、私は詳しく語りたい。／ミーワ通りの日に関しては……おお！　何としたことだ

ろう！」(24)

この『ヴィッテル日記』の末尾に照らせば、ほかでもない「ミーワ通りの日」のことを何とか書き記しておくことは、『ヴィッテル日記』の中断をへて、『滅ぼされたユダヤの民の歌』がそもそも書かれた動機のひとつであった、とさえいうことができるのだ。つまり、彼は日記にヘブライ語の散文では書くことができなかったあの日の出来事を、あらためてイディッシュ語の詩の形式で綴ろうとしたといえるのだ。そして、このような文脈に照らして見るならば、その「ミーワ通りの日」のトラウマ的記憶の恐るべき記述に向かおうとする萌芽を、「一九四二年八月一四日——私の大いなる不幸の日」という作品の末尾にあらためて見て取ることができるように私には思われるのである。

私たちはときにはすべてを一語で言い表すことができる……それはありがたいことだ！
そして、すべてを、いっさいを、ひと目で見て取ることができる

言い終わらない言葉は私たちを燃やし、私たちを焦がす
それはしばしば太陽の光を捉えそこなう、まるで夜明けを押しとどめようとするかのように……

長く見るのは貧しいことだ、ひと目見ることこそ豊かだ
私はただひと目お前たちを見つめたい

私は水差しに満たされた水などもう欲しくない

私には一口で十分だ、一口の水をくれ！
ヘネレ！　私の息子たち、私の気高い息子たち！
奴らは突然私たちを引き裂いた
言葉を交わし合っている最中に、思いを伝え合っている最中に――
ぶち壊したのは誰だ？　お前か、ハナ？　まさか私か、私がぶち壊したのか？
ベン－ツィクル――私を抱きしめておくれ！　お前、ヨメクル！
母さんを抱きしめておくれ、母さんが倒れる、母さんが倒れる！(25)

このように長篇詩「一九四二年八月一四日――私の大いなる不幸の日」は結ばれている。「ベン－ツィクル」「ヨメクル」はもちろん、それぞれ「ベン－ツィオン」「ベンヤミン」の愛称形である。私がここでとくに注目しておきたいのは、末尾の三連であり、とりわけ「ぶち壊したのは誰だ？　お前か、ハナ？　まさか私か、私がぶち壊したのか？」という一行である。それまでの言葉の流れからしても、ここには異様なまでの屈折が感じられるのではないだろうか。「奴らは突然私たちを引き裂いた」という一行を受けて、それを不意に反転させるかのようにして、「ぶち壊した」責任が最終的には「私」に帰せられているかのようだ。ここにはあの「ミーワ通りの日」のカツェネルソンのトラウマ的記憶が激しく渦巻いているような気が私はするのだ。シェイントゥフが推定しているように一九四二年一〇月八日—九日がこの作品の執筆日であるとしても、九月六日の「ミーワ通りの日」からすでに一ヶ月をへているのである。

ここに見られるのは、さしずめフロイト的にいえば、自己処罰的な機能をもった超自我の、不意打ちの突出ではないだろうか。まったく理不尽なことだが、生きのびている自分のおぞましさに耐えられない感覚が作品の末尾で彼を襲ったのではないか。それは不在の他者、死者との対話を軸にしたこの作品の構造を激しく揺さぶっているように思われる——もはや書くことの意味それ自体を無に帰してしまいかねないほどに。

その際、この作品がそもそも妻ハナへの呼びかけを基調としていたことを、ここで私たちはふたたび想起しておくことが必要だろう。末尾の「母さんが倒れる、母さんが倒れる!」という叫びは、幼いベンヤミンへの呼びかけであるとともに、トラウマ的記憶によって激しく揺すぶられている作品それ自体に対する痛切な呼びかけであるように私の耳には響く。つまり、ここで倒れようとしているのは、彼がいま現に書いている作品そのものであり、カツェネルソンにとっての書くことの意味そのものではなかったか、と私には思えるのだ。

しかし翻って考えるならば、果たして「ミーワ通りの日」のことを、カツェネルソンは『滅ぼされたユダヤの民の歌』のあの第一二の歌においてさえほんとうに書くことができたのか、と問うことができる。カツェネルソンはそこでミーワ通りについて「決して知ろうとするな、一度たりとも聞こうとするな」(26)と繰り返し呼びかけている。あるいは、そもそも何を書けば彼は「ミーワ通りの日」のことをほんとうに書いたことになるのか。その出来事は、『滅ぼされたユダヤの民の歌』においてさえも、一種の消失点にとどまりつづけているのではないか。そして、その言葉の突出性という一点では、じつのところ「一九四二年八月一四日――私の大いなる不幸の日」のあの一行のほうが「ミーワ通りの日」の記憶を不可視の形で伝えているのではないか。

　これはいささか唐突な印象をあたえるかもしれないが、カツェネルソンにおける「ミーワ通りの日」という消失点を思うとき、宮沢賢治が「銀河鉄道の夜」の末尾近くに記しているあの忘れ難い「石炭袋」のことが私にはしきりに思い浮かぶ。あの石炭袋は文字どおりには「天の川中の暗黒星雲の呼称[27]」だが、宮沢のテクストにおいてそれは同時に、テクストそれ自体に穿たれた、「ミーワ通りの日」と同様の黒々とした消失点のように思われるのだ。宮沢賢治はこう書いている。「その底がどれほど深いかその奥に何があるかいくら眼をこすってのぞいてもなんにも見えずたゞ眼がしんしんと痛むのでした[28]」。テクストのなかに「現実」が最終的に現前するとすれば、それはこの「石炭袋」のような、あるいは「ミーワ通りの日」のような消失点としてであるに違いないのだ。それにもかかわらず、あるいはだからこそ、カツェネルソンは、そして私たちは、その黒い消失点のまわりに言葉を執拗に配置しつづけるのである。

第六章

パウル・ツェランとホロコースト(上)

――「死のフーガ」をめぐって

前章で、ホロコーストのただなかで書かれたイツハク・カツェネルソンの作品について考察した。カツェネルソンはワルシャワ・ゲットーを生きのび、ヴィッテル収容所で『滅ぼされたユダヤの民の歌』を、文字どおりの投壜通信として書き上げ、地中に埋めながらも、最後はアウシュヴィッツで虐殺された。それに対して、ホロコーストを生きのび、まさしくホロコースト以降であることを主題として詩を書きつづけたのが、パウル・ツェランである。ツェランはまた、「投壜通信」というあり方を、文学の一形式を超えて、自分の詩学の中心に抱え込んでいる詩人でもある。ポーにはじまった「壜のなかの手記」というモティーフが、ホロコーストという現実をへて、ツェランにおいて徹底的に自覚されたともいえるのだ。

私がパウル・ツェランの作品、とくに「死のフーガ」にはじめて接したのは、ローレンス・ランガー『ホロコーストの文学』の翻訳をつうじてだったと思う。晶文社から一九八二年二月に初版が刊行されているので、私がツェランを読んだのも、もちろんそれより早くはなかったはずだ。エリ・ヴィーゼル『夜』、イェルジー・コジンスキー『異端の鳥』なども、そこで知って読んだのだと思う。その意味ではランガーの『ホロコーストの文学』は、その後の私の方向をかなり決定づけた本である。あらためてその第一章「はじめに沈黙ありき」を紐解くと、以下の一文から書き起こされている。

今はなきT・W・アドルノが数年前に表明したあの有名な命題——「アウシュヴィッツ以後、詩を書くことは野蛮である」――をもし文字通り受けとるならば、本書の以下の頁はほとんど無意味ということになるだろう。しかしアドルノは、この命題が文字通りに解されることを決して望んだわけではない。それはこの原則について彼自身精細にのべているところからも明らかである。(1)

正確には、アドルノが「アウシュヴィッツ以降、詩を書くことは野蛮である」と最初に記したのは、初出一九五一年の論考「文化批判と社会」(のちに単行本『プリスメン』所収)の末尾においてであって、ランガーが「数年前」と書いているのは、さらにその後一九六二年にアドルノがラジオ講演として行なった「アンガージュマン」を踏まえてのことだと思われる。そこではアドルノは、アウシュヴィッツ以降、詩を書くことは不可能になった、と述べているのだが、こちらが単行本『文学ノート III』に収録されたのは一九六五年である(ランガーの原書の出版は一九七五年)。いずれにしろ、「今はなきT・W・アドルノが数年前に表明した」という一節は、アドルノとあの命題の存在感がまだ生き生きとした輝きを放っていた時代を思わせる――私自身はそのときから根本的な問題は変わっていないと思っているのだが。

私は学生時代、ヘーゲルの『精神現象学』を研究対象としていたが、右のランガーの一節を見ても、ヘーゲルのあとにアドルノ、ベンヤミンらの研究に向かう下地のようなものがあったことが分かる。パウル・ツェランは、一九二〇年にユダヤ人の両親のもとで生まれ、両親をホロコーストのただなかで奪われた詩人であって、まさしく「アウシュヴィッツ以降」であるがゆえにこそ、詩を書かざるをえなかった詩人である。アドルノ自身、ツェランのことを高く評価していた。ツェランがアドルノに不信感を募らせた時期があったことが窺われるにしろ、アドルノとの実現しなかった出会いの記念に、数少ない散文作品「山中の対話」をツェランは書き残すことになる。一方アドルノも、ツェランの第三詩集、誤植などのために撤回された最初の詩集『骨壺からの砂』をふくめれば第四詩集に相当する『言葉の格子』について、とくに巻末の長大な「エングフュールング」(「ストレッタ」と邦訳されることもある)に焦点をおいてツェラン論を書くつもりだった。こちらはアドルノが心臓発作で急死したため実現しなかったが、遺著として公刊された『美の理論』の「補遺」のうちに、私たちはその痕跡を確認することができる。アドルノはそこで、ツェランの詩について、印象深くこう綴っている。

同時代のドイツの、抒情詩の秘教的な作品のもっとも重要な代表者パウル・ツェランにおいては、秘教的なもののもつ真理内容がその向きを反転させている。その抒情詩は、経験に対する芸術の恥じらいとともに、その手を擦り抜ける苦悩を昇華してしまうことへの芸術の恥じらいによって、すみずみまで浸透されている。ツェランの詩は、言語を絶した恐怖を、沈黙をつうじて語ろうとする。その真理内容自体がある否定的なものとなっているのだ。彼の詩は、人間のうちの見捨てられたひとびとよりもさらに下方に位置する言語、それどころかあらゆる有機的なものよりもさらに下方に位置する言語、石や星といった死せるものの言語を模倣するのである。(2)

一九二〇年、当時はルーマニア領下のチェルノヴィッツにユダヤ人の両親のもとに生まれたツェランは、ドイツ語を母語として育った。ユダヤ人が二分の一から三分の一を占めていたチェルノヴィッツでは、東ヨーロッパのユダヤ人の日常語だったイディッシュ語も飛び交っていたといわれるが、両親はひとり息子の彼をドイツ語で育てた。とりわけドイツ文学に親しんでいた母親フリーデリケは、家庭では「正確なドイツ語」が話されるよう、心を配っていたという。多少ともシオニスト的な性格をもっていた父親は息子にヘブライ語の習得をもとめていたが、ヘブライ語を学習しつつも、ツェランは父親に反発していたといわれる。母親はドイツ文学とくにリルケの詩などを愛読していたという。

一八歳ごろから本格的に詩を書いていたツェランだが、大学では最初医学部を目指し、フランスのトゥール大学の予科に進学する。一九三八年一一月、フランスへいたる途上、彼はベルリンで、奇しくもユダヤ人に対する途方もない暴力と遭遇する。ゲッベルスの煽動で、ドイツ全土のユダヤ人商店などが襲撃され、シナゴーグ(ユダヤ教会堂)が焼かれ、砕け散ったガラスの破片から「水晶の夜」と呼ばれることになった出来事である(現在では「十一月ポグロム」と呼ばれている)。休暇でチェルノヴィッツに戻っていたとき第二次世界大戦が勃発し、彼はもはやフランスには行けなくなる。彼はあらためてチェルノヴィッツ大学のフランス文学科に登録する。

ツェランの故郷チェルノヴィッツは、他の東ヨーロッパの地域と同様、当時ドイツとロシアという大国の狭間で翻弄されていた。一九四〇年夏、いったんソ連の赤軍がチェルノヴィッツに進駐するが、やがてドイツ軍を背景にしたルーマニア軍がそれを押し戻し、チェルノヴィッツは事実上ドイツ軍の支配下に置かれる。ユダヤ系住民が収容所に強制連行される直前、ツェランは女友だちが用意してくれた隠れ家に逃れるが、彼は両親を説得することができなかった。何度か避難したことのあった両親だが、最後の機会には自宅にとどまっていたのである。両親は収容所に連行され、最初、父が亡くなったことを母からの手紙で知り、さらに二、三ヶ月のち、母も殺戮されたことを知らされる(ツェランの両親はガス室で殺されたのではないが、ホロコーストにおける死であったことは動かない事実である)。彼自身も強制労働に従事させられる日々が続いたが、両親を救えなかったというトラウマが終生、ツェランにつきまとうことになる。

さて、私が学生時代にはじめてツェランの作品を知ってからじつに三〇年以上の歳月が流れた。その間、ツェランをめぐる研究環境は大きく異なることになった。いく種類ものドイツ語版全集の刊行とさらに膨大なドイツ語、フランス語、英語、日本語での研究書の出版……。よほどの専門的な研究者でもすべてをフォローすることはとうてい不可能な状況である。ひとりの詩人をめぐる研究状況としては異常といってよいほどだ。ツェランの作品の解読に文字どおり生涯を捧げているような研究者が内外に何十人も、何百人も存在している。ツェランに関して、正直なところ、私は専門的な研究者にはほど遠い、ひとりの読者にすぎない。しかし、そういう立場だからこそいえることもあるだろう。いずれにしろ、詩を現実との関わりで考察しようとする際に、およそツェランは避けてとおることのできない詩人である。実際、彼のテクストは、ホロコースト以降、この問題が極北的に問われる場所でもあるのだ。

一　「ポール・エリュアールの思い出に」の政治的背景

さきに記したとおり、現在ツェラン研究は異常といってもよい状況にある。二種類の全集版にくわえて、詩集ごとに、一篇一篇の作品の成立過程を分かりやすく示した版(いわゆるテュービンゲン版)、さらには詩集一冊ごとにまとめた詳細な注釈本が刊行されている。その注釈本では、詩の一行ごとにどのような背景や意図が込められているか、逐一書き連ねられている。こういう可能性があり、ああいう可能性があり、こういう背景も合わせて考えられるべき……といった形で、けっして一義的な読解に行き着くわけではなく、正直不毛な印象がないわけでもない。とはいえ、ツェランの作品を読むということは、まさしく地雷だらけの紛争地帯を歩くようなもので、その種の注釈本や研究書抜きに、いわば素手で向かっても途方に暮れる場合が多い。実際、いちばん人口に膾炙している「死のフーガ」の分かりやすさは、まさしく例外中の例外なのだ。

私の身近では、『評伝パウル・ツェラン』で小野十三郎賞特別賞を受賞した関口裕昭が精力的な研究をつぎつぎと著してきた(3)。関口の場合、ひとつには、生前のツェランが旅したり滞在したりしていた場所に徹底してこだわって、一見謎めいたツェランの詩句の具体的な背景を掘り起こす作業を続けてきた。ツェランは戦後基本的にパリに暮らしつづけたが、賞の贈呈式、朗読会などのために、ドイツを中心に各地を旅する機会も多かったのである。そういう旅先での知見に関わらせての読解。もうひとつの手法として、ツェランが残した蔵書の書き込みを確認して、彼が作品を書くうえで参照したテクストを明るみに出すという研究スタイルも関口は採用している。とくに後期から、ツェランは思わぬ本を下敷きにして詩を書いている場合が多いのだ。ツェランが具体的に目にしていた風景、読んでいたテクストを参照するというのは、日本在住の日本人研究者にとってはいちばんやりにくい作業だが、関口はそれを驚くほどの地道さと着実さで続けてきた。

しかし、逆にいうと、わざわざその地に行ってみないと分からない言葉、別のテクストを参照しなければ不可解で唐突な専門用語、そういうものでツェランの作品は溢れかえっている。まるでパズル解きのように作品の裏を読まなければならない。関口の優れた研究を読みながら、しかし、そうやってツェランの言葉の真相＝深層にたどり着いたとして、私たちはいったい何をしたことになるのだろう、という疑問に捉われることもしばしばだ。ツェランの言葉の発生の場やコンテキストを確認するのはいわば作品を読むうえでの「行き道」であって、一篇の作品を詩として鑑賞するためには、やはり「帰り道」が必要ではないか。そういうことも思わざるをえない。とはいえ、作者の手を離れたときから作品の解釈は読み手の自由に委ねられている、という通常の私たちの前提を、ツェランの作品行為はどうやら覆すものである、ということは最低限踏まえておかなければならない。

なぜツェランの作品はこんなにも面倒な手続きを踏んで理解しなければならないのか。その一端を、海外の研究者の研究に依拠して、私なりに読み解いてみた二篇の作品について、まず示しておきたい。これは、いま述べた、ツェランの詩を行き道と帰り道の両方で私なりに理解しえた、わずかの幸運な例でもある。(4) まずは比較的初期、第二詩集(破棄された『骨壺からの砂』をふくめれば第三詩集)『敷居から敷居へ』(一九五五年)に収録されている「ポール・エリュアールの思い出に」を全行引いてみる(5)(訳は細見による)。

死者の墓場に言葉を置け、
生きるために彼が語った言葉を。
これらの言葉のあいだに彼の頭を横たえて、
感じさせるのだ
憧れの舌《ツンゲン》を、
鉗子《ツァンゲン》を。

死者の目蓋に置け、あの一語を、

彼に「きみ」と語りかけたあの者に、
彼が拒んだ、
ひとつの語を、
彼の心臓を溢れ出た血はその語の傍らを過ぎていった、
ひとつの手、彼の手と同じむき出しの手が、
彼に「きみ」と語りかけたあの者を、
未来の木々に括りつけたそのときに。

置け、この一語を彼の目蓋に——
おそらく
まだ青い彼の目に、
第二の、もっと未知の青が現れるだろう、
そして、彼に「きみ」と語りかけた者は、
彼とともに夢見るだろう——「ぼくら」と。

三連からなる、ツェランの残した作品のなかでは長くもなければ短くもない、分量からすればきわめて標準的な詩と呼べるかもしれない。とにかく「きみ du」とか「ぼくら wir」という語にずいぶん思い入れが込められているのは分かるが、あくまで抽象的で隔靴搔痒の印象がつきまとうのではないか。ツェランがエリュアールに対して強い感情をもっていたのは確かである。両親を亡くし、彼自

身労働収容所を転々としたあと、ツェランは一九四四年二月にいったん故郷のチェルノヴィッツに戻り、同年四月から一九四七年末までルーマニアのブカレストに滞在していた。そのあいだにツェランは、ブカレストを訪れたエリュアールと直接面識を持ち、以後も、エリュアールの作品を愛読していたといわれる。さらに、この詩は、エリュアールの葬儀の前日に弔問し、安置されていたエリュアールの遺体に対面したあとに書かれたとされる。エリュアールといえば何といっても「愛とレジスタンスの詩人」であって、その彼への追悼詩だから、このような作品が書かれたのだろう——ひょっとすると、それぐらいしか読者の想像力は働かないかもしれない。しかし、合州国の代表的なツェラン研究者ジョン・フェルスチナーは、この作品の背後にひとつの明確な政治的な「事件」が隠されていることを指摘している。(6)

一九五〇年にチェコ、プラハで、シュルレアリストでありナチの強制収容所の生き残りでもあったザヴィス・カランドラが、スターリニストの裁判で「トロツキスト」として死刑判決を受けた。アンドレ・ブルトンは『コンバ』紙の公開状で、当時共産主義者のあいだで大きな影響力を持っていたエリュアールに、共通の友人であるカランドラの助命運動を推進するようもとめた。ところが、エリュアールはこれをきっぱりと拒絶し、カランドラは一九五〇年一一月一七日、絞首刑に処された——。これはフェルスチナーが具体的に指摘していないことだが、アンリ・ベアール『アンドレ・ブルトン伝』には、このときの以下のようなエリュアールの拒絶の言葉が引かれている。「私はみずからの無罪を叫んでいる無実の人びとにたいしてしなければならないことがあるので、みずからの有罪を叫んでいる罪人たちの相手をしてはいられない(7)」。どんな事情があったにしろ、エリュアールはまさしくスターリニストの立場にたって、カランドラを「見捨てた」のだ。

「彼に「きみ」と語りかけたあの者に、／彼が拒んだ、／ひとつの語」、これらの詩句にはこのような背景が塗り込められているのだった。したがって、この詩は「愛とレジスタンスの詩人」エリュアールへの讃歌などではなく、まさしくそうではありえなかったエリュアールへの痛烈な批判を込めた作品だということが分かる。第一連末尾の「舌《ツンゲン》」と「鉗子《ツァンゲン》」の並列など、スターリストによる言論の封殺のみならず、拷問のイメージまでも喚起するだろう。ただし、この詩はエリュアールへの批判ないし告発にとどまらない。最終連には、エリュアールが発することができなかった語(「ぼくら」)を「まだ青い彼の目」の「目蓋」に置くことによって、かつて処刑された者に「ぼくら」という共同性を夢見させようとする、ツェランの強いモティーフが書き込まれている。こういう背景と解釈を踏まえて、もう一度引用の全行を読み直していただきたい。じつに生々しい作品であることが分かるのではないだろうか。

この作品の場合はまだしも、このような背景は比較的多くの読者に意識されうるものかもしれない。書かれた時点ではなおさらそうだっただろう。ツェランの詩はつねにその背後にいわばひとりの「カランドラ」の記憶を隠しているのではないか。しかし、このような書き方はやはり、私たちの詩の通常の理解とは背馳するものがあるだろう。作品はあくまでその作品そのものにそくして理解されねばならない。もしもその作品が作品外の「知識」を前提にしているならば、そのことが明確に注記されているのでなければならない。それが付されていない以上、作品の解釈はあくまで読み手の自由に委ねられている。それが、私たちに馴染みの、近・現代詩の「原則」だろう。おそらくツェランの作品はこの原則から逸脱するところがあるのだ。

しかし、こう考えることもできる。たとえば「ポール・エリュアールの思い出に」に関していえば、ブルトンにとって、あるいはエリュアールの遺族や友人、ましてやカランドラの遺族や友人にとっては、この作品に込められたメッセージはこのうえなく明白だっただろう。そして、この作品がそれらのひとびとにあたえる印象は、懇切丁寧な注記が付されている場合よりもいっそう深かったのではないか、と。この詩が最終稿にいたるプロセスを確認すると、最終稿の直前まで「未来の木々 die Bäume der Zukunft」の箇所には「未来の絞首台 die Galgen der Zukunft」という言葉が使われていたことが分かる。また、最終連の「第二の、もっと未知の青」の箇所を、いったんツェランは「第二の、彼の罪のもっと深い青」と加筆して、結局「罪」の語は抹消して、「もっと深い」を「もっと未知の」に書き替えている(8)。つまり、ツェランはこの作品を推敲するうえで、エリュアールに対する告発(さらには、死んだエリュアールに確認させたかった彼の罪責感)というモティーフを、表面的にはむしろ薄めさせたのだ——おそらく、そのほうがいっそう作品として痛切である、というのがツェランの判断だったのだろう。

この一篇を取り上げても、背景を探るならばこれぐらいのことは確認できてしまう。ツェラン研究の二次文献がまさしく汗牛充棟なのもよく分かろうというものだ。

二　「カモメの雛たち」と隠された引用

「ポール・エリュアールの思い出に」の場合には、生々しい政治的な事件が背景に置かれていた。それに対して、科学関係の文献を下敷きにした、これまた一見とても分かりにくい作品を取り上げてみよう。ツェランは、とりわけ後期において、しばしば植物学や鉱物学、医学の事典や論文を参照して詩を書いたといわれている。たとえば、ファーブル『博物誌』のカマキリをめぐる記述(交尾の際、雌が雄を食するというあの振る舞い)に想を得た作品が、死後刊行された『光輝強迫』(『迫る光』とも訳されている)には散見するのである。

植物学や博物学の専門用語にナチの記憶とは別のドイツ語をもとめるという態度が、そこには存在していたのではないかと思われる。自然科学系の語彙による詩作が、自分のトラウマ的体験や死者の重い記憶と向き合う辛い作業から、ツェランをしばし別世界に誘うという局面も存在していたかもしれない。晩年のツェランの詩作の量は半端ではない。毎日のように詩を書き、詩を書くことが生きていることの証のような状態だ。私は好きな言葉ではないが「癒しとしての詩作」ということもツェランにはいえなくもない気がする。しかし、仮にそのような「癒し」的な詩作が存在していたとしても、そこにはつねに母の記憶が、ホロコーストという現実が、ツェランの場合、不気味なまでに「回帰」してくるのである。そういうテクストの動きを如実に示した「カモメの雛たち」という作品を、やはり全行引いてみる(9)(こちらも細見の訳による)。

カモメの雛たちが、銀色をして
ねだっている
親鳥に、黄色の下－
嘴の赤い染みに。

黒なら――模造－

の頭がお前にそれを示すのだ――
もっと強い刺激だろう。青でも
効果がある、しかし
大事なのは刺激色ではない
刺激形態
がなければならない、余すところなく、
配置された
完全な形態だ
あらかじめあたえられている遺伝。

……………………

友よ、
タールを浴びせられ袋跳び競争をしている、お前、
ここでも、この
渚でも、お前はおちいる
二つのもの、時間と永遠の
過った
喉へ。

これもまた一見したところ、不可解な作品であることは間違いないだろう。これはツェランの生前最後の詩集となった『糸の太陽たち』(一九六八年)に収められている一篇なので、ツェランの精神的な危機も相当深まっていた時期のものだ。実際、一九六七年一月三〇日、ツェランは自宅でナイフを胸に突き立てて、自殺未遂まで図って入院することになる。やはりこの作品も素手で向かうのには無理があるだろう。作者のある種の精神的な錯乱状態をここにかろうじて読み取る——その程度以上のことに踏み込むのは通常、困難かもしれない。

しかし、現在のツェラン研究は、この作品の背景を以下のように説明している。

ツェランは当時ブルターニュに別荘を所有していた。この詩が書かれたとき(この作品の原稿には「一九六七年四月二四日」という日付が記されている)、ブルターニュの海岸が石油によって汚染されるという事件が起きた。具体的には、一九六七年三月一八日に石油タンカーがブルターニュ沖で座礁し、石油が流出し、それが海岸にまで流れ着いたのである。ツェランはその時点で別荘に滞在してはいなかったようだが、身近なニュースとして感じられたのだろう。「タールを浴びせられ袋跳び競争をしている、お前」という詩句は、まずもってこの石油汚染によって死滅を運命づけられた「カモメの雛」への呼びかけなのである。したがって、第二連と第三連のあいだに差し挟まれた破線は、まさしく生死を分かつ境界線である。くわえて、さきにふれたように、ツェランは晩年自然科学系のテクストに強い関心を示していたが、この作品の第一連、第二連にもそれが窺えるだろう。しかも、ヨアヒム・シュルツェという研究者が実際にツェランの参照したテクストを「発見」した。それはアドルフ・ポルトマンの「生物学の観点から見たさまざまな原型の問題」という論文だった……。

以上の紹介は一九九八年に初版が刊行されているジャン・フィルゲスのツェラン論(10)に依拠したものだが、この作品がアドルフ・ポルトマンの論文を下敷きにしているという指摘は、青土社の中村朝子訳『パウル・ツェラン全詩集』第二巻の訳註でも紹介されている。しかし、その論文が具体的にどのようなものかはそこではふれられていない。フィルゲスの本には、ツェランが参照したであろう一節が、シュルツェの論文から再引用されている。したがって、ここでは再々引用になるが、それを以下に訳出・紹介しておきたい。

例として、ティンベルゲンが行なった、幼い銀色カモメの雛が親鳥に餌をねだる仕種を誘発させる研究が、われわれには役立つだろう。雛たちは、ねだる仕種を、親鳥の黄色い下嘴にある赤い染みに向ける。〔……〕しかしながら、これは赤い刺激色がおよぼす特別な効果ではない。頭の模造に付された黒い染みはずっと強力だし、青い染みや白い染みでも十分効果的である。しかし、染みのない嘴はきわめて弱い刺激しかあたえない。さらに実験によって、どこか頭の別の位置にある赤い染みがほんのわずかしか刺激しないことが明らかになっている。下嘴の典型的な位置に置かれているることによってはじめて、餌をねだる仕種が最大限に誘発されるのである。したがって、幼い鳥がその振る舞いのために必要としているあり方は、任意の位置に置かれた刺激色ではなく、ある「刺激形態」、ある配置(Configuration)である。この配置が雛の神経組織のなかに、秩序だった仕方で、あらかじめ遺伝的にあたえられていなければならない(11)。

これを読むかぎり、ツェランが「カモメの雛たち」という謎めいた作品を書く際に、ポルトマンのこのテクストを参照し、そこから自由な「引用」を行なったことは疑いないと思われる。あえて推測すればこういうことではないだろうか。この詩を書くまえ、ツェランは、ブルターニュの自分の別荘の近くでタンカーの座礁による石油汚染が発生したことを知った。彼はその際、カモメの雛たちの死という事態に深く心を痛めた。彼はカモメの雛の習性を知りたく思って、ポルトマンの論文に行き着いた(あるいは以前に読んでいたこの論文のことを思い出した)。彼はとりわけ、餌をねだる雛の仕種に惹かれた。そこにはさまざまな色彩(銀、赤、黄、黒、青、白)が書き込まれていて、かつそれらは最終的に、ある「形態」ないし「配置」へと解消されてゆく。流出した石油に塗れたカモメの雛たちを思い描くなら、この多彩な色合いはいまや、オイルのまがまがしい七色の輝きに覆い尽くされているに違いないのである。

しかも、フィルゲスが指摘しているように、ここで親鳥に餌をねだる雛の仕種には、母親に食べ物のみならず、「あれはなんていうの?」、「これはどういうこと?」と、たえず「言葉」をもとめる幼い子どもの姿が重なってくるだろう。文字どおり母に教えられた母語としてのドイツ語と、父母をはじめ何百万の同胞を殺戮したドイツ人の「国語」としてのドイツ語の狭間で、後半生をのたうち続けねばならなかったのがツェランである。あますところなく配置された完全な形態で、「あらかじめあたえられている」はずの言語は、ツェランにとっては存在しなかった——。

石油に塗れた雛がもはや「遺伝」にしたがって親鳥に餌をねだって生きのびることができないように、ツェランもまた母の言葉をそのままに継承することは不可能なのだ。遺伝や母語によって保証されていたはずの「永遠性」は、両者にとって、ホロコーストとタンカーの座礁という「時間性」によって、決定的に損なわれた。そのとき、「タールを浴びせられ袋跳び競争をしている」カモメの雛とは、致命的に汚染されたドイツ語の海で溺れかけている、ツェランの姿そのものである。まさしくそのかぎりにおいて、「カモメの雛」は彼の「友」なのである。末尾の「誤った／喉へ」という結びも、「喉」がカモメの雛にとっても人間(ツェラン)にとっても、食べ物を呑みこむ器官であるとともに重要な発声器官であることからして、じつに適切である。

このようにして読むならば、「カモメの雛たち」という一篇が、精神的な錯乱などとはおよそ無縁なところで、きわめて意識的に構成された作品であること、そこには同時に彼の詩人としての生涯のモティーフがしっかりと書き込まれていることが分かる。ふたたび、これらの解釈を踏まえて、引用の全行を読み返していただきたい。やはりこれはかけがえのない一篇だ、という印象が湧いてくるのではないだろうか。

ただし「作品の自律性」という点でいうと、もちろん微妙な問題が孕まれている。この作品を読むうえで、ポルトマンの論文にまで行き着くことは、通常の読者には不可能だろう。そこまで踏まえて読んでほしいというのは、おそらく無理な注文である。しかし、「カモメの雛」の習性を手近な図鑑や研究書などで確認することは、それほど困難なことでないかもしれない。さらに、カモメの雛が「タールを浴びせられ袋跳び競争をしている」というイメージから、たとえばいまならあの〈湾岸戦争〉に際して流布された石油に塗れた印象的な海鵜の写真――じつは偽物だったそうだが――などを想起する読者もあるかもしれない。もちろん、〈湾岸戦争〉といわないまでも、石油に塗れた海辺の生きものというイメージは、かなり日常的であるだろう。おそらくそこまでは読み取る必要があるし、読み取らねばならないのだろうとあらためて思う――そもそも読者として私たちがツェランの詩を「読もう」とするかぎりは。

あらためて確認しておくと、ポルトマンの論文からの自由な「引用」、その際に窺われる色彩への固執から、形態や配置への移行、そこにツェランのある種の「遊び」を見ることは可能かもしれない。隠された自由な「引用」による、いわば言葉の戯れをつうじた「癒し」である。しかし、それは文字どおり破線によってみごとに断ち切られている。したがって、この破線は生と死の境界を印づけているだけでなく、そのような戯れによる「癒し」に終止符が打たれるその瞬間を書き留めてもいるのである。破線に続くのは、終末的といってもいい、きわめて暗鬱なヴィジョンである。カモメの雛という他なるものへのツェランの関心、彼をトラウマ的な記憶から一瞬解放してくれたかもしれないその関心は、自己自身の暗鬱な肖像として彼自身にブーメランのように送り返されざるをえなかったのだ。

しかしツェランは、その破線の直後に、死滅を宿命づけられたカモメの雛に対して「友よ」と呼びかけている。まさしく言葉の戯れによる癒しに終止符が打たれたその瞬間に、彼は呼びかけうるかけがえのない「友」をそこに見出したのだ。この友の発見と呼びかけに「癒し」とは別の連帯の可能性、ともに死滅してゆく生きものの連帯の可能性がかすかに示唆されていることに、私はやはり戦慄を覚えずにいられない。

ツェランのすべての作品について、このような読解が可能とはかぎらない。しかし、最低この二篇「ポール・エリュアールの思い出に」と「カモメの雛たち」についてなしえたことは、潜在的には、他の作品についても可能なはずで、そのことがいまにいたるまで、膨大なツェラン研究を生み出しているといってよい。ツェランの作品の独特の気密性と、その背景を読み解いたときに迫ってくる作品の新たな相貌と——。

以下では、まず「死のフーガ」にそくして、ツェランにおける詩と現実の関係について考えておきたい。

三　「死のフーガ」の成立過程

冒頭で紹介したランガーの『ホロコーストの文学』には「死のフーガ」が全行引用されているのだが、それは英訳からの重訳でもあって、その後私が馴染むことになった翻訳とはだいぶ印象が異なっている。以下では、私が親しんできた飯吉光夫訳で全行引いておきたい。(12)

夜明けの黒いミルクぼくらはそれを晩にのむ
ぼくらはそれを昼にのむ朝にのむぼくらはそれを夜にのむ
ぼくらはのむそしてのむ
ぼくらは宙に墓をほるそこなら寝るのにせまくない
ひとりの男が家にすむその男は蛇どもとたわむれるその男は書く
その男は書く暗くなるとドイツにあてておまえの金色の髪マルガレーテ
かれはそう書くそして家のまえに出るすると星がきらめいているかれは口笛を吹き犬どもをよびよせる
かれは口笛を吹きユダヤ人たちをそとへよびだす地面に墓をほらせる
かれはぼくらに命じる奏でろさあダンスの曲だ

夜明けの黒いミルクぼくらはおまえを夜にのむ
ぼくらはおまえを朝にのむ昼にのむぼくらはおまえを晩にのむ
ぼくらはのむそしてのむ
ひとりの男が家にすむそして蛇どもとたわむれるその男は書く
その男は書く暗くなるとドイツにあててきみの金色の髪マルガレーテ
きみの灰色の髪ズラミートぼくらは宙に墓をほるそこなら寝るのにせまくない

かれは叫ぶもっとふかく地面をほれこっちのやつらそっちのやつら歌え奏でろ
かれはベルトの金具に手をのばすふりまわすかれの眼は青い
もっとふかくシャベルをいれろこっちのやつらそっちのやつら奏でろどんどんダンスの曲だ

夜明けの黒いミルクぼくらはおまえを夜にのむ
ぼくらはおまえを昼にのむ朝にのむぼくらはおまえを晩にのむ
ぼくらはのむそしてのむ
ひとりの男が家にすむきみの金色の髪マルガレーテ
きみの灰色の髪ズラミートかれは蛇どもとたわむれる

かれは叫ぶもっと甘美に死を奏でろ死はドイツから来た名手
かれは叫ぶもっと暗くヴァイオリンをならせそうすればおまえらは煙となって宙へたちのぼる

そうすればおまえらは雲のなかに墓をもてるそこなら寝るのに狭くない

夜明けの黒いミルクぼくらはおまえを夜にのむ
ぼくらはおまえを昼にのむ死はドイツから来た名手
ぼくらはおまえを晩にのむ朝にのむぼくらはのむそしてのむ
死はドイツから来た名手かれの目は青い
かれは鉛の弾できみを撃つかれはねらいたがわずきみを撃つ
ひとりの男が家にすむきみの金色の髪マルガレーテ
かれは犬どもをぼくらにけしかけるかれはぼくらに宙の墓を贈る
かれは蛇どもとたわむれるそして夢想にふける死はドイツから来た名手

きみの金色の髪マルガレーテ
きみの灰色の髪ズラミート

これはほんとうに優れた詩であり、また優れた翻訳であると思う。原文は、ツェランの詩にしては珍しく——というか、私の知るかぎりこれが唯一の例外である——コンマ、ピリオドをいっさい打たない形で書かれているが、飯吉の翻訳はそれによるテクストの緊迫したリズムをみごとに日本語に移してもいる。一方で「黒いミルクをのむ」、「宙に墓をほる」という形で、抑留されているユダヤ人たちの苛酷な現実がみごとな暗喩とイメージで描かれていて、それに対して、ドイツ人側の、恋人へ手紙を書くロマンティシズムと日常化した殺戮、モーツァルトやベートーヴェン、シューベルトの音楽といった「高級」な文化の愛好とナチズムという野蛮の共存が、このうえなく鮮烈に抉り出されている。タイトル「死のフーガ」は作品の内容と形式をこれまたみごとに名指している。複数の主題が対位法をつうじて追いつ追われつ展開してゆくバッハで馴染みの音楽技法は、ナチズム下の収容所において「死のフーガ」へと転じるとともに、この作品において、その言語に絶する出来事を記憶しつつ表出する、無二の表現形態となっている。

このように一読、この作品の主題はホロコーストにほかならないが、そのことは具体的な言葉としてけっして明示されているわけではない。「トレブリンカ」や「アウシュヴィッツ」といった名称で、この作品の舞台が特定されているのでもない。その意味でこの詩は、ドキュメンタリーとはおよそ対極にある技法で書かれている。リアリズムの詩か非リアリズムの詩かとあえて問われれば、おそらく非リアリズムの詩に分類されるかもしれない。しかし、この詩を悪い意味で抽象的と評するひとはいないだろう。また、この詩は社会派の詩か非社会派の詩かとあえて問われれば、たいていのひとは、これほど社会派に位置づけられる作品はない、と答えるのではないだろうか。つまり、「死のフーガ」は二〇世紀の決定的な出来事を、そのまったただなかから描き出しているのだから。二〇世紀の決定的に社会的である非リアリズムの詩、ということになる。いやむしろ、リアリズム－非リアリズム、社会派－非社会派などという対立図式を超えた次元で紡がれた、ほとんど奇跡的な作品であるというべきだろう。いずれにしろ、ツェランのこの作品が二〇世紀を代表する詩の一篇であることは疑いない、ということができる。

実際ここでは、それこそ長篇小説が何百枚も費やして描かなければならない主題が、三十数行の詩でおそるべき密度と緊迫感をもって描かれている。戦後ドイツでこの詩がさまざまな機会に朗読され、種々のアンソロジー、さらには学校の教科書に採用されたのも当然だったといえる。そもそもこの一篇の詩なくしては、研究者が汗牛充棟のツェラン研究書を積み上げることもなかった、といって過言ではないだろう。「マルガレーテ」がゲーテ『ファウスト』のヒロイン、愛称グレーテルの正式な名で、典型的なドイツ人女性の名前を表わし、一方「ズラミート」は旧約聖書に登場するユダヤ人女性の名前を表わすなどという「解説」もいっさい不要なほど、作品は明確な輪郭をもって、いうべきことをいい尽くしている。

ツェラン自身はこの詩を、墓もないままの母の墓碑であると語っていたことが知られているが、そのようなプライベートな記憶をたいせつに包み込んだ作品がホロコーストに関わる普遍的な作品として読まれること、それは作品にとっては理想的とも呼ぶべきあり方ではないか。のちにツェランは「死のフーガ」が戦後のドイツの反省を示すアリバイのように使われているのではないかと、強い不信を抱くことになるが、すくなくとも当初ツェランは、個人的な記憶を抱えた詩が普遍的に読まれることに違和感を持たなかったはずである。

以下では、いずれも「研究者」のあいだでは周知のことに違いないが、この作品の成立過程に関していくつかの補助線を引いておきたい。しかもその成立過程には、場合によってはツェランを最終的に自死に追いやることになったのかもしれない、複雑ないきさつが絡んでいるのである。

ひとつは、この作品がツェランの若いころの友人、イマーヌエール・ヴァイスグラースの「彼」と題された作品をおそらくは一種の先行形態としている、ということである。

ヴァイスグラースはツェランと同年の生まれで、ギムナジウムの同級生だった。当時から詩を書き、その後もルーマニアにとどまって詩人・翻訳者として生き、一九七九年に亡くなっている。証言者によってヴァイスグラースとツェランの親密さの度合いは異なるが、いくつかの証言からして、ふたりが競い合うようにして詩を書いていたことは事実のようだ。そのヴァイスグラースの詩「彼ER」はツェランとヴァイスグラースが親しかったであろう時期に書かれていながら、ツェランの自殺する二ヶ月前、一九七〇年二月に、ルーマニア、ブカレストで刊行されている月刊誌『新文学』にはじめて公表されたものだ。以下のような作品である(13)(翻訳は細見による)。

ぼくらは墓を宙に押し上げ、移り住む
女や子どもと一緒に、命じられた場所で。
ぼくらは熱心に掘る、そしてほかの者らはヴァイオリンをかき鳴らす、
みんな墓をつくって、ダンスを続ける。

彼が望むのは、これらの弦《はらわた》を弓がもっとあつかましくこすること
彼の顔つきのように厳しくこすること。
甘美に死を奏でろ、死はドイツの名手、
そいつは霧となって国々を忍び歩く。

そして、夜、黄昏が血を流しながら溢れてくると、
ぼくは糧を貪ろうと、食いしばっていた口を開く、

みんなのための一軒の家を宙に掘る、
棺のような幅で、いまわの際のようにほっそりと。

彼は家で蛇どもと戯れる、脅しては詩作に耽る、
ドイツで一日は黄昏れる、グレートヒェンの髪のように。
雲のなかの墓なら狭くはない、
いたるところで死はドイツの名手だったのだから。

ヴァイスグラースのこの作品は、定型的な四行一連を重ねたうえに、翻訳では表わしようがないが、交差脚韻を踏むなど、きわめて伝統的な手法にしたがって書かれている。ツェランの「死のフーガ」とはもちろん趣きはまったく異なっている。しかし、この点は翻訳からも明らかなように、ここに登場する語彙やイメージは「死のフーガ」にもほぼそのまま登場する重要なものが多い。「ぼくら」と「彼」の対比という構成も基本的に同じである。これだけの重なりからすると、ヴァイスグラースの「彼」がツェランの「死のフーガ」の先行形態であった可能性は十分に考えられるだろう。すくなくとも、ツェランとヴァイスグラースのあいだで、同一の語彙やテーマの共有があったと考えないわけにはいかないだろう。ただし、ツェランの代表的な研究者、テオ・ブックやバルバラ・ヴィーデマンは、ヴァイスグラースの「彼」を安直に「死のフーガ」の「先行形態」と見なすことには批判的である。この点についてはおいおいふれることになる。

ツェランの「死のフーガ」に関しては、さらに最低限、ふたつの源泉を指摘することができる。ひ

とつはツェランと同郷の先輩の女性詩人、ローゼ・アウスレンダーが「死のフーガ」に登場する決定的な暗喩「黒いミルク」という表現をすでに用いていたこと、もうひとつは、「死のフーガ」は最初「死のタンゴ」と題されていたが、その当初のタイトルが、ロシア語で書かれた新聞記事に由来している、ということである。

アウスレンダーは一九〇一年にツェランの故郷、チェルノヴィッツで生まれた詩人である。第一次世界大戦中、ウィーンに、さらには合州国に移住していたが、一九三一年、母親の看護のためにチェルノヴィッツに帰郷していた。ツェランは一九四四年、ルーマニアのドイツ語文学の世界ではすでによく知られた存在だったアウスレンダーと、年長の知人に紹介されて出会ったのである。チェルノヴィッツのユダヤ人は、事実上のナチ支配下で、ツェランの両親をはじめ多くが殺戮されるが、アウスレンダーは母親とともに奇跡的に生きのびていたのだった。最後は地下室を転々とする日々だったという。戦後、彼女はブカレストで偶然ツェランと再会を果たすことになる。ツェランが戦後パリに到着するまでの前半生については、イスラエル・ハルフェン『パウル・ツェラーン——若き日の伝記』が関係者の証言、ツェランの書簡などをもとに、詳細に描いている。そこには、アウスレンダーのつぎのような言葉が引かれている。

彼〔ツェラン〕は自分の詩を読んでくれましたが、私は最初からその詩に感心したのです。彼の詩のスタイルは私のものとは全然違っていました。でも私は彼の詩を認め、また詩を書きつづけていくようにと励ましたのです。

書いたのは一九二五年ですが、三九年になってはじめて公表した私の詩「生に向かって(Ins Leben)」

で、私が使ったメタファー「黒いミルク」を、パウルが自分の詩「死のフーガ(Todesfuge)」で使ったのは当たり前ではないでしょうか。なぜなら、詩人には、すべてのものを自分の詩作のために利用することが許されているからです。偉大な詩人が、私の詩から刺激を受け取ったということは、私にとっては名誉なことです。私の場合でも、ほんのついでにこのメタファーを使ってみた、というわけではありません。しかしパウルの方では、これをもっとも見事な詩的表現にまで高めてしまいました。あのメタファーはもう彼自身のものとなってしまったのです。(14)

一九三九年はアウスレンダーが彼女の最初の詩集『虹』を刊行した年である。「死のフーガ」の「黒いミルク」という暗喩の出典についてはほかにも旧訳聖書などいくつかが指摘されているが、すくなくともアウスレンダーの自己理解では右のとおりなのである。ちなみに、彼女の「生に向かって」はつぎのような作品である(15)(翻訳は細見による)。

体験のすべてが私に流れこんでくるのは
ひとえに母の内面の悲しみから。
くすんだ長い時間のなかで、それが私を養ってくれる
黒いミルクとニガヨモギの強い酒で。

この作品もヴァイスグラースの「彼」と同様、交差脚韻を踏むなど、伝統的な手法で書かれている。一九二五年に書かれたのだとすれば、背景には、第一次世界大戦下での移住という困難な生活状況が

あるだろう。しかもアウスレンダーはそのとき故郷に、この作品で描かれている「母」を残してきた身だった。さきに記したとおり、彼女はその母親の看病のために、一九三一年に故郷のチェルノヴィッツに舞い戻ることになるのである。当時彼女の母親は重い心臓病を患っていたという。[16]ヴァイスグラースの「彼」とともに、アウスレンダーの「生に向かって」もまた、「死のフーガ」に刺激をあたえた作品として私たちは記憶にとどめておく必要があるだろう。

さらに、ドイツの新聞『ディ・ヴェルト Die Welt』二〇一〇年一〇月九日号に、「ヴェールは取り払われた。パウル・ツェランの「死のフーガ」執筆時参照資料が初めて明らかとなる」といういささかセンセーショナルなタイトルで、代表的なツェラン研究者のひとり、バルバラ・ヴィーデマンが報告記事を掲載した。ヴィーデマンは、「死のフーガ」を執筆する際にツェランが読んでいたと考えられる、ロシア語新聞『イズベスチア』の記事を発掘したのである。一九四四年一二月二三日号に掲載されている、「ドイツ・ファシストの侵略者による犯罪行為の立証と調査に関する国家非常委員会の報告」と題した、リヴォフ(ドイツ語名レンベルク)を中心としたポーランド、ルーマニア、ウクライナにまたがった地域での、ナチによる「ソ連人」の大量殺戮についての、長文の報告記事である。これについては、節をあらためて論じたい。

四　ロシア語新聞『イズベスチア』の記事

前節でふれた『イズベスチア』の記事全文のロシア語からの翻訳が、私が副代表を務めている神戸・ユダヤ文化研究会の機関誌『ナマール』第一七号に掲載されている。そこでは、ナチによる大量殺戮がじつに詳細に、また生々しく描かれている。ただし、報告のなかでは「ユダヤ人狩り」といった言葉も見られるが、被害者はたいていの場合「ソ連市民」と一括されている。そのソ連市民の内実は実際にはほとんどが「ユダヤ人」だっただろう。あるいはむしろ、「ソ連市民」という言葉によって、その殺戮の対象がほかでもない「ユダヤ人」であったことがこの記事では隠蔽されている、と批判的に指摘すべきなのかもしれない(17)。

この記事のなかでは、ドイツ軍による「ソ連市民」の大量殺戮について、ヤノフスカ収容所の「死の谷」に関して、赤軍の「法医学鑑定委員会」による以下の報告が掲載されている。

①ヤノフスカ収容所で、非武装民間人の大規模殺戮が行われていた。
②殺戮は基本的に、ドイツの典型的手段である射殺という方法、うなじへの銃撃によって行われた。犠牲者の一部は、頭頂部への銃撃によって殺害されている。
③ヤノフスカ収容所に隣接する敷地で、ドイツは大規模な埋葬を行い、後に遺体を焼却している。遺体の焼却は長時間、収容所の敷地内の様々な場所で行われたが、遺体の大部分は細長くて深い溝で焼却された。
④この窪地はかなりの深さにおいて、腐敗臭や焼け焦げた匂いとともに、遺体から出る液体や脂肪が染み込んでいると分かった。
⑤発見された小さな骨片からなる灰の性質、より大きな骨片のもろさは、遺体の焼却が高温で行われたことを示している。焼却の際に残った灰は、深さ二メートル近く、収容所の様々な場所に埋められている。このような場所は五九カ所発見された。その上、骨を含んだ灰は、調査した収容

所の敷地のほぼ全域の地表において発見されている。

二平方キロメートルに及ぶ、灰と骨が埋められた、撒かれた総面積を考慮して、法医学鑑定委員会は、ヤノフスカ収容所において、二〇万人以上のソ連市民が殺害されたと考えている。(18)

ツェランがもっとほかの記事や目撃者の証言などから当時の大量殺戮について情報を得ていた可能性ももちろんあるが、しかし、ここに見られる、いったん埋めた大量の死体をあらためて掘り起こして焼却するという手順は、雲のなかの墓なら狭くないという、ヴァイスグラースとツェランに共通するイメージの源泉となった可能性が高いだろう。狭い溝のなかに埋められた状態から、掘り起こされ、焼却をつうじて雲のなかの墓、あるいは宙の墓が死者たちにあたえられるのである。もちろん、その死体を掘り起こす作業に従事させられたのもまた同胞のユダヤ人たちだった。

さらに重要なこととして、同じヤノフスカ収容所での出来事として、記事には以下の文面が記されている。

ドイツ人たちは、拷問や虐待、射殺を行う際に音楽を奏でさせていて、そのために収容者から成る特別のオーケストラが組織されていた。オーケストラの指揮をさせられたのは、シュトリクス教授と著名な指揮者ムントであった。作曲家には、「死のタンゴ」と呼ばれた特別のメロディーを作曲するよう命じていた。収容所の閉鎖の直前に、ドイツ人たちはオーケストラの全員を射殺している。(19)

「死のフーガ」はまずブカレストの雑誌『同時代人』一九四七年五月二日号に、ツェランの友人ペートレ・ソロモンのルーマニア語訳で掲載されているが、さきに記したとおり、その時点では「死のタンゴ」と題されていた(この翻訳にはツェラン本人も協力したといわれている)。ヴィーデマンが指摘しているのは、「死のタンゴ」というルーマニア語訳版のタイトルが具体的にはこのヤノフスカ収容所での出来事に由来するのではないか、ということだ。現在では、右の記事と同様のオーケストラをナチが他の収容所でも作らせていたこと、そして、ほかでもないヤノフスカ収容所でオーケストラが「死のタンゴ」を演奏させられている写真は、いまではきわめてよく知られている。しかし、その当の写真がこの記事にすでに掲載されていること、時期的に見て、収容所のオーケストラや「死のタンゴ」についてのかなり初期の報告記事であることからして、この記事はやはり重要だろう。ヴィーデマンが繰り返し指摘しているとおり、何よりもツェラン自身が「死のフーガ」について、のちにあるメモ書きでこう記しているのである。

私の記憶を信じるならば、私が一九四五年五月に「死のフーガ」を書いたとき、私は当時『イズベスチア』でレンベルク〔リヴォフ〕・ゲットーについての報告を読んでいた。(20)

むしろ、ヴィーデマンはこのツェランの記述に照らして、『イズベスチア』の記事を探索しつづけていたのであり、ツェランが「一九四五年」と書いていることから、なかなか当の記事にたどり着けなかったようなのだ。リヴォフのユダヤ人は、ヤノフスカ、ベウジェッツ、アウシュヴィッツという三つの絶滅収容所に移送された。ヴィーデマンが発掘し、私たちがいま見てきた『イズベスチア』一九四四年一二月二三日号の報告記事が、ここでツェランが「読んでいた」と書いている当の記事にほかならないことは、かなり確実だといえる。

さらに問題は、ツェランが「死のフーガ」を実際にいつ書いたのか、ということである。もちろん、ツェラン自身が一九四五年五月と記しているのだから、それをそのまま信じてよさそうなものだが、そう簡単にはゆかないところがある。ツェランは一九四五年三月までチェルノヴィッツにとどまり（途中、キエフへ仕事で出張しているが）、一九四五年四月にブカレストに移住する。この点に関して、ジョン・フェルスチナーは、「死のフーガ」を「死のタンゴ」のタイトルでルーマニア語に訳したペートレ・ソロモンの回想を引いている。それによると「この詩〔「死のフーガ」〕はチェルノヴィッツから持ち越されたものだが、多くの訂正をへてブカレストで仕上げられたことは確かである」[21]。さらにフェルスチナーは、このソロモンの回想録から引用した箇所に付された注でこう記している。

この表現は、ソロモンの分厚い回想録のフランス語タイプ原稿からである。本それ自体のなかでは、ソロモンはその詩がチェルノヴィッツで書かれたということに疑問を投げかけている（ルーマニア語版、五六ページ、フランス語版、四〇ページ）。しかし、著者〔フェルスチナー〕宛の一九八四年一月一〇日付の手紙では、彼は「ツェランがブカレストに到着したとき……彼はその詩を携えていました」と書いている。そして、のちのインタビューでは彼はこう語った[22]。「チェルノヴィッツで書きはじめたいくつかの詩を」ツェランはブカレストで仕上げたのだ、と。

フェルスチナーはもとより、テオ・ブックもバルバラ・ヴィーデマンも「死のフーガ」の執筆時期に、いささか執拗とも思えるほどにこだわっている。この問題には同時に、ヴァイスグラースの「彼」の執筆時期との関係がやはり関わってくるからだ。

「彼」は、すでに記したとおり、一九七〇年二月、ブカレストで刊行されている雑誌『新文学』にはじめて掲載された。ヴィーデマンによると、そこには「ひとつの断面」というタイトルで「彼」をふくむヴァイスグラースの初期の詩八篇が掲載されているのだが、なぜか「彼」にだけ「一九四四年」という執筆年が記されているという。(23) この執筆年を実際に裏づける資料がヴァイスグラースの草稿には見当たらず、ヴィーデマンらはこの数字に疑問を投げかけてきた。ヴァイスグラースの「彼」が一九四四年の執筆であるならば、やはりこちらが「死のフーガ」に先行して書かれた可能性が高まるという重要な問題が生じるからだ。

一九四四年という「彼」の執筆年に疑問を投げかけていたとき、ヴィーデマンはまだ『イズベスチア』の記事を発見していなかった。その記事を発掘したいま、ヴィーデマンがそれとヴァイスグラース「彼」との関係をどのように受けとめているのか、私には分からない。『ヴェルト』の報告記事で彼女はその点にまで踏み込んではいない。いずれにしろ、ヴィーデマンが『イズベスチア』のこの記事を発掘することによって、ヴァイスグラースの「彼」にだけことさら一九四四年という執筆年が付されていたことの根拠が明らかになった、というべきだと思われる。つぎのように考えるのがそれなりに自然なのではないだろうか。ヴァイスグラースは一九四四年一二月二三日号の『イズベスチア』の記事を読んで、おそらくはその年内のうちに「彼」を書き上げ、ツェランもやはりその記事を目にした一九四四年一二月二三日以降、場合によってはその初期形をすでにチェルノヴィッツで書きつつも、最終的には一九四五年五月、ブカレストで書き上げた……。このように考えれば、さきのソロモンの証言とあわせて、一連の日付も整合的に理解することができるように思われる。

なぜこのようなことを詳細に検討しなければならないのか。そこには、一九五〇年代からその自死にいたるまで、ツェランが「死のフーガ」とはまったく別の文脈で、たえず剽窃・盗作という中傷に曝されていた、というもうひとつの「現実」が関わっている。すなわち、ツェランは戦後を代表するドイツ語詩人として脚光を浴びるとともに、彼を剽窃者・盗作者とする中傷に曝されていたのである。こういう「現実」を背景に置くならば、ツェランを一躍有名にしたあの名作「死のフーガ」までもが剽窃・盗作だったのではないかという疑念の形で、ヴァイスグラースの「彼」は暗い影を投げかけかねない、というわけである。しかし、そもそも私からすれば、ヴァイスグラースの「彼」が「死のフーガ」の先行作品であるなら「死のフーガ」は剽窃・盗作だとするような理解が仮にありうるとすれば、それはおよそ一篇の詩の成立過程を根本的に誤解したものと評する以外にない。その問題を、日本の戦後詩を例にして次節で考えておきたい。

五　田村隆一「立棺」をめぐる、鮎川信夫と中桐雅夫

前節で検討したような日付の問題、『イズベスチア』の記事の問題を組み込まないでも、ヴァイスグラースの「彼」とツェランの「死のフーガ」を読み比べるならば、ヴァイスグラースの「彼」が「死のフーガ」に先行する作品として書かれたことは、ほぼ直感的に明らかだと思われる。逆がありうるか、つまりツェランの「死のフーガ」を読んだあとでヴァイスグラースがあえて「彼」を書くことがありうるか、と問うてみても、そのことは明らかだといえる。だからこそ、何人かの研究者・批

評家は「彼」が発表されたのち（ツェランの死後だが）、「軽率にも」そのように語ってしまったのだった。それは、ヴィーデマンやブックからすれば、何の根拠もない憶測と弾劾されてしかるべきことだった。しかし、前節で確認したように、ほかでもないヴィーデマンによる『イズベチア』の記事の発掘によって、そのことはむしろ裏づけられた印象さえあるのだ。

それよりももっと大事なことは、そのことによってツェランの「死のフーガ」の価値がいささかも減ずるものではないこと、ましてや、剽窃・盗作という中傷に曝されるいわれなどいっさいないということを、きちんと確認することである。むしろ、ヴァイスグラースの「彼」からツェランの「死のフーガ」が書かれた、その眩暈のするような跳躍と断絶にこそ、私たちは目を見張るべきなのだ。優れた詩はそのようにして書かれうるし、じつは多くの優れた詩はむしろ先行する「素材」に対するそのような跳躍と断絶によってこそ書かれているのかもしれないのだ。そのことを、日本の戦後詩を代表する田村隆一の長篇詩「立棺」という作品の成立過程をめぐる、同じ荒地派の鮎川信夫、中桐雅夫との関係にそくして確認しておきたい。その際、田村隆一が一九二三年生まれ、鮎川信夫が一九二〇年生まれ、中桐雅夫が一九一九年生まれで、彼らが一九二〇年生まれのツェランとまったくの同世代であることも、私たちはあわせて考えておくことができる。

田村隆一の「立棺」はよく知られた詩なので、三部からなるその詩の第二部、しかもその前から三分の二だけをここでは引用しておきたい[24]。

わたしの屍体を地に寝かすな
おまえたちの死は

地に休むことができない
わたしの屍体は
立棺のなかにおさめて
直立させよ

地上にはわれわれの墓がない
地上にはわれわれの屍体をいれる墓がない

わたしは地上の死を知っている
わたしは地上の死の意味を知っている
どこの国へ行ってみても
おまえたちの死が墓にいれられたためしがない
河を流れて行く小娘の屍骸
射殺された小鳥の血　そして虐殺された多くの声が
おまえたちの地上から追い出されて
おまえたちのように亡命者になるのだ

地上にはわれわれの国がない
地上にはわれわれの死に価いする国がない

書き写しながら、これは荒地派を代表する詩であり、優れた戦後詩の一篇であるとあらためて思いつつも、やはりツェランの「死のフーガ」と引き比べると、いささか観念的な作品である、という印象は否定できない。もちろん、田村隆一、鮎川信夫をはじめ荒地派の面々は、さまざまな形で戦争を痛切に潜り抜けていった。それでいて、ここに書かれている「屍体」や「墓」、「小娘の屍骸」や「射殺された小鳥の血」、「虐殺された多くの声」が、たんなる詩的レトリックを超えたどれだけのリアリティに裏打ちされた言葉であったか、という問いは不可避であるように思われる。ともあれ、ここで確認しておきたいのは、この長篇詩が成立するにいたる過程である。

ここで田村の「立棺」を取り上げるのは、ほかでもない田村自身がこの詩の成立過程について率直な文章を残してくれているからであり、それがヴァイスグラースとツェランの関係について、私たちに貴重な光を投げかけてくれると思えるからだ。田村は長篇詩「立棺」が成立した過程を、C・D・ルイース『詩をよむ若き人々のために』にそくして、「路上の鳩」というエッセイのなかで、以下のように説明しているのである。

まず田村は、同じ荒地派のメンバーだった鮎川信夫が「裏町にて」という詩にさり気なく書きつけていた「立棺」という言葉に強く刺激された。「裏町にて」は、初出「詩学」一九五一年七月号掲載の、四行一連を八つ重ねた抒情的な作品で、四行のうち二行は対話の形式をとっている。その第五連で鮎川はこう書いている。「じめじめした屋根裏では、／生《なま》パンでさえ死の匂いがする。／——生きましょうよ、ねえ、／——おれはおまえをいれる立棺だよ。」(『鮎川信夫全集 第一巻 全詩集』、思潮社、一九八九年、八一頁)。鮎川のなかでけっして目立った作品ではない。しかし、このなかの「立棺」という言葉が、田村隆一に消し難く刻まれたのだ。さらに中桐雅夫の「立棺」という「二十行たらずの詩」の第一行「わたしの屍体を地に寝かすな」を読むことによって、「立棺」という詩を書きたいという欲望を田村は強く刺激されたという。

中桐氏の「立棺」という詩は、たしか二十行たらずのように記憶しております。或る冬の夜でした。「こんな詩を書いてみたよ」といって、氏から「立棺」という詩を見せられたとき、わたくしの心のなかにあった種子がいつのまにか根を下ろし、成長しているのに、わたくしははじめて気がついたのです。このときのわたくしのはげしい欲望をいまでも忘れることができません。中桐氏の二十行たらずの詩の第一行は、

わたしの屍体を地に寝かすな

であります。この一行を見た瞬間に、わたくしの九十行の詩ができてしまったのです。[25]

ここでの田村隆一の語り口は、ツェランとヴァイスグラースの関係を考えるうえで、私たちにとってきわめて示唆的ではないだろうか。それこそまっとうなツェラン研究者にはとても口にできないことかもしれないが、まさしく一九四四年一二月末、チェルノヴィッツの「或る冬の夜」、ヴァイスグラースが「こんな詩を書いてみたよ」と「彼」という作品をツェランに見せるということがあったのではないだろうか(その「彼」がやはり行空きをふくめると「二十行たらずの詩」であるのも不思議な感興を私

たちにあたえることだろう)。

そのとき、ツェランは最終的に「死のフーガ」にいたる、あのような詩を書きたいという「はげしい欲望」を掻き立てられたのではないだろうか。その際、田村隆一がさきに目にしていた「立棺」という鮎川の言葉に相当するものが、ツェランにとってはアウスレンダーの「黒いミルク」という暗喩だったと想定しても、あながち的外れではないのではないか。ツェランは田村隆一と同様に、ヴァイスグラースの「彼」を見たとき、まさしく「黒いミルク」という暗喩の「種子」が自分のなかで「いつのまにか根を下ろし、成長しているのに」はじめて気づいた……。

要するに、アウスレンダーの「黒いミルク」という暗喩、『イズベスチア』の報告記事の「死のタンゴ」という表現と事実、ヴァイスグラースの「彼」という作品、これらが両親を失ったツェラン自身の痛切な体験に対して複合的に作用して、「死のフーガ」という作品へとみごとに結晶した、といえるのではないだろうか。このような可能性を否定的・消極的にではなく、むしろ肯定的・積極的に考える必要があるように私には思えてならない。たとえばテオ・ブックはヴァイスグラースの「彼」の詩型の古さを示す特徴をいくつも数え上げて、「死のフーガ」との違いを強調しているが、私にはいささか過剰な反応と思われる。しかしそれでは、これらの一連の「素材」と「死のフーガ」の関係を私たちはどのように考えればいいのか。田村隆一は自作「立棺」について、さきに紹介した、鮎川と中桐による触発を踏まえてこう述べている。

わたくしは、鮎川氏から「立棺」というタイトルと、中桐氏から「わたしの屍体を地に寝かすな」という一行の詩句をじかに分けてもらったのです。そして素晴らしいことには、中桐氏はそのために自分の詩を放棄してくれたということです。それでは、わたくしの「立棺」は、わたくし一人の作品ではなく、鮎川氏と中桐氏との共作ということになるのでしょうか？　答は、厳密にいってわたくしだけの作品なのです。なぜでしょう？[26]

田村は最後の問いにじつはここで明確な答えを自分であたえていないのだが、「詩人が詩を「一篇の詩」に物質化する過程は〔……〕きわめて個人的な領分」であるという田村のこの後の文面からすると、どのような素材が周囲からあたえられたとしても、それを「一篇の詩」に作りあげるのは、あくまでひとりの詩人の個人的・個性的な仕事である、というのが彼の断固とした主張だと思われる。まさしくツェランの場合も同様であって、たとえヴァイスグラースやアウスレンダーらの暗喩や作品を前提にしていたとしても、それを「死のフーガ」という一篇の詩へと個性的に「物質化」したものとして、やはりその作品は「厳密にいってツェランただひとりのもの」なのだ。アウスレンダーが「黒いミルク」という暗喩について、鮎川や中桐と同様の態度を示していたことは、さきに確認したとおりである。ヴァイスグラースもまた、これについて以下のように述べていたことが知られている。

創作の領域においては――ある形象のメタファーの輪郭が別の形象を照らしだすといった場合でも――、肝心なのはつねに、純粋に芸術的なものにおける獲得と喪失のみです。それに、「死のフーガ」は、私たちの時代の抒情的な意識に深く根ざしています。類似点(Parallelismen)は何らかの優先性を示す証拠にはなりません。「仲間内での対照性(kameradoschaftliche Kontrapunkt)」がしばしば、「言葉を共有しているふたりの友人」を、詩をもとめて一緒に努力するなかで、結びつけてい

たのです。(27)

ヴァイスグラースはここでけっして、自分の作品「彼」のほうが「死のフーガ」に先行して書かれた、とは明言していない。したがって、彼のこの文面はアウスレンダーほどに「死のフーガ」と自作「彼」との関係を自分自身のなかで明快に位置づけたものではない。しかし、すくなくともふたりがテーマや語彙、メタファーを共有していたこと、しかしたがいの作品の個性は対照的に異なっていたこと、それらのことは明瞭である。さらに文面の端々からは、「彼」が事実としては先行して書かれ、「死のフーガ」がそれをはるかに凌駕する作品としてのちに書かれた、というヴァイスグラースの了解が窺えるのではないだろうか。「肝心なのはつねに、純粋に芸術的なものにおける獲得と喪失のみです」という彼の言葉は、そのような文脈で理解することができるだろう。それにしても、ヴァイスグラースのこの綴り方は、いかにも奥歯にものが挟まったような遠慮した物言いである。どうして彼はもっと明快・率直に事実を述べなかったのか。

この文面(一九六〇年代後半からのツェランの知人で、フライブルク大学のゲルハルト・バウマンに宛てられた書簡の一節)が書かれたのは一九七五年五月であり、ツェランが入水自殺して五年後である。さきに記したとおり、ツェランはすでに一九五〇年代から、亡くなった詩人イヴァン・ゴルの妻、クレール・ゴルによる誹謗文書によって、深い精神的な打撃を受けていた。ツェランは出会った当初、すぐにゴル夫妻と親子のような関係になって、イヴァン・ゴルの詩集のドイツ語訳を依頼されてさえいたのだが、イヴァン・ゴルが亡くなったあと、その翻訳をクレール・ゴルから批判され拒絶されるとともに、以来、あまつさえ、夫イヴァン・ゴルの作品から剽窃を行なっている、という誹謗中傷を執拗に浴びせられることになったのである。不幸なことにこの問題が、ヴァイスグラースの「彼」の公表、そしてツェランの自死という事態にまで、不穏な影を投げかけているようなのだ。

本章の最後に、そのいわゆる「ゴル事件」と「死のフーガ」の関わりについて、最低限ふれておきたい。

六　「死のフーガ」とゴル事件

イヴァン・ゴルの妻、クレール・ゴルがイヴァン・ゴルの亡くなったあと、ツェランに対して執拗に剽窃・盗作の中傷を浴びせていたことは、よく知られていた。しかし、ツェランをたいせつに読もうとするひとびとのあいだでは「事実無根の中傷」といういい方で剽窃・盗作が否定されながらも、いったい何が問題であったのかを踏み込んで確認することは難しいところがあった。実際はどうだったのかを調べるということは、どこかでツェランを疑うことが前提となるようなところがあるからだ。これは、ツェラン本人が生きている場合ならよく分かる感覚だろう。いわれのない冤罪をこうむっている当人にとって、「実際はどうなの?」などと親しいはずの友人から問われることほど腹立たしいことはないだろう。ツェランが亡くなったあとも、それが自殺という最後であってみれば、ゴル事件についてふれるのは、一種、腫れ物にさわるような感覚がつきまとった。

何度も名前を挙げてきたバルバラ・ヴィーデマンは『パウル・ツェラン――ゴル事件』(28)という大冊を編集することによって、この居心地の悪い感覚を、まさしく霧を払うようにして一掃した。彼女はその大著のなかで、ゴル事件を、イヴァン・ゴルの翻訳をめぐる最初期、クレールが誹謗文書を関係者に送りつけた時期、クレールが雑誌に公開で誹謗文書を発表するとともに、ツェランがビューヒナー賞を受賞する、一九六〇年前後を頂点とする時期、さらにツェラン死後、この四つの時期に分けて、関係文書を膨大に収録し、詳細な注を付している。きっかけとなったツェランのイヴァン・ゴルの翻訳、クレール・ゴルの中傷文書、それに同調したひとびとの文書、大新聞から小さなパンフレットにいたるまでの疑惑キャンペーン、それに対するツェランを支持するひとびとのクレール・ゴルらへの批判文、文献学的な手法でツェランへの疑惑を払拭したデール・ラインハルトの鑑定報告(抜粋)、ツェラン自身が試みていた反論の覚書、ツェランとクレール・ゴルをふくむ関係者の往復書簡……。最後には、ヴィーデマンのこの問題に対するその時点での総括が長文の「エッセイ」という形で収録されていて、全体でじつに九二六ページに達する大仕事である。

ここでヴィーデマンが最後の「エッセイ」で強調している要点をいくつか挙げておく。

①ツェランに対する剽窃・盗作という批判が、文献学的には根拠のないものであることが繰り返し明らかとなっている。たとえば、イヴァン・ゴルの遺稿の表現とツェランの表現に類似点が見られる箇所は、クレールがイヴァンの遺稿をむしろツェランの表現にあわせて修正した結果だった。

②クレールがそのようなことをした動機のひとつは、急速に読まれなくなってゆくイヴァン・ゴルを、若い才能にいまも絶大な影響をあたえる詩人として復権させたいと彼女が目論んでいたことにあった、と見なせる。クレールが剽窃・盗作と大騒ぎをしながら、一度として実際に裁判に訴えようとはしなかったことに、ヴィーデマンはいわばクレールの「怒り」がほんものではなかったことの証拠を見ている。

③クレールはツェランによるイヴァン・ゴルのドイツ語訳を拒絶して、名義上は自分の翻訳で出版したが、実際にはツェランの翻訳を大幅に利用していた。この点をツェランおよび出版社が早い段階で追及していれば、問題はもっと簡単に解決していた可能性がある、とヴィーデマンは考えている。さらに、クレールのツェランに対する中傷は、実のところ、自分の剽窃(ツェランの訳文の剽窃)を隠蔽することを目指したクレールの策略だったとヴィーデマンは指摘している。

④出版社側がむしろクレールによる剽窃・盗作を問題とすべきところで、事なかれ主義的な立場にたって、きちんと対応しなかった。それにくわえて、ツェラン自身の側でもゴル事件をたんにクレール個人の問題とするのではなく、戦後のドイツひいては戦後のヨーロッパにおける反ユダヤ主義の現れとして捉えていた。この点で、ツェランは自分に対する剽窃・盗作疑惑がたんに文献学的に解決されることにはなはだ不満を持っていた。

⑤ツェランを親身になって支えようとしたひとびとのあいだでも、ツェランがゴル事件を「反ユダヤ主義」と結びつけようとしたとたん、それを「迫害妄想」と片づける傾向があった。この点でヴィーデマンはそれがたんなる「妄想」では済まされないリアリティを持っていたことを確認している。ツェランが戦後ドイツでユダヤ人文学者としてはじめて脚光を浴びた存在であったこととともに、一九六〇年前後、ドイツで反ユダヤ主義が危険な形で再燃していたことへ、ヴィーデマンは注意を促し、ゴル事件とツェランの「迫害妄想」を結びつける安易な語り方を厳しく批判している。

⑥ツェランは表立った形でクレールに対する反論を述べなかったが、彼は詩作と翻訳のなかで、ゴル事件とその背景としての反ユダヤ主義に対して懸命に抗っていた。とくに『誰でもない者の薔

薇』の諸作品にはそれが見られるが、当時の批評家はツェランの作品をホロコーストの記憶と結びつけるのがせいぜいで、ツェランが闘っていたゴル事件および現在の反ユダヤ主義と関係づけて理解してこなかったことをヴィーデマンは強く批判している。ゴル事件とその背景としての反ユダヤ主義こそは、ツェランが生きていたもうひとつの「現実」だったと。

⑦この点との関わりで、じつはクレール・ゴルもまた反ユダヤ主義への恐怖を共有していた。これはある意味でゴル事件のいちばんの深層にふれる点だが、イヴァン・ゴルもクレール・ゴルもユダヤ人だった。ヴィーデマンはクレールのなかに夫イヴァンを非ユダヤ化しようとする身振り、またツェランに対する攻撃にクレールのなかのユダヤ人の「自己憎悪」を見るだけでなく、クレールがネリー・ザックスやツェランと同様の反ユダヤ主義への強い恐怖心を抱いていたことを確認している。

⑧クレール・ゴルの誹謗中傷に対してツェランが友人・知人に自分への公的な連帯をもとめつつも、ヴァイスグラースの「彼」と「死のフーガ」の関係に対する問題がつねにつきまとっていて、ツェランの態度を不可解にさせていた。

以上、ヴィーデマンの「エッセイ」の要点を私なりに挙げてみたが、⑦として挙げた問題は、さらに広範な視点で今後考えねばならないものだろう。クレールもアウシュヴィッツで母親を殺されている身だが、そういうユダヤ人が、ホロコーストのあとで、ヨーロッパで生きてゆくことの困難さという視点を抜きにはできないだろうと思われる。クレールの誹謗中傷に与したキャンペーンを張る一方で、所詮はユダヤ人同士の内輪喧嘩と冷ややかに見るまなざしもドイツ社会には明らかに存在していた。ホロコースト後のヨーロッパというマジョリティが設えた舞台で、ユダヤ人が生きつづける困難さをそれぞれの姿で曝し、それをふたたびマジョリティがあるときはジャーナリズムの格好のネタにし、あるときはたんなる慰みとして遠目に眺めている、という構図である。最後の⑧については、ヴィーデマンが最終的にどのように考えているのか、私にはいくらか不分明なところもある。ヴィーデマンが述べているのは、以下のところまでである。

ゴル事件はパリで暮らしたツェランの人生と作品に、他のどの出来事にもまして大きな刻印を残しており、それがあたえた影響は最大限に見積もられねばならない。ゴル事件は、一九四九年から五〇年にかけてのイヴァン・ゴルの最初の翻訳の時期から、一九七〇年二月のヴァイスグラース作品の公表との関わりで新たな剽窃攻撃が予感されるにいたる時期まで、二〇年にわたって彼につきまとっていたのである。ヴァイスグラースの作品の公表がもたらす帰結に、自分はもはや耐えとおすことはできない、おそらくツェランはそのように考えたのかもしれない(29)。

しかし、ツェランはそもそも、自殺した一九七〇年四月の時点で、ブカレストの雑誌『新文学』にヴァイスグラースの「彼」が掲載されていることを知っていたのだろうか。この点はいささかミステリーめいた話だが(30)、遺されたツェランの蔵書には、その『新文学』一九七〇年二月号が実際にふくまれていたのである。ツェランがこの雑誌を定期購読していた事実はなく、誰かが送ったとしか思えないようなのだ。晩年のツェランは入退院を繰り返すとともに、住居も転々としていた。にもかかわらず、不幸なことにこの一冊は彼のもとに届いたのだと思われる。クレールがヴァイスグラースの

「彼」を知ったのは、ドイツの雑誌『アクツェンテ』一九七二年第一号に、ハインツ・シュティーラーが「死のフーガ」と「彼」の関係についての原稿を掲載したときである。[31] したがって、クレールが『新文学』をツェランにわざわざ送りつけたり、ましてやヴァイスグラースに「彼」の公表をうながしたりしたのではない。

もちろん、何らかの形でツェランが『新文学』を自ら購入した可能性も否定できないが、いちばん考えられるのは、やはりヴァイスグラースないしその周辺(とくに編集部)がツェランの住所を確認して送りつけた可能性ではないだろうか。とはいえ、ツェランの蔵書のなかにこの雑誌が存在していたとしても、ほんとうに彼がそれに目をとおしたかどうかまでは分からない(ヴィーデマンによると、この雑誌にツェランの書き込みや線引きは見られないという)。

いずれにしろ、それを読んでいたとしても、本来ツェランは動揺するいわれはいっさいなかったはずだ。私自身は前節で記したとおり、たとえヴァイスグラースの「彼」を先行作品としていたとしても、「死のフーガ」は「厳密にいってツェランただひとりのもの」ということは揺らぎようがないと思っている。ツェラン自身もその点にいくらかなりと自ら疑念を持っていたとはとうてい思えない。にもかかわらず、ふたたびそれが自分を標的にした「反ユダヤ主義キャンペーン」の格好のネタになりうるということは、身に沁みて感じていたことだろう。くわえて、『新文学』に「彼」をあえて公表したヴァイスグラースの側では、戦後ドイツでいくつもの賞を受賞して華々しく脚光を浴びているパリ在住のツェランが、まさかゴル事件で心底、神経をすり減らすような日々を送っているとは、とても想像がつかなかったかもしれない。そこには、ブカレストとパリを分かつ距離——たんなる地理的な距離だけではなく、当時は「西側」-「東側」という体制上の距離も存在していた——が一定の役割を果たしていたともいえるだろう。

田村隆一と中桐雅夫の例でいうと、田村の「立棺」という作品を見て、中桐は自分の「立棺」という詩を「放棄」した。したがって、『中桐雅夫全詩』の「拾遺詩篇」にも「初期詩篇」にも中桐雅夫の「立棺」という詩を私たちは読むことができない[32]。原稿の段階で中桐はその作品をまさしく「放棄」してしまったのだろう。私たちはそれが確かに存在していた事実を、「立棺」というタイトルの「二十行たらずの詩」という田村隆一の言葉から知るのみなのである。そのことで、中桐は田村に愚痴ることもできただろう。お前の「立棺」は立派な詩だけど、すくなくとも一行はおれのものだからな、などと酒の席で毒づくことだってできただろう。いや、そう口にしなくても、そんなことはおたがい了解済みのことだっただろう。だからこそ、田村は「素晴らしいことには、中桐氏はそのために自分の詩を放棄してくれたということです」などと、いわばのうのうと口にすることができたのだ。

ヴァイスグラースも中桐雅夫と同様に自分の「彼」をいったん「放棄」しつつも、しかし中桐とは異なって最終的に「彼」を公表した(彼はそれまでに二冊の詩集を刊行していたが、そこに「彼」を収録してはいなかった)。そこにはその後、東京近辺に在住しつづけた田村と中桐のような多少とも親密な関係をツェランとのあいだに維持することができなかった、という事情が介在していたかもしれない。ヴァイスグラースからすれば、ツェランは当時、故郷を離れて「西側」に移住して、功なり名を遂げた詩人の代表と見えていたに違いない。ツェランの遺品のなかにヴァイスグラースに関わるものはほかに、一九六四年六月一三日付の、ヴァイスグラースからのハガキが一枚あるだけだという。そのハガキは、かつてのふたりの知人であるルーマニアの詩人トドゥル・アルゲージがパリのツェランのもとを訪れたことがきっかけとなって送られたもので、アルゲージが帰国してヴァイスグラースにツェランがヴァイスグラースについて語ったことを伝えたところ、ヴァイスグラースは誤解されていると感じ、逆にツェランへの不満と批判を述べたという。(33)

もちろん、どのような事情であれ、およそ自作を公表するのは誰にとっても自由である。そもそも中桐雅夫にしても、田村隆一が「立棺」を書いたからといって、自分の作品「立棺」を「放棄」するいわれなどなかったはずだ。いずれにしても肝心なのは、いつか中桐の「立棺」という詩が発掘・公表される日が来ようとも田村の「立棺」という作品の特性がおそらく揺らぐことがないように、ヴァイスグラースの「彼」が公表されても「死のフーガ」の優れた特性は微塵も揺らぎようがなかったはずだ、ということである。それが「死のフーガ」という作品の自負(作品それ自体がまとっている尊厳)というものだ。

生身の人間としてのツェランは、ゴル事件とその背景としての反ユダヤ主義によって神経をすり減らし、そういう「現実」に耐えとおすことができなかったかもしれない。その死の直前、ツェランは『新文学』に掲載されたヴァイスグラースの「彼」を目にしていたかもしれない。あるいは、目にすることはないままだったのかもしれない。その点は不確かなままだ。私たちにとって確かなのは、「死のフーガ」という作品自体の自負は、ツェランに自死を選ばせた現実のただなかで、そのような現実に抗して、いまも何ら屈することなく耐えとおしている、ということである。

第七章

パウル・ツェランとホロコースト（下）

――「エングフュールング」をめぐって

前章でツェラン「死のフーガ」を中心として考えたことを踏まえて、本書の結びとなるこの章では、いっそう難解な「エングフュールング」に焦点をおいて考察したい。

この作品は、「死のフーガ」が詩集『罌粟と記憶』(一九五二年)においてそうであるように、詩集『言葉の格子』(一九五九年)の巻末で独立したパートを構成している。その点で、ツェランが「エングフュールング」を「死のフーガ」と並行関係にある作品と意識していたことは疑いがない。またこの作品は、飯吉光夫訳などでは「ストレッタ」と訳されているが、音楽用語「ストレッタ」のドイツ語訳がほかでもない「エングフュールング」である。「死のフーガ」がずばり「フーガ」という音楽用語をタイトルにふくんでいたように、こちらも「ストレッタ」という音楽用語をそのままタイトルとしていることになる。その点からしてもふたつの作品は特徴的に結びついている。

その音楽用語「ストレッタ」について、平凡社の『音楽大事典』では「ストレット」という見出し語で、以下のように説明されている。

フーガその他の模倣対位法的音楽に関する用語で、急迫、迫りなどとも訳される。一つの声部が主題を奏し終わらないうちに、他の声部が「入り」を行い、たたみ込むように重なっていくこと。(1)

ただし、中村朝子訳『パウル・ツェラン全詩集』第一巻の、音楽之友社『標準音楽辞典』にもとづく訳注のほうがツェランの作品との結びつきが分かりやすいかもしれない。それによると「主題類の冒頭要素が継次的に導入され、その継次的導入が逐次追迫されつつ全終止にいたるもの」(2)である。それとともに、ドイツ語「エングフュールング」の原義が元来「狭いところに導くこと」であることも重要である。

ツェランは「死のフーガ」があまりに戦後ドイツで評価され、教科書やアンソロジーにもきまって取り上げられるようになったことに、かえって強い警戒心と不信感を抱くようになる。彼は戦後ドイツに根強い反ユダヤ主義を感じ取っていた。そんな彼からすると、「死のフーガ」がそういう反ユダヤ主義を隠蔽するアリバイに用いられているのではないか、と疑わずにいられなかったのだ。実際彼は一九六四年以降、「死のフーガ」を教科書やアンソロジーに掲載することを禁じることになる。彼は誰にも了解可能な作品ではなく、よほど繊細に耳を傾けないと読み解けない作品にますます向かうことになるが、すでにそのようにして書かれていた作品の代表が「エングフュールング」である。

一　「エングフュールング」私訳の試み

「エングフュールング」は、ツェランがその生涯で書き上げた最大の作品である(3)。まず以下で、飯吉光夫訳と中村朝子訳を参照しつつ、何とか私の訳で全文を掲載しておきたい。原文のコロン(:)の扱いに困惑したが、以下の訳では三点リーダー二字分(……)をあてている。また、各パートを分かりやすくするために、原詩にはないローマ数字を括弧で補っている(これは多くの研究者が行なっていることでもある)。

エングフュールング

（Ⅰ）＊

まぎれもない痕跡の刻まれた
敷地へ
運びこまれ……

草、離ればなれに書かれていて。石たち、白く、
茎の影が差して……
もう読むな──観よ！
もう観るな──行け！

行け、お前の時刻には
姉妹がない、お前はいる──
お前は故郷にいる。ひとつの車輪が、おもむろに、
ひとりでに回る、車輪の輻《や》が
よじ登る、

黒ずんだ野原をよじ登る、夜は
星を必要としていない、どこにも
お前のことを尋ねる者はない。

（Ⅱ）＊

どこにも
　　お前のことを尋ねる者はない――

彼らが横たわっていた場所、そこには
ひとつの名前がある――そこには
ひとつも名前がない。彼らはそこに横たわっていなかった。何かが
彼らのあいだに横たわっていた。彼らは
見通すことがなかった。

見なかった、いや、
語り合っていたのだ、
言葉について。どの言葉も
目覚めなかった、

眠りが
彼らのうえにやって来た。

（Ⅲ）＊

来た、来た。どこにも
尋ねる者はない――

それはぼくだ、ぼく
ぼくが君たちのあいだに横たわっていたのだ、ぼくは
率直だった、
聞こえていたはず、ぼくは君たちにカチカチ音をたてていた、君たちの息は
従順だった、ぼくは
いまでも同じまま、君たちは
眠っている、そう。

（Ⅳ）＊

いまでも同じまま――

いく年《とし》。
いく年、いく年、ひとつの指が
探っている、上を下を、探っている
あちこちを……
ここは、継ぎ目、ありありとしている、
ここは、さっくりと開いている、
ふたたび傷口が閉じた——誰が
それを覆い隠した？

(V)　*

覆い隠した
それを——誰が？

来た、来た。
来た、ひとつの言葉が、来た、
夜をくぐってやって来た、
輝こうとした、輝こうとした。

灰。
灰、灰。
夜。
夜-と-夜。――行け
目の方へ、濡れている目の方へ。

(VI)　＊

行け
目の方へ
濡れている目の方へ――

暴風。
暴風、昔からの、
微粒子の吹雪、それ以外のものは
お前はそれを知っているね、私たちは
それを本で読んでいたのです、それ以外のものは
意見だった。

だった、だった
意見だった。どんなに
私たちは摑み合って
いたことだろう
これらの
手で？

このように書かれてもいた、と。
どこに？　ぼくたちは
それについては沈黙していた、
毒に鎮められた、大きな、
ひとつの
緑色の
沈黙、一枚の萼、そこには
植物的なものへのひとつの想念が引っかかっていた――
緑色の、そう、
引っかかって、そう、

邪まな
空のしたで。

想念、そう、
植物的なものへの。

そう。
暴風、微-
粒子の吹雪、残っていたのは
時間だ、残っていたのだ
石のもとで試みる時間が——石は
迎え入れてくれた、石は
言葉を差し挟まなかった。どんなに
ぼくらはうれしかったことか……

粒状の、
粒状で繊維状の。葉柄状の、
目の詰んだ……
房状で放射状の……腎臓状の、

板状の
塊状の……緩く、枝—
分かれした——……石は、それは
言葉を差し挟まなかった、それは
語った、
語った、乾いた目に喜んで語った、それからその目を閉じさせた。

語った、語った。
あった、あった。

ぼくたちは
緩めなかった、立っていた
ただなかに、ひとつの
気孔、すると
それが来た。

来た、ぼくたちのうえに、来た
くぐりぬけて、繕った
目に見えない形で、繕った

最後の皮膜のところを、
すると
世界が、ひとつの千水晶が
析出した、析出した。

(VII)　*

析出した、析出した。

そのあとは——

夜たち、分解されて。いくつもの円、
緑色もしくは青、赤
いくつもの四角形……
世界は自らのもっとも内奥のものを
新しい時刻との戯れに
投入する。——いくつもの円、
赤あるいは黒、明るい
いくつもの四角形、ひとつの
機影もなく、

ひとつの
測量机もない、ひとつの
魂の煙も昇らず戯れをともにしない。

(Ⅷ)　*

昇って
戯れをともに——

梟の飛び立つ時刻、石と化した
瀬の
傍らに
逃げのびたぼくたちの手の傍らに
いちばん新しい断層のなかに、
埋められた壁の
銃弾受けの
うえに……
目に見える、もう

一度……あの
刻みが、あの

合唱が、かつての、あの
詩篇が。ホ、ホー
ジアナ。

それなら
まだ神殿はたっているのだ。ひとつの
星が
おそらくまだ光を放っているのだ。
何も、
何も失われていない。

ホー
ジアナ。

梟の飛び立つ時刻、ここで
地下水の痕跡が交わす、

昼のように暗い、語らい。

（——昼のように、
　　暗い
　　地下水の痕跡——

まぎれもない
痕跡
の刻まれた
敷地へ
運びこまれ……

草。
草、
離ればなれに書かれていて。）

（IX）＊

一読、前章で見た「死のフーガ」とは反転したような世界であって、書法もまったく異なっていることは明らかだろう。冒頭と末尾でほぼ同じ言葉、同じイメージが反復されている以外は、構成もイメージも明瞭な形では結ばれない。言葉は徹底して刈り込まれ、単語、さらには単語を構成している最小限の音節にまで切り刻まれ、それが詩の一行を形づくっている箇所さえ見られる。とりあえず、非常に読みづらくて謎めいた作品とでも評するしか術がないかもしれない。しかしそれだけに、ドイツ語圏の優れた研究者が何人もこの作品の精力的な読解に取り組んできた。そのなかで、ひとつの流れとして、ペーター・ソンディ、マルリース・ヤンツ、テオ・ブックという三人の研究者・批評家の系譜を私たちは描くことができる。

二　ソンディ、ヤンツ、ブックの解釈

まず、ツェランとも親しい関係にあった、鋭敏な批評家ペーター・ソンディが「エングフュールング」の全行を引用しながら、詳細な批評を試みた(4)。その原稿をソンディは、ツェランの自殺から約九ヶ月をへた一九七一年一月に、フランス語で執筆したのだった(発表は一九七一年五月)。ソンディは、ツェランのテクストという「敷地」のなかに文字どおり「運びこまれ」たかのようにして、ひとつひとつの言葉はもとより、句読点にまでこだわって、ツェランの難解なテクストが告げようとしていることを、じつに真摯に読み解くことを試みたのだった。大枠としてソンディがそこで提示しているのは、詩の舞台である「敷地」が絶滅収容所の跡地にほかならず、この詩をつうじてツェランが絶滅収容所の犠牲者たちの残した痕跡を想起している、ということである。

このソンディの読解を受けて、ヤンツは著書『絶対詩のアンガージュマンについて――パウル・ツ

ェランの抒情詩と美学をめぐって』(初版、一九七六年)のなかで、やはり「エングフュールング」の全行を引用しつつ、いくつかの重要な指摘を行なった。

ひとつは、ツェランが「エングフュールング」を書くまえに、アラン・レネのドキュメンタリー映画『夜と霧』に付された、ジャン・ケロールのテクストのドイツ語訳に携わっていて、「エングフュールング」の冒頭と末尾は、レネの映像が踏まえられているのではないか、ということである。(5)

一九五五年から五六年にかけて公開されたレネの『夜と霧』は、収容所の解放直後に撮影された膨大な遺体、やせこけた生存者の姿の貴重な映像をも組み込んで、ホロコーストの実態とその危険性を、鮮烈な形で世界中に訴えたものだ。その冒頭と末尾に登場するのは、戦後約一〇年をへた時点でのアウシュヴィッツ収容所跡であって、そこはもはや、一見牧歌的な草原風景としか思えない場所である。『夜と霧』の冒頭と末尾で、カメラはその草原に生えている草の姿を確かに捉えている。この点では「エングフュールング」の舞台は、たんにナチの絶滅収容所跡というだけでなく、固有名詞としての「アウシュヴィッツ」ということになるだろう。

もうひとつのヤンツの重要な指摘は、生前のツェラン自身からヤンツが教えられたこととして、「エングフュールング」がたんにホロコーストのみならず、原爆の問題を扱っている、ということである。(6)これは「エングフュールング」のパートⅥ、パートⅦをどう読むかという問題と密接に関わってくる。ヤンツはこの文脈で、パートⅦにいかにも場違いでもあれば不可解でもある印象で登場する「機影」、「測量机」という言葉を理解している。端的にいうと、戦争における原爆投下、それに関わる「機影」と「測量机」という理解である。パートⅦの最後に登場する、ひとつの魂の煙も昇らないというイメージは、「死のフーガ」に見られた「煙となって宙へ立ち昇る」を踏まえるならば、もはやそういう光景すら見られなくなった世界、ということになるだろう。

この点にさらに踏み込んだ解釈をくわえたのがテオ・ブックだった。(7) ブックは、ヤンツの「アウシュヴィッツからヒロシマへ」という理解に対して、それがあまりにスローガン的に聞こえると距離を置きつつも、基本的にヤンツの理解のうえにたって、それをさらに推し進めた(ブックもまた「エングフュールング」の全行を引用している)。その際ブックは、ヤンツがあまり強調していない、ソンディの読解へのかなり手厳しい批判を提示してもいる。「原爆」という問題を組み込まないで、もっぱらホロコーストに焦点を置いて読もうとしたソンディはパートⅥとパートⅦをそもそもどう理解していたのか、という問題である。「この第六部において話題となっているものはつまり、世界の創造、ことばによる世界の再創造である」(8)――これがソンディのこの部分の理解の核心なのである。

パートⅥに描かれているのは、原爆によって破壊されてゆく世界の姿なのか、「世界の創造、ことばによる世界の再創造」の姿であるのか。これは確かにあまりに対立する読み解きであると思える。ブックはソンディのいささか観念的に思える読解に嘲笑を浴びせるかの口吻で綴っている。実際、パートⅥを「世界の再創造」の観点からきわめて肯定的に読み取るソンディは、パートⅥの末尾において「作者＝読者は目的地に達したように思われる」と記して、その後のパートⅦの読解に入ると、テクストの持つ「意図的な晦渋さ」について述べて、ほとんど積極的な解釈を放棄してしまっているに等しいとも取れる。(9) 真摯で周到なソンディの読解さえもおぼつかないところがあるのだ。それに対して、ブック(およびヤンツ)の理解によれば、パートⅦが描いているのは、まさしく原爆投下後の、荒廃しきった無機的な「世界」ということになる。(10)

ところで、ソンディがパートⅥを「世界の再創造」と読み取る際に、彼が手がかりとしたのは、ツェランによるふたつの「引用」である。パートⅥの二連目、挿入句をのぞくと、「微粒子の吹雪、それ以外のものは／〔……〕意見だった」と続く箇所は、古代ギリシアの哲学者デモクリトスの「万有全体の始元はアトムと空虚(ケノン)であり、それ以外のものはすべて始元であると信じられているだけのものにすぎない」という唯物論を踏まえているとされる。実際、ツェランは知人(ハンス・マイヤー)に詩集『言葉の格子』を贈呈する際に、こう書き添えていたという。「アトムと空虚な空間以外には何も存在していない。他のものはすべて意見である(デモクリトス)」。

もうひとつは、同じ箇所の挿入句に登場する「私たちは／それを本で読んでいたのです」がダンテの『神曲』地獄篇、第五歌からの「引用」である、ということである。引用の言葉は、フランチェスカとパオロの、不幸な恋愛についてのエピソードが語られるなかで、フランチェスカがダンテに告げる言葉である。相思相愛のなかでありながら、義理の姉弟関係のゆえに、殺されたうえ、地獄に永遠に住まうことを宿命づけられたふたり——。ツェランは、フランチェスカとパオロという名前、さらにはふたりが恋愛におちいるきっかけとなった本の主人公ランスロットの名前(「私たちは／それを本で読んでいたのです」といわれる際の「本」とは具体的にはこのランスロットについての「本」である)にまで、自分のパウルという名や彼の本名のアンツェル(「ツェラン」はそのアルファベットを入れ替えたアナグラムである)、妻のレトランジェがフランス人であること(フランチェスカ)などの重なりを見ていた、という。ただし、ソンディはダンテからの引用については、「ダンテの作品における神学的世界構造を現前させている」と語るのみで、それが具体的に「エングフュールング」の読解とどう結びつくのか、それ以上は述べていない。

こうして読めば、ソンディからヤンツをへてブックにいたるまで、この難解な詩の読解は、一種進化論的に「正解」に近づいたかのように思われるかもしれない。とはいえ、ブックの読解にしたがいさえすれば、「エングフュールング」という難解な作品がすべてクリアに理解できるわけでもない。たとえば、パートⅢに登場する「ぼく」、「君たちのあいだに横たわっていた」と書かれているあの「ぼく」を、ブックは「私たちのただなかに存在している殺人装置」と断言しているのだが、ほんとうにそうなのだろうか。パートⅡで、犠牲者たちのあいだに介在していて、彼らの状況を見通し難くさせていた「何か」、それはかつてホロコーストと原爆投下をもたらし、その危険な状況を「いまでも同じまま」に維持している「殺人装置」であって、それがパートⅢにおいて「ぼく」と一人称で語っている——いささか奇矯とも思えるこの読みを、ブックは提示しているのである。その際、ブックは「カチカチ音をたてて」いるのは「時限爆弾」だというヤンツの理解にしたがっているのだが、このような読解はほんとうに成り立つのだろうか。

またブックは、そういう読解の文脈でパートⅥの「石」に関する記述を、あくまでニヒリスティックなものとして読み取る。「石」だから、「言葉を差し挟まなかった」のも当然だ、というわけである。しかし、ここでの石の構造についての執拗なまでの記述は、たんなるニヒリスティックなものとはとても思えない。前章の最初のほうで引いたアドルノの言葉を借りるならば、やはりツェランの詩の言葉が「石や星といった死せるものの言語を模倣する」ものであるという側面が、如実に現れた箇所ではないだろうか。あらためてアドルノの言葉を引いておきたい。

同時代のドイツの、抒情詩の秘教的な作品のもっとも重要な代表者パウル・ツェランにおいては、秘教的なもののもつ真理内容がその向きを反転させている。その抒情詩は、経験に対する芸術の恥じらいとともに、その手を擦り抜ける苦悩を昇華してしまうことへの芸術の恥じらいによって、すみずみまで浸透されている。ツェランの詩は、言語を絶した恐怖を、沈黙をつうじて語ろうとする。その真理内容自体がある否定的なものとなっているのだ。彼の詩は、人間のうちの見捨てられたひとびとよりもさらに下方に位置する言語、それどころかあらゆる有機的なものよりもさらに下方に位置する言語、石や星といった死せるものの言語を模倣するのである。(11)

アドルノのこの一節はまさしく「エングフュールング」のこの箇所に指をあてて記されたものとさえいえるのではないだろうか。「植物的なもの」からさらに「石」の世界への下降である。パートⅥの後半の「ぼくたち」はそういう石の世界にまで下降した「ぼくたち」だろう。「語った、語った／あった、あった」という二行は、多くの研究者がそう理解しているように、石の言語が存在それ自体であること、石はそれが石として存在していることですでにして「語っている」、ということだと解釈できる。ソンディのようにパートⅥを「世界の再創造」とまで読むのはオーバーランかもしれない。しかし、そもそもこのⅥのパートは作品全体のなかでもいちばん長い部分であって、たんに量的に見れば、この作品はⅠ—Ⅴ、Ⅵ、Ⅶ—Ⅸという三つに分かれていると考えてもいいぐらいなのである。ここをブックのように否定的にだけ読むことにはやはり無理があるのではないだろうか。

とはいえ、私がふたたびブックのあとに、さらに進化論的に「正しい」一義的な解釈の立場にたって、この作品を整合的に読み解けるわけではない。とりわけ、パートⅥで「繕った」と訳している箇所(これは飯吉氏の訳では「つくろった」、中村氏の訳では「繕った」と訳されている)をどう解釈するかは、微妙である。ヤンツとブックはここを、「気孔」が塞がれることによって息ができなくなる、つまり生物としては死滅を運命づけられた事態と、否定的に読んでいる。もちろん、ソンディの解釈ではこれが「世界再創造」の仕上げとして肯定的に読まれていて、文脈からして飯吉氏の訳でも中村氏の訳でも、「世界」を「析出」ないし「生まれ」させる行為として肯定的に読まれているのだと思われる。私は、ヤンツ、ブックのラインにしたがって否定的に読むことも可能かもしれないと思いつつも、やはり大枠としては肯定的に読むべきなのだと思う。

結局のところ、ソンディとヤンツの理解の両方を活かしつつ、原爆投下という問題までも組み込んだ世界の再創造というような形でツェランのテクストの全体を理解することができるだろうか。その観点からすると、パートⅥとパートⅦの関係は、原爆の投下によって壊滅的な打撃を受けた地上で、ツェランの言葉が「植物的なもの」から「石」にまで下降して、その「石」の言葉が植物の最小形態である「最後の皮膜」を「繕う」ことで、新たな「世界」を「千水晶」として析出させるにもかかわらず、しかし、その世界はもはや人間の痕跡が失われてしまった「世界」である……という形で理解できるだろうか。この観点で読むと、「機影」、「測量机」、「魂の煙」の見られない世界というのは、やはり虚無的なものを孕んでいるのだと思える。いや、ここで再創造された「世界」とはそもそも細胞の最小単位にまで縮約されたものなのだから、そもそも人間が棲むことなどできない、きわめて微細なもの、それこそ顕微鏡でかろうじて確認できるような世界であると理解すべきなのかもしれない。

三　「言葉」、「石」、「水」というモティーフ

全体としてこの詩のなかで重要なモティーフを構成している要素として、「言葉」、「石」、「水」を

挙げることができるだろう。「目」もだいじなモティーフだが、これは水と石という要素に分解することができる。パートⅤの最後では「濡れている目の方へ」行けと命令されているが、パートⅥの後半に登場するのは「乾いた目」である。「乾いた目」は「石」に等しい。逆にいうと、濡れている石こそは本来の「目」(濡れている目)なのである。ツェランにとって「濡れている目」は生命そのものの象徴なのである。そして、パートⅧの終わりには「地下水の痕跡が交わす／昼のように暗い、語らい」が、さらにパートⅨではもう一度「地下水の痕跡」が登場する。

この詩のいちばん大きなモティーフが絶滅収容所の敷地の内部で「まぎれもない痕跡」を探しもとめる行為だとすれば、終わり近くの「地下水の痕跡」にはそうとう重い意味が込められているだろう。いちばん重要な「痕跡」は収容所の廃墟と化した壁に残された「ホ、ホ－／ジアナ」という神を讃美する祈りの言葉(一般に「ホサンナ」と表記される言葉のドイツ語。原義は「救いたまえ」)だが、死にゆくひとびとがまるで壁に爪で引っ搔いたかのようにして残されたこの「刻み」を読んだのも、じつは「水」なのではないだろうか。水が絶滅収容所跡の壁を伝い、爪で彫られたかの祈りの痕跡をなぞり、地下へと流れ着き、そこで自分たちがなぞったものについて「語ら」っている。このようにして読むなら、最初に「運びこまれ」たのも、じつは「水」だったのではないか、という気がしてくるのだが……(なお、「梟の飛び立つ時刻」の原語はEulenflucht。古風な言葉で「梟が飛び立つ黄昏の時刻」を表わす。既訳では「かわたれどき」、「黄昏」とも訳されているが、ここでは原義をそのまま訳している)。

とはいえ、このようにして整合的に読もうとする試みも、おそらく誤読のうえに新たな誤読を重ねるものでしかないのかもしれない。「水」に重きを置く私の理解も、もっと重要な「言葉」というモティーフをきちんと位置づけることができないかもしれない。日本のお盆の墓参りなどで行なわれる、乾いた墓石に水を注ぐ、あの振る舞いこそが、死者の痕跡に言葉をあたえることだなどと理解するのは、この作品の理解としてはいささかカリカチュアめくだろうか。

さきに述べたとおり、大枠として見た場合、ソンディの「言葉による世界の再創造」という理解は、結局のところ、「エングフュールング」の解釈としてそんなに的外れではないと私には思える。肝心なのは、その試みがここでは繰り返し破綻することなのだ。そして、やはり原爆によって廃墟と化した世界で、そして、植物から石の位置にまで下降した言葉が微小な単位で再創造を試みている世界で、かろうじて水が犠牲者たちの祈りのかすかな痕跡をなぞっている——そういう形で一応、私はこの作品世界の全体を理解しておきたい。

四　「対話」としての詩

それにしても、「死のフーガ」から約一〇年で「エングフュールング」という難解な作品にいたったツェランを私たちはどのように理解すればいいのだろうか。彼がこの作品をわざと難解めかして小手先で書いたとは思えない。自分自身を絶滅収容所跡の「敷地」のなかに自ら運び入れ、その作品行為をつうじていったい何を語ることができるか、それを彼はとびきり真剣に行なったのだと思う。それは「死のフーガ」のように、易々と教科書やアンソロジーに掲載される作品であってはならなかった。「死のフーガ」は残酷きわまりない現実を口あたりのよい美しい作品へと「昇華」しているのではないか、という批判も繰り返しなされることになったのだ。私はそれを根本的に誤った批評であったと思うが、ツェランにとって自分の作品がほんとうに理解されているのか、という疑いは切実だっただろう。だからこそ、安易な理解を拒む「エングフュールング」が書かれることにもなったのだ。しかし、その結果、こちらは、おそらくは私のここでの読解をふくめて、いくつもの「誤読」を生むことになった。ツェランと精神的に深く結びついていたソンディですら、十分満足のゆく読解を果たせたとは、とうていいえないのだ。

ツェランはその短い生涯のなかで、膨大な詩作と他言語からのこれまた膨大な翻訳を行なったが、詩論と呼べるものは、ごくわずかしか残さなかった。まとまったものとしては、講演「ハンザ自由都市ブレーメン文学賞受賞の際の挨拶」(一九五八年)とビューヒナー賞受賞講演としてなされた「子午線」(一九六一年、講演自体は一九六〇年一〇月二二日)がある。「エングフュールング」を巻末に収録した詩集『言葉の格子』の刊行は一九五九年なので、ふたつの受賞講演は、ちょうどこの詩集をあいだに挟む時期になされたことになる。ブレーメン文学賞受賞講演はごく短いものだが、ツェランが自分の出自や詩への思いをはじめて公的に告げたものとしてきわめて貴重である。そのなかで、ツェランはつぎのように語っている。

もろもろの喪失のなかで、ただ「言葉」だけが、手に届くもの、身近なもの、失われていないものとして残りました。

それ、言葉だけが、失われていないものとして残りました。そうです、すべての出来事にもかかわらず。しかしその言葉にしても、みずからのあてどなさの中を、おそるべき沈黙の中を、死をもたらす弁舌の千もの闇の中を来なければなりませんでした。言葉はこれらをくぐり抜けて来て、しかも、起こったことに対しては一言も発することができないのでした、——しかし言葉はこれらの出来事の中を抜けて来たのです。抜けて来て、ふたたび明るい所に出ることができました——すべての出来事に「豊かにされて」。
　それらの年月、そしてそれからあとも、わたしはこの言葉によって詩を書くことを試みました——語るために、自分を方向づけるために、自分の居場所を知り、自分がどこへ向かうのかを知るために。自分に現実を設けるために。(12)

　語学に秀でていたツェランはその生涯に、ルーマニア語、フランス語、ロシア語、英語、イタリア語、スペイン語、ヘブライ語等々からの膨大な翻訳を果たしたが、若いころルーマニア語で書いた時期をのぞいて、一貫してドイツ語で詩を書きつづけた。彼にとって「母語」であるドイツ語は唯一の「失われていない」ものだった。このような闇を潜り抜けて来た言葉というイメージからしても、「エングフュールング」に登場した「言葉」がやはり大きな積極的な意味を持つことは疑いない(それとともにここで「千の闇」という形で「千」が否定的に用いられていることにも注目しておきたい)。
　さらにブレーメン文学賞受賞講演でツェランは、詩を「投壜通信」と呼ぶ。よく知られた箇所だが、あらためて引いておきたい。

　詩は言葉の一形態であり、その本質上対話的なものである以上、いつの日にかはどこかの岸辺に——おそらくは心の岸辺に——流れつくという(かならずしもいつも期待にみちてはいない)信念の下に投げこまれる投壜通信のようなものかもしれません。詩は、このような意味でも、途上にあるものです——何かをめざすものです。

何をめざすのでしょう？　何かひらかれているもの、獲得可能なもの、おそらくは語りかけることのできる「あなた」、語りかけることのできる現実をめざしているのです。(13)

ここに登場する「投壜通信」のイメージは鮮烈で、いまではツェランの詩の文字どおり「代名詞」ともなっている。それは、安全な陸地からどこかの岸辺にめがけて投ぜられたものであるよりは、自分がつぎの瞬間には海の藻屑と化してしまうかもしれない難破船の水夫が、渾身の思いで壜に詰めて放ったたぐいの最後の通信である。まさしく、本書の第一章で取り上げたポーの「壜のなかの手記」と同じである。それが個々の作品の構成や技法ではなく、詩を書くという営みの本質として語られているのである。

従来、詩を「投壜通信」とするこの暗喩は、ツェランが膨大な詩を訳し、深い敬愛を抱いていたロシアのユダヤ系詩人マンデリシュタームに由来するとされ、私もそのように理解してきた。しかし、代表的なツェラン研究者バルバラ・ヴィーデマンは、日本独文学会の大会で会ったおり、マンデリシュタームからの借用という理解は間違ったものだと私に指摘した。確かにマンデルシュタームはエッセイ「対話者について」のなかで、詩を投壜通信になぞらえながらも、それを拾う側の立場から書いている。ツェランは投じる側である。(14)

もとより、「投壜通信」というイメージそれ自体は、ポーやマンデリシュタームにかぎらずとも、古くから文学に馴染みのものだろう。ことさら誰かからの直接的な影響、借用などということを問題にする必要はないのかもしれない。しかし、マンデリシュタームでないとすれば、ということであえて挙げれば、アドルノ『新音楽の哲学』の以下のシェーンベルク論の末尾がやはり参照されるべきだろう。

芸術的技法の意味喪失の時代に、その技法が分かち与える理解不能というショックは、逆転を起こすものにほかならない。そのショックこそが、意味を喪失した世界を照らし出すのである。新音楽はそのために自身を犠牲にする。この世界のあらゆる暗闇と罪を、新音楽は自らに引き受けた。新音楽の幸せのすべては、不幸を認識することにあり、新音楽の美のすべては、美の仮象を断念することにある。個人であれ集団であれ、新音楽と関わりをもちたいと思う者はいない。その音楽は耳に届くことなく、こだますることもなく、やがて消えてゆく。

聴かれた音楽をめぐって、時間は輝きを放つ結晶へと集積するが、聴かれない音楽は、破滅を招く銃弾のように、空虚な時間の中へと落ちてゆく。機械的な音楽が刻々と刻み続けるこの終局の経験に、新音楽は自ら狙いを定めているのであり、絶対的に忘却されているものに照準を当てている。新音楽とはまことに、漂流する瓶《びん》に詰められた便りなのである。(15)

アドルノの『新音楽の哲学』の初版刊行は一九四九年であり、一九五八年、一九六六年、一九七二年に改訂版が出版されている。最後の一文、原文は訳文よりも簡潔で、直訳すれば「それ〔新音楽〕は真の投壜通信(Flaschenpost)である」となる。シェーンベルク論のこの末尾は、ツェランに影響をあたえた可能性が大きいとされる。アドルノとツェランの往復書簡も編集して雑誌に発表している研究者ヨアヒム・ゼングによれば、ツェランはアドルノの『新音楽の哲学』の初版を所蔵していたという。ゼングの語っているとおり、たんに「投壜通信」という言葉のみならず、いわばアドルノのシェーンベルク論のその「精神」が「エングフュールング」と密接につながっていると思える。

すでに記したとおり、一九五九年八月にツェランはアドルノとの実現しなかった出会いの記念に「山中の対話」を執筆している(発表は一九六〇年)。さながらカフカの短篇のようなその物語には、「大きなユダヤ人」としてアドルノが、「小さなユダヤ人」としてツェラン本人が、明らかなモデルとして登場する。この時期、アドルノとツェランの結びつきには相当深いものがあったようだ。「死のフーガ」、「エングフュールング」という音楽用語を使ったタイトルからしても、ツェランがアドルノの音楽哲学に引き寄せられていたことは確かだろう。実際、詩集『言葉の格子』への注釈本では、このアドルノの一節が「エングフュールング」パートⅥの末尾二行と関係づけられている。ツェランの詩のその箇所には anschießen というやっかいな単語が登場する。元来は「発射する」という意味だが、鉱物学ないし物理学の専門用語として「析出する」と訳した。私にはいまもややためらいがあるが、ツェラン研究者のあいだではこの解釈が一般的である。それに対して、アドルノが右の引用で「結晶する」という意味に用いている動詞は zusammenschießen で、これは通常「結晶する」の意味である。[16]

ゼングの主張によれば、ツェランの「死のフーガ」以降の詩、とりわけ「エングフュールング」は、アドルノの「アウシュヴィッツのあとでは詩を書くことは野蛮である」というあの命題に抗して、しかし同時にアドルノのシェーンベルク論、カフカ論、論考「抒情詩と社会」などを踏まえて、書き継がれたものということになる。その痕跡は、個々の作品はもとより、ビューヒナー賞受賞講演「子午線」にも如実に認められるという。とりわけ、「音楽は美ではなく真理をめざす」というアドルノが引用するシェーンベルクの命題は、ツェランの詩学に決定的に組み込まれることになったようだ。さらには、ツェランが所持していたアドルノとホルクハイマーの共著『啓蒙の弁証法』には、大量の線引きや書き込みがあって、その度合いはツェランの蔵書のなかでもめったに見られないほどだという。

そこからすれば、前章で確認したとおり、ツェランへの誹謗中傷キャンペーンがいちばん激しくなる一九六〇年前後を頂点として、アドルノの思想とツェランの作品は、さながら合わせ鏡のようにたがいを照らし合っていた可能性があるのだ。アドルノの批評とツェランの作品が、すくなくとも表層的な次元で符合するのは、当然といえば当然ということになる。私は一九九六年に刊行した『アドルノ』(講談社、一九九六年)の末尾でアドルノとツェランの関係について一応ふれているが、それ以降、両者の関係を立ち入って考察しないまま、いまにおよんでいる。従来、ツェランと戦後ドイツの思想家との関係でいえば、もっぱらハイデガーに焦点が置かれてきた。ほかでもないアドルノとの「実現しなかった出会い」に捧げられた「山中の対話」(17)をふくめて、アドルノとツェランの関係は、今後あらためて追究すべき私のテーマのひとつである。

ともあれ、詩をあくまで「対話」、「あなた」への語りかけと呼ぶ、さきに引いたブレーメン文学賞受賞講演におけるツェランの語り方は、私たちにも非常に馴染みやすいものだろう。しかし、そう語りながらツェランが実際に綴っていたのがまさしくあの「エングフュールング」のような作品だったということを、私たちは重ねて考えなければならない。

そして、詩をあくまで「対話」と見なすツェランの態度は、ブレーメン文学賞受賞講演よりもずっと長く難解でもある「子午線」においても維持されている。

ここでツェランはビューヒナーの作品の細部へと独特なこだわりをもってアプローチして、そこから思わぬ問題を切り出してくる。その感覚はとびきり鋭利としかいいようがない。とりわけ、ビューヒナーの作品「レンツ」において、その冒頭で主人公レンツが山のなかを歩いていった日付が「一月二〇日」と書かれているのに接して震撼するかのツェランの感覚には、運命的なものがあるとしかいいようがない。[18] 一月二〇日とはツェランにとって、ホロコーストが正式に決定されたあのヴァンゼー会議の日付なのである(ただし、その時点でホロコーストは現に進行していて、現在ではヴァンゼー会議はそれに正式な認証をあたえた会議と位置づけられている)。

この一月二〇日という日付を受けて彼はこう語る。

わたしたちはみな、このような日付から書き起こしているのではないでしょうか? そして、どのような日付をわたしたちはわたしたちのものだと言うのでしょうか?[19]

詩が固有の日付から書かれているということ——。このことは、たとえば私たちに身近なところでは、金時鐘の詩のすべてが八月一五日と四月三日という固有の日付から書かれていることを思えば、私たちにもよく納得できることではないだろうか。もとより、八月一五日は日本の敗戦の日付、四月三日は四・三事件の日付であり、同時に四月三日は事件から何年もの歳月をへて金時鐘の母親の命日ともなった。同時にそこには、その日付を共有することの困難さが抱え込まれてもいる。早い話が、日本の戦後詩人と在日朝鮮人である金時鐘が八月一五日という日付を共有することは容易ではないはずだ。とはいえそれは、たんに日本人と朝鮮人のあいだに走っている分割線ではない。母親の命日でもある四月三日を、他の四・三事件の関係者と金時鐘が共有することの困難さもそこには孕まれているに違いない。ようするに、まったく異なった記憶を抱えた同じ日付を私たちは日々ともに生きているのだ。

しかし、それぞれの詩が固有の日付から書かれていることを確認したうえで、ツェランは講演「子午線」の後半でも、あくまで詩を「対話」と呼ぶ。

> 詩は――なんという条件のもとにおいてでしょう!――一人の――なおまだ――感じとっているものの、あらわれでるものに眼差しを向けているものの、あらわれでるものに問いかけ語りかけているものの詩となります――対話となります――それはしばしば絶望的な対話です。[20]

同じ「対話」でも、「子午線」においては「絶望的な対話」とされているのだ。「エングフュールング」の読解にそくするなら、アドルノ、ソンディ、ツェランのあいだに交わされえたものもまた「絶望的な対話」であったと呼ぶことができるだろう。さきに記したとおり、アドルノは「エングフュールング」を軸にしたツェラン論を書くことがないまま一九六九年八月に病死し、ソンディがその詳細なツェラン論を発表したとき、ツェランはすでに自死を遂げていた(一九七〇年四月)。したがって、ソンディの読解をツェランが直接読むことはなかった。そして、その「エングフュールング」論が一九七一年五月にフランス語で発表された五ヶ月後、今度はソンディ自身がベルリンで入水自殺を遂げるのである。

言葉を介した三人の結びつきと言葉を超えたつながり、そういったことも思わせる不思議な符合である。「エングフュールング」は、理解し合うことの困難さ、「絶望的な対話」のただなかで途絶した、アドルノ、ツェラン、ソンディという三人の命の行く末の、あらかじめ刻まれていた墓碑の言葉のようにも私には思えてくる。彼らがそれぞれに放った投壜通信は、私たちの足もとにたどり着いて、いまなお読み解かれるのを待っている。(21)

注

第一章　エドガー・ポーと美的仮象

(1)　パトリック・F・クィン『ポオとボードレール』松山明生訳、北星堂書店、一九七五年、一〇―一一頁。

(2)　ポーのフランスでの受容をボードレールに焦点をおいて研究した古典が注(1)のクィンの著作だが、ここではポーとボードレールの母との相似した関係などに力点が置かれている。私にはそれは二義的な問題と思える。ポーとフランスでの受容にふれた日本における研究としては以下がある。八木敏雄『破壊と創造――エドガー・アラン・ポオ論』南雲堂、一九六八年(とくにその「一、序にかえて――ポオの評価をめぐって」)、山本常正『エドガー・ポオ――存在論的ヴィジョン』英宝社、一九九九年(とくにその第五章「ポオとフランス象徴主義」)。

(3)　福永武彦編『ボードレール全集 II』人文書院、一九六三年、三九三頁。引用に際して「ポオ」という表記を「ポー」にあらためている。以下、同様。なお、ここではこの書簡の日付は一八六〇年二月一八日付とされているが、現在では一八五八年の日付不明の書簡として扱われている。

(4)　同上、四四五―四四六頁。強調は原文。

(5)　八木敏雄編『エドガー・アラン・ポー』冬樹社、一九七六年、一一四頁。

(6)　同上、一一一頁。

(7)　同上、一二二頁、強調は原文。

(8)　浅井健二郎編訳『ベンヤミン・コレクション2 エッセイの思想』ちくま学芸文庫、一九九六年、所収。

(9)　八木敏雄編『エドガー・アラン・ポー』前掲、一一五頁。

(10)　たとえば、八木敏雄編訳『ポオ評論集』岩波文庫、二〇〇九年、二〇二頁。

(11)　佐伯彰一・福永武彦・吉田健一編『ポオ全集 第三巻』東京創元新社、一九六三年、一八三―一八五頁、強調は原文。

(12)　原文は以下の四七七―四七八頁。Poe, Edgar Allan, *Complete Poems*, edit. by Thomas Ollive Mabbott,

University of Illinois Press, 2000. ここでは一八四九年五月のヴァージョンと同年九月のヴァージョンが収録されている。目だって異なっているのは最終行。福永訳は五月ヴァージョンのもの。

(13) ガストン・バシュラール『水と夢――物質的想像力試論』及川馥訳、法政大学出版局、二〇〇八年、第二章「深い水――眠る水――死んだ水 エドガー・ポーの夢想における〈重い水〉」参照。

(14) これは東京創元新社版『ポオ全集 第三巻』(前掲)に「構成の原理」というタイトルで収められているが、読みやすくハンディなものとして八木敏雄編訳『ポオ評論集』(前掲)を挙げておく。

(15) ポオ『ユリイカ』八木敏雄訳、岩波文庫、二〇〇八年、一七〇―一七一頁、強調は原文。ただし、「わたし」を「私」にするなど、若干表記を変更している。以下、同様。

(16) 同上、七頁。なお、八木の岩波文庫版の訳は、ポーが初版本に手書きでくわえた訂正や書き込みを組み込んだ版にもとづく。引用のゴシック体は大文字が用いられている部分、傍点はイタリック体が用いられている箇所である。

(17) 同上、二〇一頁。

第二章 ステファヌ・マラルメと「絶対の書」

(1) 『サルトル全集 37 シチュアシオン IX』鈴木道彦ほか訳、人文書院、一九七四年、一一頁。

(2) 『世界詩人全集 10 マラルメ/ヴァレリー詩集』西脇順三郎ほか訳、新潮社、一九六九年、七―八頁。

(3) ジャン=リュック・ステンメッツ『マラルメ伝――絶対と日々』柏倉康夫ほか訳、筑摩書房、二〇〇四年、五五四頁。

(4) 松室三郎・菅野昭正編『マラルメ全集 IV』筑摩書房、一九九一年、五七頁(カザリス宛のマラルメの書簡中の表現)。

(5) 同上、三四頁。スラッシュ(/)は原文での改行箇所である。

(6) マラルメが二回目の「ぺてん」と呼んでいるのは、彼女が来るはずだと思って待っていた場所に彼女が姿を見せなかったという、これまたまことに勝手な言い分である。

(7) 松室三郎・菅野昭正編『マラルメ全集 II』筑摩書房、一九八九年、「別冊 解題・註解」二八九頁。

(8) ステンメッツ『マラルメ伝』前掲、六九頁。

(9) カザリスがドイツ語に堪能だったこと、マリーがカザリスにドイツ語の手紙を送ったことについては、同上、八四頁、参照。
(10) よく知られた、ヴェルレーヌ宛の「自伝」と呼ばれる書簡の言葉。『マラルメ全集 Ⅳ』前掲、七二一頁参照。
(11) 『ボードレール全集 Ⅱ』阿部良雄訳、筑摩書房、一九八四年、二一三頁。
(12) ステファヌ・マラルメ『マラルメ 詩と散文』松室三郎訳、筑摩書房、一九八七年、二二八頁(訳者「あとがき」のなかの言葉)。
(13) 『ボードレール全集 Ⅱ』前掲、一六八頁。
(14) 同上、一七四―一七五頁。強調は原文。
(15) 同上、二〇八頁。
(16) 同上。
(17) 同上、二〇九頁。
(18) 同上、二一〇頁。
(19) 『マラルメ全集 Ⅳ』前掲、一五五―一五六頁。強調は原文。〔 〕内は訳者による付記。
(20) 松室三郎・菅野昭正・清水徹・阿部良雄・渡辺守章編『マラルメ全集 Ⅰ』筑摩書房、二〇一〇年、「別冊 解題・註解」三八頁。〔 〕内は引用者による付記。
(21) ボードレールの面前でマラルメの「窓」とともに「青空」が朗読されたことについては、ステンメッツ『マラルメ伝』前掲、九九―一〇〇頁、柏倉康夫『マラルメ探し』青土社、一九九二年、一二八―一二九頁参照。
(22) 原詩は、以下の二巻本のプレイヤード版第一巻、一四―一五頁。Mallarmé, Stéphane, *Œuvres complètes I*, éd. par Bertrand Marchal, Bibliothèque de la Pléiade, Gallimard, 1998. ゴシック体は原文の語頭が大文字になっている箇所。
(23) 『マラルメ全集 Ⅳ』前掲、一五六頁。強調、「……」は原文。
(24) 『マラルメ全集 Ⅱ』前掲、四四七―四四八頁。なお、このポー「詩作の哲学」をめぐる後日譚については、柏倉康夫『マラルメの「大鴉」――エドガー・A・ポーの豪華詩集が生れるまで』(臨川書店、一九九八年)に私は大きな示唆を得ている。
(25) 同上、四四八頁。
(26) ハンスの言い訳とは、たとえば、隣人から借りた鍋を返したところ、鍋に穴が空いていると抗議され、私は穴の空いていない鍋を返した、空いていたとしたら誰か別人の仕業である、そもそも借りた時点で鍋には穴が空いていた、等の言い訳を同時に行なうこと。

(27) 浅井健二郎編訳『ベンヤミン・コレクション1 近代の意味』ちくま学芸文庫、一九九五年、一六頁。

(28) 細見和之『ベンヤミン「言語一般および人間の言語について」を読む――言葉と語りえぬもの』岩波書店、二〇〇九年。

(29) 浅井健二郎編訳『ベンヤミン・コレクション2』三九六―三九七頁。

(30) 『マラルメ全集 II』前掲、二三二頁。

(31) 同上、二三四頁。

(32) マラルメのこの「詩の危機」と金本位制の関係については、山田広昭『三点確保』(新曜社、二〇〇一年)の刺激的な議論を参照。そこでは「マラルメの企ては、通貨、信用貨幣と堕した言葉に、金の輝きを、その本来的な価値を取り戻すことであったといってもよい」(同書、一〇〇頁)と語られている。

(33) 柏倉康夫『マラルメ探し』前掲、七〇―七二頁。

(34) 以下のプレイヤード版第二巻、八〇〇頁を参照。Mallarmé, Stéphane, *Œuvres complètes II*, éd. par Bertrand Marchal, Bibliothèque de la Pléiade, Gallimard, 2003.

(35) 『萩原朔太郎全集 第一巻』新潮社、一九五九年、一四一頁。原文の旧漢字を新漢字にあらためている。

(36) 浅井健二郎編訳『ベンヤミン・コレクション5 思考のスペクトル』ちくま学芸文庫、二〇一〇年、二〇一―二〇二頁。

(37) 『マラルメ全集 II』前掲、一六六―一六七頁。強調は原文。二重スラッシュ(//)は改行して一行空きの箇所。

(38) 『ベンヤミン・コレクション2』前掲、八一頁。〔 〕内は訳者の補足。なお、引用の冒頭でベンヤミンが引いているのは、ホーフマンスタール『痴人と死』(一八九三年)の一節。また「ルーネ文字」はゲルマン民族の最古の文字。

(39) 柏倉によると、マラルメが最終的に希望していたのは横五〇センチ、縦三二センチの判型だったという(ステファヌ・マラルメ/フランソワーズ・モレル『賽の一振りは断じて偶然を廃することはないだろう』柏倉康夫訳、行路社、二〇〇九年、一九五頁)。ただし、『マラルメ全集 I』の「別冊 解題・註解」では、五〇センチ×三三センチとされている(同書、六三四頁)。

(40) モーリス・ブランショ『来るべき書物』粟津則雄訳、筑摩書房、一九八九年(改訳新版)、三四三頁。

(41)『マラルメ全集 I』前掲、「別冊 解題・註解」六五〇頁。なお、〔……〕は清水による省略。
(42)同上。
(43)同上、「別冊 解題・註解」六五二頁。
(44)同上、巻末のXI面。ただし、改行、余白などを、プレイヤード版の原文、および柏倉訳の大型版にしたがって若干あらためている。
(45)同上、iv頁。
(46)同上、「別冊 解題・註解」六四一頁。
(47)柏倉康夫『生成するマラルメ』青土社、二〇〇五年、四〇七頁。
(48)ジャン＝ピエール・リシャール『マラルメの想像的宇宙』田中成和訳、水声社、二〇〇四年、四九四頁、六二二頁を参照。
(49)柏倉康夫『生成するマラルメ』前掲、四〇六頁。
(50)『マラルメ全集 IV』前掲、七二一頁。
(51)柏倉康夫『生成するマラルメ』前掲、三二七頁。
(52)『マラルメ全集 II』前掲、二六三頁。
(53)松室三郎・菅野昭正編『マラルメ全集 III』筑摩書房、一九九八年、「別冊 解題・註解」三六五―四七九頁。
(54)ブランショ『来るべき書物』前掲、三四一頁。
(55)『マラルメ全集 III』前掲、「別冊 解題・註解」三九〇頁。『マラルメ全集 II』前掲、二六四頁に訳があるのだが、すこし読みにくいので、清水徹訳を引用した。
(56)ステンメッツ『マラルメ伝』前掲、五五四頁。
(57)ブランショ『来るべき書物』前掲、三七七頁。
(58)『マラルメ全集 III』前掲、「別冊 解題・註解」三七四頁、三七六頁参照。
(59)現在、この遺言は、注(34)で指示したプレイヤード版第二巻、八二一頁に収録されている。
(60)松室三郎・菅野昭正編『マラルメ全集 V』筑摩書房、二〇〇一年、九〇〇頁。なお、マラルメの電報は以下のとおり。「親愛なるゾラ／あなたの〈行為〉のなかに炸裂している崇高さに全身を貫かれてはいますが、喝采を叫んであなたの気分を晴らすことも、刻々と痛切さを益す沈黙を破ることも私にはかなわぬことのように思われます。権力の結託に対して天才が対置した澄明なる直観の劇の幕が、断乎として、今切って落とされました。この勇気に私は敬意を表明します。そして、彼以外の人であればそれだけで疲労困憊し、あるいは自足してしまったであろう栄えある創造活動のなかから、再び、新しく、全きすがたで、かくも英雄的に、一人の人間が立ち現れてきたことに感動を覚えます。その一人の人間、被告の身たる彼に、私は求めたい、あたかも知らぬ人であるかのように、そうすることで感じられる名誉の故に、大衆の一人として、その手に熱い心もて触れることを許されんことを」。訳注では、マラルメがゾラをしばしば「天才」と呼んでいたことが紹介されている。

第三章　ポール・ヴァレリーとドレフュス事件

(1)『ボードレール全集 Ⅱ』阿部良雄訳、筑摩書房、一九八四年、二一三頁。
(2)『マラルメ 詩と散文』松室三郎訳、筑摩書房、一九八七年、二二八頁(訳者「あとがき」のなかの言葉)。
(3)『ヴァレリー全集 7』佐藤正彰訳、筑摩書房、一九六七年、二一九―二二〇頁。
(4)『ボードレール全集 Ⅱ』二〇九頁。
(5)『ヴァレリー全集 7』前掲、三三頁。この箇所、原文ではすべてイタリック体で強調されている。
(6)同上、一七〇頁。
(7)以下のプレイヤード版の第一巻、一七七〇頁、参照。Valéry, Paul, *Œuvres I*, éd. par Jean Hytier, Bibliothèque de la Pléiade, Gallimard, 1957.
(8)『ジッド＝ヴァレリー往復書簡 1』二宮正之訳、筑摩書房、一九八六年、四四二頁。強調は原文。以下同様。
(9)ポール・ヴァレリー『精神の危機 他十五篇』恒川邦夫訳、岩波文庫、二〇一〇年、五五頁。
(10)同上、六一頁。
(11)『ジッド＝ヴァレリー往復書簡 1』前掲、三五〇―三五一頁。
(12)同上、三五五―三五六。
(13)同上、一〇三頁。
(14)同上、一一〇頁。
(15)同上、二五五頁。
(16)『ジッド＝ヴァレリー往復書簡 2』二宮正之訳、筑摩書房、一九八六年、五六頁。

(17) 同上、六四頁。二重スラッシュ(//)は改行後、一行空き、スラッシュ(/)は改行箇所。ただし、いささか愕然とすることだが、これらの一連の手紙を訳者がわざわざ訳してくれているのは、ヴァレリーのドレフュス事件における態度を問題とするためではけっしてなく、ヴァレリーとジッドの友情がドレフュス事件に際しても根本で崩れていないことを確認するためであるようだ。
(18) 同上、六五—六六頁。
(19) 同上、六六頁。
(20) 以下の伝記の二四四頁、参照。Jarrety, Michel, *Paul Valéry*, Fayard, 2008.
(21) ドニ・ベルトレ『ポール・ヴァレリー 一八七一—一九四五』松田浩則訳、法政大学出版局、二〇〇八年、二一九頁。
(22) 『ヴァレリー全集カイエ篇 1』佐藤正彰・寺田透・菅野昭正・滝田文彦・清水徹訳、筑摩書房、一九八〇年、二一一—二一二頁。
(23) モーリス・ブランショ『問われる知識人—ある省察の覚書』安原伸一朗訳、月曜社、二〇〇二年。
(24) レオン・ポリアコフ『反ユダヤ主義の歴史』全五巻、合田正人・菅野賢治監訳、筑摩書房、二〇〇五—〇七年。

第四章 T・S・エリオットと反ユダヤ主義

(1) 『新領土 第三巻』復刻版(監修・春山行夫)、教育企画出版、一九九〇年、二七二—二七三頁。
(2) 高柳俊一・佐藤亨・野谷啓二・山口均編『モダンにしてアンチモダン——T・S・エリオットの肖像』研究社、二〇一〇年、v頁。
(3) Eliot, T.S. edit. by Valerie Eliot, *The Waste Land: a Facsimile and Transcript of the Original Drafts Including the Annotations of Ezra Pound*, A Harvest Book-Harcourt, Inc., 1971. ただし、以下で私が参照しているのは、一九九四年に印刷・刊行された版である。
(4) Julius, Anthony, *T. S. Eliot, anti-Semitism and literary form*, Thames & Hudson, 1995.
(5) クレイグ・レイン『T・S・エリオット——イメージ、テキスト、コンテキスト』山形和美訳、彩流社、二〇〇八年(原著の刊行は二〇〇六年)。
(6) 原文は以下の六一頁。*The Complete Poems and Plays of T. S. Eliot*, Faber and Faber, 1969. 以下、本章

でのT・S・エリオットの作品については、『荒地』の草稿をのぞいて、すべてこの版を参照している。

（7）ピーター・アクロイド『T・S・エリオット』武谷紀久雄訳、みすず書房、一九八八年。なお、この伝記の終わりから二番目の第一五章「著名人」で、著者はエリオットの反ユダヤ主義に一応、論及している。一九五一年二月、エリオット本人のいる席で、ユダヤ系の詩人エマニュエル・リトヴィノフがエリオットのユダヤ人への態度を批判する詩を朗読し、以来、エリオットの反ユダヤ主義が問題とされたいきさつを紹介したあと、エリオットのいくつかの反ユダヤ主義的な詩と評論にふれて、著者はこう結論を述べている。「ユダヤ人や女性に対する彼の不信感は、どうやら、攻撃性と自信のなさとが入り混じった、不安定で傷つきやすい気質の徴候だと思われる。しかしながら、これは説明になっても弁護にはならない」(同書、三五一頁)。問題は、まさしくこう述べるだけで著者が論述を終えていることである。

（8）西條隆雄・植木研介・原英一・佐々木徹・松岡光治編著『ディケンズ鑑賞大事典』南雲堂、二〇〇七年、三五九頁(ただし、ここでは作品名が『互いの友』と訳されている)。

（9）レイン『T・S・エリオット』前掲、二七九頁。

（10）同上、三〇五頁。レインの議論を訳者として批評する際、山形はアントニー・ジュリアスの研究を参照してこう述べている。「ジュリアスのエリオット攻撃は強力で説得力がある。しかしそれがジュリアスの正しさを告げるものではない」(同書、三〇五頁)。

（11）吉田健一・平井正穂監修『エリオット選集 第三巻』彌生書房、一九六七年、一二三頁。

（12）T・S・エリオット『荒地』岩崎宗治訳、岩波文庫、二〇一〇年、一七八頁。〔　〕内は引用者による補足。

（13）レイン『T・S・エリオット』前掲、二四八頁。

（14）同上、二五五頁。

（15）注(3)の『荒地草稿』一二一頁。

（16）原文は、以下の三五―三六頁。The Arden Edition of the Works of William Shakespeare, *The Tempest*, edit. by Frank Kermode, Methuen & Co Ltd, 1964.

（17）たとえばアレントは論集『暗い時代の人々』に収められているベンヤミン論の第三節のモットーとして、妖精エーリアルのこの歌を引いている。そこでアレントは、過去のテクスト、場合によっては忘れられたり、逆に自明のものとして流通したりしているテクストから、その当時の文脈を外して引用することによって、その一節のもつ潜在的な力を引き出すベンヤミン的な振る舞いを、「真珠採り」になぞらえている。ハンナ・アレント『暗い時代の人々』阿部齊訳、ちくま学芸文庫、二〇〇五年、二九八―三一七頁参照。

(18) なお、クレイグ・レインは、『荒地』草稿に書きつけられていたブライシュタインの「溺死」にもふれていて、「エリオットが反ユダヤ主義者であったことを示すもっとも強力な証拠であるし、弁護するのが難しいものである」と認めながらも、やはりこれを誰が語っているのか分からない、「エリオットの声」そのものとするのは「保証のない想定」である、と留保している。レイン『T・S・エリオット』前掲、二五〇―二五一頁参照。

(19) 注(3)の『荒地草稿』一二六頁。

(20) エリオット『荒地』岩崎宗治訳、前掲、二二〇頁。

(21) 以下の二三頁、参照。Blistein, Burton, *The Design of "The Waste Land"*, University Press of America, 2008.

第五章　イツハク・カツェネルソンとワルシャワ・ゲットー

(1) 私の一連のカツェネルソン研究はこれまでワルシャワ・ゲットー期以降に集中してきたが、現在は、ゲットー期以前のヘブライ語作品をすこしずつ読み進めている。ゲットー期以前のカツェネルソンの作品には、ゲットー期以降のような深刻なものではなく、むしろユーモラスなものが多い。とくに『夢と目覚め――子どもたちのための物語集』に収録されている短篇・掌篇をヘブライ語から私が訳したものが以下に掲載されているので、一読いただけると幸いである。『びーぐる』第三四―三七号(澪標、二〇一七年)、『ブレーメン館』第一五号(『ブレーメン館』編集部、二〇一七年)。いずれも連載中である。

(2) イツハク・カツェネルソン『滅ぼされたユダヤの民の歌』飛鳥井雅友・細見和之共訳、みすず書房、一九九九年、六五―六八頁、参照。そこでカツェネルソンは、とくに戯曲「僕を通りに出して!」を演じた孤児院の子どもたちのことを、妻ハナに呼びかける形で思い起こしている。

(3) ヘブライ語版からの以下の英訳の五三―五四頁参照。Raban, Havka Folman, *They are still with me*, trans. by Judy Grossman, The Ghetto Fighters' Museum, 2001.

(4) チェルニアコフの日記の邦訳はまだ刊行されていないが、他の三人のそれぞれの日本語訳の書誌を記しておく。アブラハム・レビン『涙の杯――ワルシャワ・ゲットーの日記』A・ポランスキー編・滝川義人訳、影書房、一九九三年。ハイム・A・カプラン『ワルシャワ・ゲットー日記――ユダヤ人教師の記録(上)(下)』アブラハム・I・キャッチ編・松田直成訳、風行社、一九九三年、一九九四年。エマヌエル・リンゲルブルム

『ワルシャワ・ゲットー――捕囚 一九四〇―四二のノート』ジェイコブ・スローン編・大島かおり訳、みすず書房、二〇〇六年[新版]。

(5) ヘブライ語版からの以下の英訳の一一〇頁参照。Zuckerman, Yitzhak, *A Surplus of Memory: Chronicle of the Warsaw Ghetto Uprising*, trans. and edit. by Barbara Harshav, University of California Press, 1993.

(6) ヘブライ語版からの以下の英訳の六四頁参照。Gutman, Yisrael, *The Jews of Warsaw, 1939-1943: Ghetto, Underground, Revolt*, trans. by Ina Friedman, Indiana University Press 1989.

(7) 以下の六二〇頁参照。KATZENELSON, YITSHAK, *YIDIShE GETO-KSOIV VARShE 1940-1943*, Ghetto Fighters' House and Hakibbutz Hameuchad Publishing House, 1984.

(8) 同上、六二三頁参照。

(9) ポーランド語版からの以下の英訳の三〇九頁、三三五頁を参照。Engelking, Barbara & Leociak, Jacek, *The Warsaw Ghetto: A Guide to the Perished City*, trans. by Emma Harris, Yale University Press, 2009.

(10) 注(7)の本の六三四頁参照。

(11) イツハク・カツェネルソン『ワルシャワ・ゲットー詩集』細見和之訳、未知谷、二〇一二年、三〇―三一頁。

(12) 同上、八三―八五頁。なお、引用のなかほどに登場する「ワルシャワは死よりも強い」という言葉は聖書、雅歌の冒頭、「愛は死よりも強い」を踏まえていると思われる。

(13) 同上、一一五―一一六頁。

(14) ヘブライ語版からの以下の英訳の一四六頁参照。Lubetkin, Zivia, *In the Days of Destruction and Revolt*, trans. by Ishai Tubbin, Ghetto Fighter's House and Hakibbutz Hameuchad Publishing House, 1981.

(15) カツェネルソン『ワルシャワ・ゲットー詩集』前掲、一二一―一二二頁。

(16) ヘブライ語版からの以下の英訳の一一六頁参照。Katzenelson, Yitzhak, *Vittel Diary*, trans. by Dr. Myer Cohen, Ghetto Fighters' House and Hakibbutz Hameuchad Publishing House, 1972.

(17) カツェネルソン『ワルシャワ・ゲットー詩集』前掲、一三九―一四〇頁。

(18) 同上、一五二―一五五頁。なお、ここに登場する「ドイツ系」という訳語の原語は「フォルクスドイチュ」で「民族としてドイツ人」の意味。ポーランドをはじめ東ヨーロッパに入植した旧ドイツ人はナチ時代にはこう呼ばれて、他の住民と比べてさまざまな特権をあたえられていた。

(19) 同上、一二三頁。

(20) リンゲルブルム『ワルシャワ・ゲットー』前掲、三三四―三三五頁参照。
(21) 注(9)の本の七二七頁参照。
(22) 同上、七二九頁参照。
(23) カツェネルソン『滅ぼされたユダヤの民の歌』前掲、七一頁。
(24) 注(16)の本の二四八頁参照。
(25) カツェネルソン『ワルシャワ・ゲットー詩集』前掲、一六五―一六六頁。
(26) カツェネルソン『滅ぼされたユダヤの民の歌』前掲、六九―七四頁参照。
(27) 原子朗『新宮澤賢治語彙辞典』東京書籍、二〇〇〇年(第二版)、四〇四頁。
(28) 『宮沢賢治全集 7』ちくま文庫、一九八五年、二九二―二九三頁。この部分は第一次原稿から最終稿に相当する第四次原稿まで、まったく訂正がなされていない。

第六章　パウル・ツェランとホロコースト(上)――「死のフーガ」をめぐって

(1) ローレンス・ランガー『ホロコーストの文学』増谷外世嗣・石田忠・井上義夫・小川雅魚訳、晶文社、一九八二年、一四頁。
(2) テオドール・W・アドルノ『美の理論・補遺』大久保健治訳、河出書房新社、一九八八年、一一八頁。ただし、引用は細見の訳による。
(3) 以下の一連の著作がある。関口裕昭『パウル・ツェランへの旅』郁文堂、二〇〇六年、同『評伝パウル・ツェラン』慶応義塾大学出版会、二〇〇七年、同『パウル・ツェランとユダヤの傷――《間テクスト性》の研究』慶応義塾大学出版会、二〇一一年。
(4) 以下の二篇の詩の解釈は、既発表の二つの原稿を下敷きにしている。細見和之「言葉と記憶――ツェラン・カツェネルソン・尹東柱」『思想』第八九〇号、岩波書店、一九九八年八月(のちに単行本『言葉と記憶』岩波書店、二〇〇五年に収録)、同「癒しの詩学?――パウル・ツェラーンの「鴎の雛たち」」『インパクション』第一二三号、インパクト出版会、二〇〇一年。
(5) 引用は以下の二巻本『ツェラン詩集』の第一巻、一三〇頁より。Celan, Paul, *Gedichte in zwei Bänden. Erster Band*. Suhrkamp, Frankfurt am Main, 1975.
(6) 以下のフェルスチナーの研究書、六六―六七頁参照。Felstiner, John, *Paul Celan: Poet, Survivor, Jew*.

Yale University Press, New Haven and London, 1995.

（7） アンリ・ベアール『アンドレ・ブルトン伝』塚原史・谷昌親訳、思潮社、一九九七年、四四四頁。

（8） ツェランのテクストの変遷を三段階に分けて明示した以下のチュービンゲン版の詩集『敷居から敷居へ』の巻、九四—九五頁を参照。Celan, Paul, *Von Schwelle zu Schwelle*. Tübinger Ausgabe, Suhrkamp, Frankfurt am Main, 2002.

（9） 引用は以下の二巻本『ツェラン詩集』の第二巻、一八五頁より。Celan, Paul, *Gedichte in zwei Bänden*. Zwieter Band, Suhrkamp, Frankfurt am Main, 1975.

（10） 以下のフィルゲスの研究書、一五—一八頁を参照。Firges, Jean, *Den Acheron durchquert ich: Einführung in die Lyrik Paul Celans*, Stauffenburg Verlag, Tübingen, 1998. ただし、ツェランはこのとき入院していて、別荘には滞在していなかったようだ。

（11） 同上、一七頁。

（12） 飯吉の訳にもいくつかのバージョンがあるが、引用は私がいちばんしっくりくる以下より。飯吉光夫訳編『パウル・ツェラン詩集』思潮社、一九九二年(新装版)、二六—三〇頁。私は「死のフーガ」の自分なりの訳をいつか作りたいと願ってきたが、飯吉の訳よりも原詩のニュアンスをよく伝えるものを作る自信がいまも持てないままである。

（13） ここでは以下のテオ・ブックのツェラン論、六六—六七頁から再引用している。なお、強調は原文。Buck, Theo, *Muttersprache, Mördersprache. Celan-Studien I*, Rimbaud, Aachen, 1993. 本文で、ブックがヴァイスグラース「彼」の詩型の古さを執拗に確認していると記しているのは、この研究書の六七—七〇頁にかけて。なお、テオ・ブックのツェラン論については、友人の黒田晴之さん(松山大学)に教示いただいた。記して感謝したい。

（14） イスラエル・ハルフェン『パウル・ツェラーン——若き日の伝記』相原勝・北彰訳、未來社、一九九六年、一九六頁。ただし、この本の訳注では初版でのアウスレンダーの発言が微妙に異なっていたことが注意深く指摘されている。初版では引用の七行目から九行目にかけては、こうなっているという。「偉大な詩人が、私のささやかな詩から刺激を受けたということは、私にとっては名誉なことでもあるのです。私はこのメタファーを、ただついでのものとして使っただけなのに、彼はそれをもっとも見事な詩的表現にまで高めてしまいました」。「ただついでのものとして使った」から「ほんのついでにこのメタファーを使ってみた、というわけではありません」への訂正。この訂正は、アウスレンダーのなかに微妙な心の動きがあったかもしれないことを窺わせる。

(15) 引用は注(10)のジャン・フィルゲスの研究書、九三頁より。

(16) ローゼ・アウスレンダーについては『雨の言葉――ローゼ・アウスレンダー詩集』(加藤丈雄訳編、思潮社、二〇〇七年)という翻訳(二五〇〇におよぶという膨大な彼女の作品から抽出したレクラム文庫版にもとづく翻訳)があり、その「はじめに」で訳者によるアウスレンダーの簡単な生涯の解説がある。また、注(14)のハルファンの本でも彼女の生涯が紹介されている(同書、二七二―二七三頁)。彼女が母親を故郷に残して移住していたという経緯については、以下のフィッシャー版『ローゼ・アウスレンダー詩集』巻末の「年譜」も参照した。Ausländer, Rose, *Gedichte*, Fischer, Frankfurt am Main, 2001.

(17) ヴィーデマンは『ディ・ヴェルト』紙掲載の記事で、この点をきっちりと批判している。また、ここでヴィーデマンは「リヴォフ」という地名がツェランの父の名前と連想的に結びついていた可能性を指摘している(この点は、すでに『パウル・ツェラン――ゴル事件』(注(23)参照)でもすでに指摘されている)。

(18) 「ドイツ・ファシストの侵略者による犯罪行為の立証と調査に関する国家非常委員会の報告」関岳彦・森光広治訳、『ナマール』第一七号、神戸・ユダヤ文化研究会、二〇一三年三月、一〇〇頁。この翻訳に付された、北彰さんと黒田晴之さんによる「解題」にも多くのことを示唆された。

(19) 同上、九九頁。

(20) ビューヒナー賞受賞講演「子午線」の原稿と関連草稿をまとめた、以下のチュービンゲン版の巻、一三一頁に四一九の番号で収録されているメモ書きより。Celan, Paul, *Der Meridian*. Tübinger Ausgabe, Suhrkamp, Frankfurt am Main, 1999.

(21) 注(6)のフェルスチナーの研究書、二七―二八頁。

(22) 同上、二九七頁、注18。

(23) これについては、のちに詳しくふれる、ヴィーデマン編集の以下の大著の八三九頁、注32を参照。Wiedemann, Barbara, *Paul Celan—Die Goll-Affäre*. Zusammengestellt, herausgegeben und kommentiert von Barbara Wiedemann., Suhrkamp, Frankfurt am Main, 2000.

(24) 『田村隆一全集 1』河出書房新社、二〇一〇年、四六―四七頁。

(25) 同上、三七八頁。強調は原文。

(26) 同上、三七九頁。強調は原文。

(27) 引用は注(10)のフィルゲスの研究書、八六頁より。

(28) すでに注(23)で挙げたヴィーデマン編集による大著である。
(29) 同上、八三九頁。
(30) 同上、六九二頁、注6参照。ただしヴィーデマンは、ツェランの蔵書によく見られる書き込みや線引きが見られないことから、ツェランが実際にそれを読んだかどうかは不明としている。
(31) 同上、六九〇頁、注27参照。
(32) 『中桐雅夫全詩』思潮社、一九九〇年参照。
(33) 注(23)のヴィーデマンの編著、六九二頁、注6参照。

第七章　パウル・ツェランとホロコースト(下) ——「エングフュールング」をめぐって

(1) 『音楽大事典 第三巻』平凡社、一九八二年、一三〇六頁。
(2) 『パウル・ツェラン全詩集 I』中村朝子訳、青土社、二〇一二年(改訂新版)、三三八頁。
(3) 引用は以下の二巻本『ツェラン詩集』の第一巻、一九五―二〇四頁より。Celan, Paul, *Gedichte in zwei Bänden*. Erster Band, Suhrkamp, Frankfurt am Main, 1975.
(4) あとに記しているとおり、ションディはこれをフランス語で執筆したが、そのドイツ語訳からの日本語訳を私たちは読むことができる。ペーター・ソンディ「『迫奏《ストレッタ》』を読む —— パウル・ツェランの詩篇についてのエッセー」飯吉光夫訳、篠田一士編『世界の文学38 現代評論集』集英社、一九七八年、三五四―三九一頁。
(5) 以下の二二三頁参照。Janz, Marlies, *Vom Engagement absoluter Poesie: Zur Lyrik und Ästhetik Paul Celans*, Athenäum, Königstein /Ts, 1984, S. 223(この本の初版は一九七六年だが、私が所持しているのは、一九八四年に刊行された版である)
(6) 同上、七五頁および二二三頁参照。
(7) 以下の研究書の九三―一五八頁に収められている「拡張としての『エングフュールング』《Engführung》als Weiterung」と題された論考を参照。Buck, Theo, *Muttersprache, Mördersprache. Celan-Studien 1*, Rimbaud, Aachen, 1993.
(8) ソンディ「『迫奏』を読む」前掲、三七二頁。
(9) 同上、三七七―三八一頁。
(10) ブックはパートⅦを「原子の炸裂の結果」と解釈し、パートⅦの解釈としてこれまでツェラン研究で語られてきたことは「言語道断である」と強く述べている。注(7)のブックの研究書、一四二頁を参照。

(11) テオドール・W・アドルノ『美の理論・補遺』大久保健治訳、河出書房新社、一九八八年、一一八頁。ただし、引用は細見の訳による。

(12) 飯吉光夫編・訳『パウル・ツェラン詩文集』白水社、二〇一二年、一〇一頁。

(13) 同上、一〇二頁。

(14) オシップ・マンデリシュターム『詩集 石/エッセイ 対話者について』早川眞理訳、群像社、一九九八年、一三八―一三九頁。なお、アドルノとツェランの関係を主題的に論じている研究者ヨアヒム・ゼングは、ツェランの「投壜通信」という暗喩の由来について、アドルノとの関係を強く主張している。直接的にはのちに見るアドルノのシェーンベルク論の末尾ということになるが、ツェラン自身はハンス・マイヤーがゲーテの詩「遺言」についての講演で、ホフマンスタールとの関わりで語ったことに触発されたと語っていた。これに対して、ハンス・マイヤー自身が自分はその講演で引き合いに出したのはホフマンスタールではなくアドルノだったとゼングに手紙で答えたという。ゼングの以下の研究書の二八二頁、注404を参照。Seng, Joachim, *Auf den Kreis-Wegen der Dichtung: Zyklische Komposition bei Paul Celan am Beispiel der Gedichtbände bis „Sprachgitter"*, Universitätsverlag Winter, Heidelbelg, 2005.

(15) テオドール・W・アドルノ『新音楽の哲学』龍村あや子訳、平凡社、二〇〇七年、一八八―一八九頁。

(16) 詩集『言葉の格子』の作品の一行一行に注釈を施した研究書では、このanschießenについて、四六四頁にこう書かれている。「anschießenは結晶学に由来する概念。結晶すること、以前には流動的だったものが急速に固体となること。しかし、ここではこの概念は「銃弾受け」(一四二行目)、「死のフーガ」における「鉛の弾」と呼応している。一一八行目と一一九行目「世界が、ひとつの千水晶が/析出した、析出した」は、アドルノの『新音楽の哲学』の以下の一節への応答として読むことも可能である。「聴かれた音楽をめぐって、時間は耀きを放つ結晶へと集積するが、聴かれない音楽は、[……]空虚な時間の中へと落ちてゆく」」(Lehmann, Jürgen, *Kommentar zu Paul Celans »Sprachgitter«*, Universitätsverlag Winter, Heidelberg, 2005)。これでも結局、注釈者のいいたいことは必ずしも明瞭ではない。

(17) 本文で取り上げているゼングの研究も参照してアドルノとツェランの関係を論じたものに、第六章の注(3)で紹介した、以下の研究がある。関口裕昭『パウル・ツェランとユダヤの傷――《間テクスト性研究》』、とくにその第三章、第二節「アウシュヴィッツの後に詩は可能か――アドルノと対峙するツェラン」一五六―一九二頁。

(18) ただし、ビューヒナー「レンツ」の冒頭には「二〇日」としか記されていない。しかし、レンツが実際に山を越えたのは一月二〇日であり、作中にもやがて二月三日という日付が登場する。ツェランはそこから、冒頭の「二〇日」がほかでもない一月二〇日であることに気づき、震撼させられたに違いない。

(19) 飯吉光夫編・訳『パウル・ツェラン詩文集』前掲、一二〇頁。

(20) 同上、一二四頁。

(21) それにしても、アドルノ、ツェラン、ソンディという三者の関係には、とても興味深いものがある。アドルノとツェランがスイスのシルス・マリアで出会うように手筈を整えたのは、両者と面識があったソンディだった。一九五九年八月に実現するはずだったその出会いは、ツェランが一週間早くパリに戻ったために実現しなかった。その実現しなかった出会いの記念に、ツェランは「山中の対話」を書くことになる。これについて、ゼングは、ツェランがむしろ意図的に出会いを避けて、作品のなかでの「出会い」をもとめた可能性を示唆している。それに対して、アドルノとツェランが実際にはじめて出会ったのは、一九六〇年一月、フランクフルトのフィッシャー社で、ツェランが小さな朗読会を行なったときだった。そのときツェランは、シルス・マリアで仕上げていたヴァレリー「若きパルク」のドイツ語訳を朗読したのだった。本書で指摘したように、ヴァレリーが反ドレフュス側に与していた文学者であることを考えると、そこには皮肉な事態が存在している。ツェランは一九六二年一月二三日付のアドルノ宛書簡で、自分に対する誹謗中傷キャンペーンを「一種のドレフュス事件」と呼んでいるのである。ツェランはよくも悪くも、ヴァレリーの政治的態度とその文学作品を切り離して考えるような「文学者」ではなかった。もしもヴァレリーが反ドレフュス派であることを知っていたなら、「若きパルク」を訳すことはけっしてなかっただろう、と私は思う。これ以外にツェランはヴァレリーの詩を訳してはいない。ツェランが「若きパルク」の翻訳に取り組んだとき、まさしく彼を中傷する新たな「ドレフュス事件」から精神的に逃れるという局面すら存在していたであろうことを考えると、事態はいっそう複雑である。他方、アドルノは、一九六七年夏学期のベルリン自由大学でのソンディのゼミに参加している。そのときソンディは、マラルメ、エリオット、ツェランにそくして、「秘教的な詩」についてのゼミを行っていたのだった。それがソンディの「エングフュールング」論の原点にあったことは疑いがない。しかし、それにしても、マラルメ、エリオット、ツェランという並列の仕方はどうだったのか。敏感なツェランは、マラルメはともかく、自分とエリオットが連続的に扱われることに強い違和感を持ったはずだ。エリオットの「反ユダヤ主義」は、公開されていた作品からして明らかで、ツェランはそのことをよく知っていたはずだからだ。このような入り組んだ事態がこの三者のあいだに横たわっていたことは、最低限押さえておく必要があるだろう。

おわりに――「あとがき」にかえて

ホロコーストに関する破格の長篇ドキュメンタリー映画『ショアー』の監督クロード・ランズマンは、ホロコーストについて「なぜ」と問いかけることは猥褻だと語った。ホロコーストが生じた理由をあげることは、場合によってはそれを合理化することにもなるからである。ホロコーストについては「なぜwhy」ではなく「どのようにしてhow」がひたすら問われねばならない。それがランズマンの立場だ。とはいえ、一九世紀後半からのヨーロッパにおける反ユダヤ主義がその大きな背景として存在していたことは疑いがない。

本書でたどってきたように、詩人とその詩作品もまた、そのような現実と深く関わっていた。本書のサブタイトルに置いている〈詩の危機〉は、直接にはマラルメがあの印象的な言語論――ベンヤミンの翻訳論にも決定的な影響をあたえた言語論――をふくむ断章をまとめる際に用いたものだが、私としてはもっと広く、詩と現実の関係そのものを示したものとして受け取っていただきたい。

そして、本書をまとめてみて、詩はいったい誰が書いているのか、という問いが私のなかではあらためて浮かび上がってくる。もちろん、優れた言語能力を有した書き手が繊細な語感を活かして、それぞれの言語で書いているに違いない。しかし、まさしくそのような優れた語感の持ち主をつうじて、じつは現実こそが詩を書いているのではないか、という思いもまた私には湧いてくるのだ。

アドルノが印象深く紹介している画家パブロ・ピカソのエピソードがある。ドイツの占領軍の将校がピカソのアトリエを訪ねて、あの「ゲルニカ」をまえにして、「これはあなたがつくったのか?」と問いかけたのに対して、ピカソは「いいえ、あなたがただ」と答えたというのである(テオドール・W・アドルノ『アドルノ文学ノート 2』三光長治ほか訳、みすず書房、二〇〇九年、一三二頁参照)。

「ゲルニカ」は、膨大な習作をもとに、ピカソが没頭するようにして描いた大作である。ピカソの個性なしにはとうてい描かれえないものだ。しかし、「ゲルニカ」が、一九三七年四月二六日のドイツ空軍によるスペインのビスカヤ県ゲルニカへの無差別爆撃なしには、けっして描かれることのなかった作品であることもまた事実なのだ。当時、パリで万国博覧会に出展する予定の大作を描いていたピカソは、異郷の地でゲルニカ空爆の報に接して、作品のモティーフを大きく変えていったのである。その意味では、「ゲルニカ」はゲルニカ空爆という「現実」がピカソというたぐいまれな才能をつうじて自らを表現したものともいえる。

本書でたどってきた詩人たちの作品にも同様のことがいえるのではないか。とりわけ、本書の後半で確認した、カツェネルソンとツェランにおいては、その現実との関係が顕著である。カツェネルソンが描いたワルシャワ・ゲットー、ツェランが描いたホロコーストとその後の「世界」……。いずれも、現実そのものが彼らをつうじて自らを表現するにいたったという局面を、十分指摘できるように思われる。とくにカツェネルソンとツェランについては、作風の大きな違いにもかかわらず、あるいはその違いゆえにこそ、ふたりをひとつの布置関係において捉えるような視点の重要性を私は思わずにいられない。もちろん、その布置関係はもっと多くの未知の詩人にも拡げられるべきだろう。その意味でも、本書はやはり途上にある。
なお、本書は以下の初出原稿に、大幅な加筆と修正をくわえたものである。

・「T・S・エリオットと反ユダヤ主義——詩と現実にかんする考察①」『イリプス』第Ⅱ期第八号、澪標、二〇一一年一一月、四〇—五四頁。
・「エドガー・ポーと美的仮象——詩と現実にかんする考察②」同上、第Ⅱ期第九号、二〇一二年五月、三〇—四五頁。
・「イツハク・カツェネルソンとワルシャワ・ゲットー——詩と現実にかんする考察③」同上、第Ⅱ期第一〇号、二〇一二年一一月、三六—六一頁。
・「パウル・ツェランとホロコースト(上)——詩と現実にかんする考察④」同上、第Ⅱ期第一一号、二〇一三年五月、二三—五〇頁。
・「パウル・ツェランとホロコースト(下)——詩と現実にかんする考察⑤」同上、第Ⅱ期第一二号、二〇一三年一一月、四五—六一頁。
・「ステファヌ・マラルメと「絶対の書」(上)——詩と現実にかんする考察⑥」同上、第Ⅱ期第一三号、二〇一四年五月、二八—四五頁。
・「ステファヌ・マラルメと「絶対の書」(下)——詩と現実にかんする考察(終)」同上、第Ⅱ期第一四号、二〇一四年一一月、二四—四一頁。
・「ポール・ヴァレリーとドレフュス事件」『ブレーメン館』第一四号、『ブレーメン館』編集部、二〇一六年六月、一〇六—一一九頁。

このように、初出のいちばん新しいヴァレリー論以外は、詩誌『イリプス』に連載したものである。ただし、初出ではその時点で自分の書きやすいものから取り上げていったので、本章の章構成と発表の順番は異なっている。さらに、七回にわたる連載を終え、私としては一応の区切りと思っていたのだが、本書をまとめるにあたり、岩波書店編集部の西澤昭方さんより、ヴァレリー論を入れてはどうですか、と注文を受けることになった。そこで、あらためて「ヴァレリーとドレフュス事件」をテーマに執筆して、『イリプス』ではすでに別の連載をはじめていたこともあって、『ブレーメン館』に掲載した。結果、マラルメとヴァレリーという本来、師弟関係にあった者のあいだの対照性が浮かび上がり、本書の意図もいっそう明確にすることができたと思う。西澤さんの的確な指摘にあらためて感謝したい。

さらに、いつもながら気ままな連載を可能にしてくださった『イリプス』主宰者の倉橋健一さん、編集部の松尾省三さん、それに『ブレーメン館』の小岸昭さん、梅津真さんに、感謝を申し上げたい。

篠山にて

二〇一八年一月三〇日

細見和之

細見和之
1962年生まれ．1991年，大阪大学大学院人間科学研究科博士課程修了．現在，京都大学大学院人間・環境学研究科教授．ドイツ思想専攻．詩人．大阪文学学校校長．
著書に，『アドルノ――非同一性の哲学』(講談社，1996年)，『言葉と記憶』(岩波書店，2005年)，『ベンヤミン「言語一般および人間の言語について」を読む――言葉と語りえぬもの』(岩波書店，2009年)，『永山則夫――ある表現者の使命』(河出書房新社，2010年)，『ディアスポラを生きる詩人金時鐘』(岩波書店，2011年)，『フランクフルト学派――ホルクハイマー，アドルノから21世紀の「批判理論」へ』(中央公論新社，2014年)，『ニーチェをドイツ語で読む』(白水社，2017年)など．詩集に，『家族の午後』(澪標，2010年，三好達治賞)など．
訳書に，イツハク・カツェネルソン『ワルシャワ・ゲットー詩集』(未知谷，2012年)．共訳に，同『滅ぼされたユダヤの民の歌』(みすず書房，1999年)，フランツ・ローゼンツヴァイク『救済の星』(みすず書房，2009年)など．

「投壜通信」の詩人たち――〈詩の危機〉からホロコーストへ

2018年3月14日　第1刷発行

著　者　細見和之《ほそみかずゆき》

発行者　岡本　厚

発行所　株式会社　岩波書店
〒101-8002　東京都千代田区一ツ橋2-5-5
電話案内　03-5210-4000
http://www.iwanami.co.jp/

印刷・精興社　製本・牧製本

ISBN 978-4-00-061255-5　　Printed in Japan

ディアスポラを生きる詩人 金時鐘　細見和之　四六判二六二頁 本体二七〇〇円

ベンヤミン「言語一般および人間の言語について」を読む ——言葉と語りえぬもの　細見和之　四六判三〇二頁 本体二九〇〇円

対訳 ポー詩集 ——アメリカ詩人選(1)　加島祥造編　岩波文庫 本体六〇〇円

マラルメ詩集　渡辺守章訳　岩波文庫 本体一二六〇円

精神の危機 他十五篇　ポール・ヴァレリー 恒川邦夫訳　岩波文庫 本体一一四〇円

荒地　T・S・エリオット 岩崎宗治訳　岩波文庫 本体八四〇円

岩波書店刊
定価は表示価格に消費税が加算されます
2018年3月現在